U0964310

大鱼

有爱的青春陪伴者

总裁的二次初恋 3

风魂 著

贵州出版集团
贵州人民出版社

图书在版编目（C I P）数据

总裁的二次初恋. 3 / 风魂著. -- 贵阳 : 贵州人民出版社, 2019.12
ISBN 978-7-221-15788-1

Ⅰ. ①总… Ⅱ. ①风… Ⅲ. ①长篇小说－中国－当代
Ⅳ. ①I247.5

中国版本图书馆CIP数据核字(2019)第293646号

总裁的二次初恋 3

风魂/ 著

出版统筹：陈继光
责任编辑：潘　媛
选题策划：大鱼文化
特约编辑：颜小玩
装帧设计：颜小曼　cain 酱
封面绘制：棉花圃
出版发行：贵州人民出版社（贵阳市观山湖区会展东路SOHO办公区A座 505081）
印　　刷：湖南凌宇纸品有限公司
开　　本：880×1230毫米 1/32
字　　数：280千字
印　　张：9.5
版　　次：2020年3月第1版
印　　次：2020年3月第1次印刷
书　　号：ISBN 978-7-221-15788-1
定　　价：38.00元

目录
contents

目录
contents

第一章

我等着你

“够了，不要再喝了。”

有只手伸过来，把苏叶面前的杯子拿开。

苏叶抬起头来，醉眼蒙眬，一时甚至都看不清面前那个男人的脸。

人真奇怪，她想。

她明明答应过唐皓戒酒的，明明也知道这个时候喝酒一点好处也没有。

可是啊，心头那种苦闷伤感又怅然的情绪，却似乎只有烈酒下喉的辛辣凛冽才能压得下去。

也许，也只有那种醺醺然的醉意，才能麻痹人的思想，让人可以放空大脑，什么都不去想。

她到了现在这个境地……还需要想什么？

还有什么可想的？

不如再喝一杯。

苏叶也懒得去抢被人拿走的杯子，只笑嘻嘻地向吧台里的酒保招手：“再……来……一杯。”

酒保却并没有第一时间就上酒，而是先看了一眼她身边的男人。

这家金尊典会所名字虽然俗气，却是云城数一数二的高端娱乐场所，很多公子小姐都喜欢来玩。在这里上班，业务能力过硬不提，首先得背熟云城名人谱。

避免自己不小心得罪人还是其次，关键是不能让“重要人物”在这里出事。

唐夜弦以前就是这里的常客，最近几个月不怎么来了，但名头却更盛了，而且在会所的内部名单上“重要”程度还提升了好几档，酒保当然不可能不认识她。

那个男人倒是少见，但最近也算是云城的风云人物了。

苏氏的驸马爷，不，苏叶死了之后，这位许先生已经是苏氏真正的掌权者了。

两边都是不敢得罪的人，酒保也很为难。

“唐小姐。”许建安拦了苏叶要酒的手，温声劝道，“酒这东西，小酌怡情，大醉伤身，差不多就可以了。”

苏叶歪头看了他一眼，还是没太认清人，但声音听起来很熟悉，应该是个熟人吧。

她就笑了笑。

唐夜弦本来就生得好，这时双颊染着醉酒的酡红，艳若桃花，这嫣然一笑间，碧清清的双眸有如荡漾的湖水，醉态可掬，妩媚动人。

旁边几个男人一瞬间几乎连眼都直了。

许建安叹了口气，移动了一下位置，挡住那几道目光，一面又道：“要我帮你打给唐皓来接你吗？”

“他不在啊。”

苏叶依然笑着回答，但那个名字，却又似乎触到了什么开关，即便是醉成这样，却还是伤心起来。

她笑着笑着，眼泪又不受控制地涌了出来，越发看不清人。

她说哭就哭，许建安反而有点无奈，皱起眉来：“你真的喝多了，我送你回去吧。”

苏叶伏到了吧台上，哽咽着低低道：“回不去了……”

许建安眉头微微一挑，却也没有追问，只道：“那你现在怎么办？叫杜怀璋来照顾你？还是找你其他的朋友？”

“不，不要……”苏叶只是摇头。

许建安又叹了口气：“那总不能就这样继续待在这里啊。”

酒保这时才赔着笑插嘴道："唐小姐是我们的贵宾客户，我们这边有休息室可以……"

许建安冷冷一眼扫过去，酒保后面的话就卡住了。

许建安也不再多说，伸手扶起苏叶，柔声道："我们先回去，好吗？"

熟悉的声音、熟悉的语气，就连这个身体的温度，都是她熟悉的……苏叶的记忆在酒精影响下有点混乱，一时甚至分不清时间空间，软软地靠在那个熟悉的怀抱里，终于叫出了他的名字："建安……"

酒吧的环境其实挺嘈杂的。

DJ放着鼓点激烈的嗨歌，男男女女劲舞狂欢，稍远一点说话就要用喊的。

但苏叶这轻轻的一声，听在许建安耳中，却似乎比那震耳欲聋的音乐更震撼。

她当初在苏叶的葬礼上，也是这样叫他的。

她……

到底怎么回事？

但这里到底也不是好说话的地方。

苏叶靠在他怀里没有抗拒，他就半扶半抱地把她带了出去。

吧台后面的酒保皱了一下眉，让同事帮忙照看一下，自己溜到外面找了个安静一点的地方，打了个电话。

唐夜弦之前在金尊典喝了酒可没少闹事，每次都是杜怀璋来给她收拾残局擦屁股。杜怀璋后来就干脆给会所这边留了电话，让他们发现有什么不对就提前打给他。

杜怀璋在外面对唐夜弦还是很好的，这种事上出手也大方，这里的酒保都没少在他那里赚外快，所以也都一直保持着良好的联系。

现在唐夜弦喝醉了被别的男人带走，而且还是前不久在网上传过绯闻的许建安，这种事怎么能不通知杜怀璋？

许建安把苏叶扶到车上坐好，又给她扣上了安全带，然后自己也上了车，一面发动一面问："你想去哪里？"

苏叶用鼻音应了一声：“嗯？”

“不能回唐家，也不想找杜怀璋，那你想去哪儿？”

座椅的角度刚好，车内淡淡的清香，身边男人不紧不慢的温和声音……对这时的苏叶来说，简直满车都是熟悉的味道。

这样的感觉让她整个人都放松下来，连眼睛都合上了，随口道：“你决定就好。”

许建安蓦然一愣，转过头去看着她。

少女精致的面容在车内柔和的灯光下尤为娇美，就连闭着眼的睡颜都有一种令人心动的柔媚。

的确是唐夜弦……

可是……

这种奇怪的熟悉感，算怎么回事？

许建安长长吁了一口气，把车开回了半山的苏家。

苏叶半路就睡着了，直到许建安抱她下车才醒来。

她迷迷糊糊地睁眼张望了一圈，这时许建安已经抱着她进了客厅，这是她从小长大的地方，她一时并没有觉得有什么不对，只呢喃着道：“放我下来，我自己能走。”

许建安并没有坚持，依言放下她。

苏叶站稳了身子，定了定神，这时倒觉得自己浑身燥热一身酒气，她嫌弃地皱了皱眉，道：“我先去一下洗手间。”

“嗯，在右……”

许建安正要给她指个方向，却见她已经熟门熟路地过去了。

许建安皱了一下眉，眸中不由得再次闪过深思。

苏叶洗了个脸，又用浇了冷水的毛巾捂了一会儿，才算多了几分清醒。

拿下毛巾的瞬间，看着镜子里那张脸，她顿时就僵在那里。

镜子里那张绝美的面孔，属于唐夜弦。

她……苏叶，已经死了。

她现在……怎么会在这里？

她怎么会跟着许建安回了苏家？

她……

苏叶咬着牙，狠狠地把毛巾砸进水盆里，只恨不得抽自己几耳光。

明明答应过唐皓戒酒的，结果一喝就喝出这种问题来。

怎么不干脆喝死算了！

她重重地叹了口气，打量着洗手间的透气窗，现在从那里爬出去还来不来得及？

敲门声就在这时响起来。

许建安在外面问：“我听到里面好像有很响的声音，唐小姐你没事吧？摔跤了吗？”

苏叶深吸了一口气，开了门：“我没事。”

许建安温和地微笑着：“没事就好，看起来酒也醒了一些？”

苏叶尴尬地笑了笑：“抱歉，谢谢许先生，给你添麻烦了。”

“不客气。不过，”许建安顿了顿，声音低下来，“现在不叫我建安了吗？”

苏叶真的抽了自己一嘴巴。

她都做了什么？

“看我这张嘴。”她打完了还跟许建安赔了个笑，“喝多了就乱说话，请许先生不要介意，我其实也没有别的意思……总之……酒后失礼，真是对不起。”

“那倒没什么，但唐小姐能解释一下，为什么你明明是第一次来苏家，却对这里这么熟悉？”

许建安的声音依然温和有礼，却有着不容抗拒的强硬和坚持。

苏叶没办法解释。

叫他名字还可以当是酒后失言，但喝醉可没办法做她熟悉苏家结构的借口。

何况苏家这里，独门独栋，名家设计，并不是雷同的量产样板房，说在别的地方见过类似的都不行。

而且唐夜弦以前肯定没有来过。

如果她非要说以前来做过客，那就要解释为什么唐家人来苏家，而许建安却不知道了。

似乎也是一条死路。

苏叶闭了闭眼，做了一个深呼吸，再睁开来，就笑了笑：“我能先问许先生一个为什么吗？”

许建安很宽容地点了点头：“你问。”

“传闻中向来洁身自好的许先生，为什么今天却这么晚去了金尊典，正好‘捡’到喝醉的我？”

苏叶都没想到过她今天会被赶出唐家，去喝酒也是一时冲动半路拐过去的，别人当然就更不可能预测了。

会在那里遇见许建安，要么就是他一直在监视着她；要么，就真的是巧合，许建安不过是正好也在泡吧。

但……现在这个时间，网上还满是苏叶涉嫌谋杀的风言风语，许建安前不久还发表了深情演说，这时却深夜还在酒吧流连，是不是也有点说不过去？

所以，苏叶觉得前者的可能更大。

哪怕之前在枫城他们“开诚布公”地谈过了，但许建安显然并没有放弃。

他依然怀疑她，或者说，怀疑唐皓，所以监视着唐家的动静。

苏叶这么晚孤身出门，对他来说，肯定算是个不错的突破口。

果然听她这么一问，许建安的眉头一跳，脸上虽然还是那副温和的表情，眼睛里却多了几分考量。

他久久地盯着苏叶。

苏叶就带着点淡淡的微笑回视他。

许建安这个人……

当年苏承海选他，是因为他老实听话，知本分懂进退。

他在苏叶面前，也一直都是如此，温柔儒雅，体贴周全。

苏叶重生之后，虽然觉察出他的另一面，觉得有点可怕有点心寒。

但总体来说，有一点还是可以肯定的。

那就是没有把握的事，许建安绝不会去做。

“唐夜弦”被唐皑赶出唐家，目前只有苏叶和唐皑知道。所以，在许建安眼里，她还是唐家的小姐。

他可能会套套近乎，套套话，但不会冒着被唐家报复的风险对她有什么实质性的伤害。

尤其是在这个时候。

王思思案还没破，苏叶、苏氏、许建安本人，目前还都脱不了干系。

又有太多人看到他把“唐夜弦”带走。

他不会在这节骨眼上再节外生枝。

所以，短时间内，在他面前，她是安全的。

所以，她才可以这么从容淡定。

苏叶这么想着，再想想刚刚迷迷糊糊时，那种熟悉的安心和放松，不禁觉得有点讽刺。

曾几何时，能让她全心信赖的人，现在却要挖空心思考虑怎么在他面前保证自己的人身安全。

呵呵。

许建安果然没再坚持逼问苏叶，而是道：“我准备了蜂蜜茶，酒后喝一点会比较好受，唐小姐要不要试一试？”

看，只稍微一试，那个温和有礼的许建安就回来了。

虽然交汇的目光里还是有“这次就算扯平，但我还没有放弃”的意思，可是至少在今天晚上，他不会再有任何可能会和“唐夜弦”撕破脸的举动。

苏叶点下头道了谢。

许建安引她回客厅，一面道：“我大概可以猜到，唐总为什么会突然对唐小姐这么在意了。”

“许先生是想说，我某些时候，像苏大小姐吗？”苏叶直接把他的言下之意挑明了，并补充，“谢小姐也这么说过。”

“谢小姐？”

“谢圆圆。”苏叶道，“许先生跟她也挺熟的不是吗？”

“嗯，她是我夫人生前最好的朋友。”

可不是吗？苏叶嘴角不由得撇过自嘲的轻笑：“这个好朋友，却在苏大小姐和我大哥吵架的时候，给我大哥发了一段断章取义的录音呢。这事许先生知道吗？”

许建安一脸意外的样子：“这……倒是不清楚。”但顿了一下，又感慨，“她对唐总……也是……唉，谁年轻时没做过蠢事呢？”

“是啊，谁没有呢？”苏叶也跟着感慨，她看不出许建安是真的不知道还是装的，但自己这感慨倒是真心实意的。

她年轻时，为了那些莫名其妙的尊严放弃了唐皓；唐夜弦更惨，甚至放弃了自己的生命。

还能有谁比“她”更蠢？

“不过……”她看着许建安，又笑了笑，“许先生知道为什么总有些人会在别人身上看到已经死去的人的影子吗？”

许建安摇摇头：“为什么？”

“都是因为心虚啊。”苏叶轻笑道，“我大哥是后悔当年放弃得太早，谢小姐是因为背叛了自己最好的朋友。许先生你呢？你觉得我像苏叶，到底是因为什么？”

许建安低下头去倒茶。

苏叶一时看不清他的眼神表情。

许建安很快就稳稳地把一杯加了蜂蜜的热茶放到了她面前，眸中已是一片温和：“大概，是因为……思念吧。”

苏叶歪了歪头，心中有些好笑，又有些悲凉。

他竟然会说思念？

即便她死了都想让她身败名裂的人，会思念她什么呢？

门铃就在这时响起来。

很快门卫就打了内线进来，说门口有一位姓杜的先生，要找唐小姐。

苏叶皱了一下眉。

应该是杜怀璋吧？

但杜怀璋怎么会找到这里来？

许建安打量着她的神色：“之前在金尊典的时候，你说不想让杜怀璋来，是跟他吵架了吗？你要是还不想见他，我帮你拦了？”

苏叶这时的确不太想见杜怀璋。

可是，让许建安出面拦他……又算什么？

回头只怕更麻烦。

毕竟杜怀璋还握着她的把柄呢。

他找都找来了，避而不见也不是办法。

而且，他想要的计划书，苏叶已经发给他了，条件已经达成，早点从他那里把那个什么“当年的证据”拿回来也好。

苏叶叹了口气，站起来：“不用了，我去见他。”

杜怀璋见了苏叶，先把她拉到身边，上下打量一番，确定她没事之后，才没好气地低声骂道：“你脑子进水了吗？怎么能跟他回来？”

完全是一副保护者的姿态。

苏叶坦然道：“我喝多了。”

杜怀璋被噎了一下。

他现在都还能闻到她身上的酒味，可见的确是喝得不少。

他跟一个喝醉酒的人还能计较什么？

何况……唐夜弦以前喝醉之后做过的荒唐事还少吗？

她连自杀这种蠢事都做过，跟着许建安走又算得了什么？

他因为她最近的“上进”表现，就真的以为她洗心革面才真是太天真了。

杜怀璋气得肝痛，现在却不是跟她算账的时候。

毕竟还在苏家，还当着许建安的面。

他咬了咬牙，还是关切地拉着苏叶的手，搂着她，向许建安道：“多谢许先生照顾小弦，这么晚了，我们就不打扰你休息，先告辞了。改天再跟许先生好好道谢。”

话都是好话，但他情绪不对，听起来就有点阴阳怪气。

“杜先生不必客气。能帮到唐小姐，是我的荣幸。”

许建安倒是一贯大方得体，客气了两句，爽快放人，还让他路上开车小心点，毕竟有一段盘山路。

杜怀璋反而觉得不对劲，上了车就犹疑着问苏叶："他刚刚是在咒我吗？"

苏叶只想翻个白眼给他："他犯得着吗？咒你有什么好处？"

杜怀璋还是不太高兴："苏大小姐就在这条路上出的车祸吧？听着就不太吉利。"

是的，就是这条路，就是前面那个弯道。

苏叶看着车窗外面，眼前似乎又将那天的车祸重现了一遍。

现在再想到那冲天的火光，可就不只是痛了。

简直连骨髓都是冷的。

苏叶下意识地缩了缩肩，靠在车座上，闭了眼。

杜怀璋没多想，只以为她酒劲还没过去，训了几句，却还是动手把车内的空调温度调高了一些，又道："不是说戒酒了吗？怎么这大半夜的又跑去喝了？"

苏叶眼都没睁，随口道："心情不好。"

前脚才给他发了文件，后脚就心情不好跑去喝酒……杜怀璋沉默了一会儿，才道："你是在内疚吗？"

苏叶不明白他指什么，索性懒得答。

杜怀璋却又冷哼了一声："你觉得对不起唐家，可是唐家真的在乎过你吗？我们像狗一样侍候那死老头子，到头来那么大家业我们连边都挨不上。他们连口汤都不给吃，还能怪人到外面找食吗？"

苏叶听他这么说，倒忍不住撩开眼皮扫了他一眼。

怎么会有人把这种谋夺他人家产的事说得这么理直气壮？

何况唐家对"唐夜弦"，对他，算是不错了。

不然以杜怀璋这样的学历资历背景，怎么可能在安盛做到中层？怎么能开得起这样的车戴得起这样的表？

但这时她也懒得和他争辩，只道："你小心开车吧，下了山随便找家酒店把我放下……"

"你不回唐家？"杜怀璋很意外，直接打断了她的话。

"嗯。"

这个时候肯定不能告诉他自己偷文件时被唐皑发现赶出唐家的事，免得他们弃掉那份计划书不用，反倒破坏了唐皓的计划。苏叶就索性顺着他的误会道：“我心里不太好受，又有点心虚，怕露了马脚，不如在外面冷静几天再说。”

这倒也没错，杜怀璋也是有点不太放心“唐夜弦”的心理素质，现在正是关键的时候，如果她真的被唐皓发现不对，唐皓那边肯定会修改补救，反而坏事。他点了点头，但转念又皱了皱眉：“但你在这当口离开，不是更加可疑吗？”

“我出来之前跟唐皑吵了一架。”苏叶说，“之前许嘉说要改剧本给我加戏，回头我联系一下他，看是不是可以提前进组。”

吵架能解释她半夜出走，临时要去拍戏这个借口也很好，唐皑能用，她自己也能用。

而且加戏的事也不是说谎，许嘉的确和她提过。

《血案直击 2》是单元剧，有些单元配角反响好就变成常驻也不是什么奇怪的事。

“也不用再辛辛苦苦去接什么戏了，就好好地先休息几天。”杜怀璋心情好的时候，对唐夜弦还是挺好的。他这时心情就不错，志得意满，跟她道，“过几天我们就能大功告成，远走高飞了。”

苏叶连话都懒得接，靠在车座里，再次合上了眼。

她酒劲的确还没过去，之前是被冷水一激，又心下警醒，强打起精神来应付许建安。这时没什么要她必须集中精力去做的事，杜怀璋的车又开得平稳，她很快便又迷迷糊糊睡着了。

杜怀璋没给苏叶找什么酒店，直接把她带回了自己家。

苏叶醒过来发现不对时不太高兴，但杜怀璋说：“今天都这么晚了，别折腾了。”

这倒也是。

但杜怀璋跟着的那句话，却让她瞬间全身的汗毛都要竖起来。

他说：“再说你又不是没在我这边过过夜，以前不是总想住在这里吗？”

苏叶心头一紧：在这边住过的是唐夜弦，想跟杜怀璋在一起的也是唐夜弦，但是那个傻姑娘……已经不在了啊。

苏叶本人对杜怀璋真是毫无好感，从头到脚都看不上。

现在这种环境，这种语境，他伸手来扶她……苏叶只觉得身上鸡皮疙瘩都起来了，胃中一阵翻涌恶心，她索性借着酒劲，打开他的手，直接吐了出来。

“哎……”杜怀璋叫了声，但也没多想，皱眉道，“你今天到底喝了多少？”语气里一片嫌弃，但手上却安抚地拍了拍她的背。

他对唐夜弦的感觉，其实也是有点复杂。

要说厌烦，也是真的厌烦，毕竟这么多年被一个并不喜欢的女人纠缠着，又顾及着那个计划，顾忌着唐家，不敢真的对她怎么样，生完气还要再低声下气地哄回来，哪个男人不会厌烦？

但要说感情，其实也真的还是有一些的，这么多年嘛，养个猫猫狗狗也会有感情的。何况“唐夜弦”不作妖的时候，真是个绝色美人儿。

所以，偶尔，还是会有一些温情。

但苏叶这时真是宁愿他不要有。

她自己扶着墙站稳，轻轻道：“抱歉，我……有点难受……”

“那别说话了，洗洗早点睡吧。”

她现在这副醉后又脏又臭的德行，杜怀璋也没想要真的怎么样，把她塞进卫生间，给她拿了唐夜弦放在这边的衣服，还收拾了客房出来让她住。

苏叶关上了客房的门，坐在床上，才算松了口气。

想想这一天……

苏叶真是有种身心俱疲的感觉。

她拿过自己的包，虽然唐皑说不会追回已经给她的东西，但她也没脸真去收拾那些原本属于唐家的财物，现在这个包里的，差不多就算是她目前的所有了。

手机、钱包、身份证。

手机还没电了。

苏叶充上电开机，就发现一排的未接电话，都来自唐皓。

也是，唐皑跟他吵了一架，之后就发现了他和苏叶的关系，还挂掉电话不听他解释，他怎么也会给苏叶再打个电话问问情况的。

但苏叶从唐家出来就去了金尊典，酒吧里吵成那样，她根本什么也听不见。

而且……当时……她大概也什么都不想听。

苏叶叹了口气，打回给唐皓。

唐皓那边几乎立刻就接了。

“你现在怎么样？还好吗？”唐皓急切地问。

“我没事。”苏叶嘴上这么说着，但是在听到他声音的那个瞬间，喉咙就哽住了，鼻腔酸涩，眼泪更是毫无预兆地涌了出来。

她在唐家的时候，没跟唐皑争辩，走得轻松洒脱。

喝醉了没怎么多想，刚碰上许建安的时候犯了点糊涂，但清醒过来还气势十足地跟他怼了几个来回。

等杜怀璋找来，又提着小心提防隐瞒，到这时，听到唐皓的声音，她才突然觉得自己满心的辛酸委屈。

她被人害死，还要被人栽赃，现在真相还没有明朗，苏氏却已经放弃了她。

闺蜜的背叛，父亲的隐瞒，丈夫……说不定就是凶手。

苏叶这个人，众叛亲离，尸骨无存。

唐夜弦呢？身世不明，身不由己，深爱的人只想利用她，连她的死都没换来一滴眼泪。

换成了她苏叶，她倒是想把唐夜弦一手烂牌打好，但走到现在，结果却是被赶出了唐家。

孑然一身，无处可去。

唐皓这样一问，她一直强撑着的那些低落的情绪，就好像骤然间有了倾泻的出口。

一发而不可收拾。

“别哭。”唐皓当然听出来了，放柔了声音，安抚道，“别怕，有我，等我回来。我已经在去机场的路上了，很快就回来。”

“不，不用这样。”苏叶连忙道，“我真的没事，你先做完自己的正事要紧……”

唐皓却轻轻道：“对我来说，现在最要紧的事就是你了。”

这句话要当成情话，可能有点土有点尬，但在这个时候，他却偏偏说得一本正经、郑重其事，苏叶眼睫毛上还挂着泪，不知为什么反而有点想笑。

“别这样。”她说，“你丢下公事跑回来，是想让我内疚吗？”

“不是……”唐皓顿了一下，还是丢开了平常只说结果的习惯，多解释了几句，“公事最关键的部分已经敲定了，剩下的其他人会处理。我本来也是要打个时间差提前回来的，在这边也是想挤出时间来去一趟你那个孤儿院，但现在……你的过去当然没有你的现在重要。”

他这样说，苏叶反而沉默下来。

唐皓回不回来，都是因为她的事，她同不同意都好像是在说她的事重要……怪不要脸的。

苏叶慢慢红了脸。

唐皓在那边又问：“你现在在哪里？之前电话怎么一直打不通？”

“在杜怀璋家里。”

苏叶有点心虚，明明答应过他戒酒，却因为一时冲动喝醉了闹成这样，但还是坦白地把今天晚上离开唐家之后的事简单说了一下。

唐皓静静地听着，到苏叶说完，也没有出声。

苏叶的心不免提了起来，也不知道这些突发情况会不会影响他的布局，她抿了抿唇，低低道：“抱歉，我……”

“没事，不怪你。”唐皓说，“我让曹进这就去接你，不回唐家的话，就去我那里，然后等我回来，好吗？”

电话那端的声音低沉磁性，又似乎带着种让人安心的神奇魔力。

那一瞬间，什么远走高飞脱离唐家的念头，就好像统统消失得无影无踪，只想能够快点见到他。

苏叶抽了抽鼻子，哽咽着点下头：“嗯，我等着你。”

房门就在这个时候被推开。

苏叶下意识直接挂断了电话。

果然下一秒手机就被抢过去了。

杜怀璋拿着她的手机，看了一眼通话记录，脸色很难看：“在跟唐皓告密？”

“不是。”

苏叶已经迅速地回忆了一遍这个电话的内容，她没开外放，杜怀璋就算一直在外面偷听，应该也听不到唐皓说的话，至于她自己，只说了离开唐家碰上许建安的事，并没有什么不能让杜怀璋知道的。

所以，她很坦然地回答：“只是告了个状。我这大半夜在外面颠沛流离，当然要让大哥知道。”

杜怀璋阴沉沉地打量她：“告状你会哭成这样？还这么忙着挂电话，不是心虚怕我发现吗？”

苏叶无奈地道：“你讲点道理，是你突然闯进来，我吓到了手抖而已。”

杜怀璋根本不信。

他的确没有听到完整的电话，但他听到了苏叶最后那几个字。

“我等着你。”

带着点哭音，依恋深情，缠绵悱恻。

能把人的魂都勾出来。

他都从来没听过她那样说话。

即便是之前唐夜弦那样迷恋他时，都从来没有过。

所以他才忍不住冲进来。

杜怀璋看了一眼手机上那个已经结束通话的号码，又看了一眼苏叶。

“你想等着谁？这样还想说跟他没关系？你勾搭上他到底多久了？”

他问一句，就向苏叶逼近一点。

苏叶本来就坐在床边，只能被迫后仰，到他三句话问话，几乎就要被他压在床上。

苏叶挣扎着想跑，却被杜怀璋一把抓住。

“说什么不爱我了，其实不过是自以为攀上了高枝吧？你以为唐皓真能看上你？”杜怀璋一手抓着她，一手捏住了她的下巴，打量着她的脸，“就只凭这张脸吗？别做梦了。唐皓那种人，怎么可能真的中你的美人计？他就算答应你什么，也不过只是在利用你而已。他……”

杜怀璋突然顿下来。

对，没错，唐皓只可能是在利用她，将计就计。

如果唐皓最近对唐夜弦的信任只是假象的话，那她发来的计划书……

他们的计划必须要改。

得赶在唐皓回来之前。

杜怀璋心里嫉妒得发狂，却很快地冷静下来。

时间不多，现在不是计较儿女私情的时候。

杜怀璋咬了咬牙，放开了苏叶，却又拍了拍她的脸："我警告过你很多次了，看起来你一点都没放在心上啊。最后再跟你说一次吧，爱不爱的，我其实不那么在乎。但你是我的，我不放手，你谁也别想等。"

他动作很轻，并没有拍痛她。

但那阴沉沉的声音，却让苏叶不由自主地打了个寒战。

——他是真的根本没想放过她。

第二章

这世上又哪有后悔药可吃

苏叶从唐家出来的时候，是有点“还可能变得更差吗”的自暴自弃的想法，才会冲动去借酒浇愁。

但到第二天，她就发现，真的还能变得更差一点。

——她被杜怀璋关起来了。

苏叶当时被强行喂了两颗安眠药，再醒来就在一个陌生的房间里了。

很小的一居室，带卫生间，门是从外面反锁的，窗户被封起来了。出不去，也看不到外面。

除了身上这套睡衣之外，她所有的东西全被没收了，没办法跟其他人联络，也不知道自己在哪里，唯一可以肯定的就是这肯定已经不是杜怀璋家里。

没有手机也没有钟表，她不知道现在离她给唐皓打电话过了多久，那时唐皓说过会让曹进去接她，不知道曹进还能不能找到她。

如果找不到的话……

苏叶的心沉了沉。

富豪之家的子弟，历年来出绑架案的不在少数，苏叶小时候也受过这方面的教育，但这么多年太太平平地过来了，她现在能想起来的反而不多，她现在能做的事也就是尽量冷静下来，仔细又在这个房间里搜索了一圈。

其实也没什么好搜的，房间里除了一张床之外根本没有别的家具。

但墙面洁白平整，地板铺了釉面砖，洗手间的水管洁具看起来质量也还不错，苏叶猜这房子本身所在的环境应该还可以，也许还在城里。

床头放了一瓶水，没有找到别的食物。

苏叶想，杜怀璋既然只是把她关起来，大概不会想饿死她，应该很快就会再见到他了。

杜怀璋到了晚上才来——苏叶从被封住的窗户里透进来的光线还是能分得出日夜的。

她已经饿得头昏眼花，躺在床上看着杜怀璋开门进来，连动都没动。

至于之前想是不是趁杜怀璋来的时候夺门而逃之类的想法，也真的就只是想想。

她猜杜怀璋拖到这时才来，说不定就是为了让她饿得没力气跑。

杜怀璋将门反锁了才走到床边坐下，伸手摸了摸苏叶的头发，柔声道："饿了吗？不好意思，有点公事要处理，回来得晚了些。"

苏叶翻了个白眼给他。

杜怀璋丝毫不以为意，接着道："我给你带了海鲜焗饭，要我喂你吗？"

苏叶撑着身体坐起来，向他伸过手。

杜怀璋把饭盒递给她，又帮她拆开餐具。

塑料勺子。

苏叶嗤笑了一声："你还真小心，难道我还能用勺子戳死你吗？"

"你难道做不出来？"杜怀璋反问，一点都不像是在开玩笑的样子。

苏叶不由得一凛，勉强压住了心头涌出的惊恐，低下头去吃饭，却忍不住想，唐夜弦身上，难道真的背了人命？

杜怀璋就坐在旁边看着她。

苏叶真是饿得狠了，饭已经凉了，还有点腥，她以往只怕看都不会看一眼，这时却吃得飞快。

但并不显得粗鲁。

她身上有一种从小到大严格要求，从骨子里透出来的教养，即便在这种处境，动作依然优雅大方，就好像是坐在五星酒店里一样。

杜怀璋皱起眉，面前的女孩子是什么出身，他再清楚不过，她身上如果能有那么一丁点教养，也不至于沦为整个云城的笑柄。

但现在……

事实就摆在眼前。

杜怀璋忍不住冷哼了一声：“你为了唐皓，倒是肯下功夫。但是乌鸦插上彩羽也变不了凤凰，你以为你学着他们的仪态，他就会高看你一眼吗？他只会觉得你东施效颦徒增笑料而已。”

苏叶也不知道他为什么突然就提起唐皓来，但并没有接话——她得抓紧时间吃饭，免得杜怀璋万一突然又不让她吃了，到时可扛不过饿。

好在杜怀璋也就随口讽刺两句，之后就静静地看她吃完，还好心地给她递了张纸巾。

苏叶擦了擦嘴：“现在可以说了吧，你到底想怎么样？”

“我不是说过吗？等我拿到钱，我就带着你远走高飞，换个身份，好好过日子。”杜怀璋再次伸过手来，顺了顺她的头发。

“你之前答应过我什么？”苏叶偏头避开他，嗤笑了一声，“我给你发文件的聊天记录还没翻页呢，我就已经成了阶下囚。这样还说要跟我好好过日子？骗谁呢？”

“我只说过把当年的证据给你，可没说会把你让给唐皓。”杜怀璋掏出一个 U 盘来，“哪怕你拍来的文件可能是假的，我也说话算话。”

“一个 U 盘，现在这里又没办法验证真假。你说是就是？而且，谁能保证这就是唯一一份？谁知道你备份了多少？”苏叶这么说着，目光却还是忍不住一直往那个 U 盘上瞟。

“你要真不信，我也没办法。”杜怀璋笑了起来，“而且你信不信，其实我也不太在乎。”

就好像他说爱不爱他他都不在乎。

现在，在这里，苏叶的确是绝对弱势的一方。

他怎么会在乎一个他随时可以捏死的人的想法？

苏叶抿了抿唇，放低了姿态，轻轻道：“为什么非要走到这个地步？有必要吗？”

“你当然觉得没必要了，你只恨不得我去死，然后你就可以无所顾忌地投入唐皓的怀抱了，对吧？”杜怀璋摸了摸她的脸，“清醒一点。对我这么提防，在别的男人面前也多想一想啊，唐皓说什么你都信？别忘了，我们才是一伙的，你自己身上也不干净。因为要对付我们，你对唐皓才是特别的，如果我们失败了，你这个污点证人，就只剩下了污点了。你觉得你会是什么下场？了不起冲你这张漂亮的脸，他能收你做个小情人，可是你又能漂亮几年呢？”

苏叶没有回答。

她很清楚，如果她真的是唐夜弦，杜怀璋这些话，才是最真实的。

可是……

唐皓……

唐皓那种固执的人，突然就相信了“改变身份”这种毫无根据的事，她一直以为是对苏叶的移情，是把她当成替身，但如果杜怀璋说的才是真相呢？

也不是没有这种可能吧？

或者索性就是两者兼有。

清掉杜怀璋这一伙人，又收获一个苏叶的代替品，简直是一石二鸟。

她记忆中的唐皓当然不会做这种事，但以她这几个月的所见所闻……唐皓早已经不是她记忆中那个阳光爽朗的少年了。

这么多年风风雨雨，他都被人叫“唐阎王”了，什么手段没有用过？

他会不会真的……

杜怀璋看出她的动摇，轻抚着她的脸颊，声音轻柔：“所以啊，说到底，我们这样的，才算天生一对。知根知底，谁也别嫌弃谁。”

第二天早上，杜怀璋给苏叶留了一瓶水一个面包。

面包不大，饿不死又吃不饱的程度。

但苏叶还是只吃了一小半，谁知道杜怀璋今天要拖到什么时候才来？

苏叶慢慢地嚼着嘴里的面包，露出一丝自嘲的表情。

她以前是苏家的大小姐，从小锦衣玉食。重生之后，唐家在衣食住行上也从来没有苛待过她，她真没想到，自己会有为了一块面包这么精打细算的时候。

可见人的潜力真的是无穷的，以往觉得自己做不到，或许只是没被逼到那一步而已。苏叶苦中作乐地想，这也算是一种另类的生活体验了吧。

苏叶现在能做的事情非常有限，她毕竟不是什么受过专业训练的特工，手上又没有工具，想撬开门窗逃跑根本不可能。

无非就是仔细考虑着自己还有什么条件可以拿出来和杜怀璋谈判，让他早点放她出去，又或者……她叹了口气，希望唐皓能先找到她。

唐皓本来大概是计划得很好的，可是因为杜怀璋怀疑她和唐皓的关系，连带着就怀疑了那份文件的真实性，情况当然也会跟着有所变化。

但那也不是被关在这里的苏叶能插得上手的，她也只能等着外面分出个胜负了。

结果到了晚上，杜怀璋并没有回来。

苏叶把剩下那半个面包又分成了两半，看起来更小了，也就是一口。

到窗户的缝隙再次透进阳光时，杜怀璋依然没有来。

苏叶连掉下去的面包屑都小心地捡起来吃了。

她看得出来，杜怀璋把她关起来只是为了防止她和唐皓联系破坏他们的计划，又或者还有点想让唐皓分心的念头，并不是真的想要她死。

而他明知道这边没有食物，却一直迟迟不来，只可能是因为他顾不上这里了。

他大概已经自身难保。

苏叶躺在床上，饿得胃里像有火在烧一样难受，眼前发黑，四肢无力，却偏偏忍不住多想。

唐皓……真的会找她吗？

就像杜怀璋说的，如果杜怀璋这伙人的阴谋败露，唐夜弦的身份曝光，那她的存在对唐家来说，就只是污点和耻辱吧。

唐老爷子把一个私生女宠上天，已经让外人看足了笑话，现在发现这个私生女甚至都不是他生的，只是一个觊觎唐家家产的骗子而已，唐家的面子往哪儿搁？

所以，现在“唐夜弦”倒不如就这么“失踪”吧。

大家都不用烦了，还干干净净的。

而且……

真不能怪唐皓看不起她。

她重生这么久，唐皓交到她手里的，就只这么点事。

她还办砸了。

现在连自己都折了进去，还要唐皓来救她。

留着她又有什么用！

苏叶带着点自嘲的笑容，静静地躺在床上。

这算是消耗最少的姿势了，也许还能撑得更久一点。

但她真的能等到救援吗？

她虽满心对自己嫌弃，却又隐隐还抱着一丝希望。

万一呢？

时间一分一秒地过去，窗外透进来的光线一点一点地变化着，但这个小屋却像是陷入了凝滞的状态。

没有声音，没有动静，什么都没有发生。

就在苏叶的思维都开始混沌，渐渐开始绝望的时候，突然听到门口似乎传来一声响。

她努力地侧过头。

视线有点模糊，但那扇门很明显根本没有动过。

已经开始幻听了吗？苏叶想，不是说人不吃饭只喝水也能活七天吗？她这会就不行了吗？果然死过一次的人更虚弱吗？

要比较的话，这么慢慢饿死真是太难受了，还不如车祸来得痛快呢。

如果还有下次的话，还是选车祸吧。

但……能死两次已经算是匪夷所思的奇迹了，还能有第三次吗？

苏叶这么乱七八糟地想着，门口又响了一下。

她勉强又抬了抬眼，正好又听见响了第三下，随后那道门就在巨响中被撞开。

好几个人冲了进来。

苏叶眼花得厉害，这时都看不清来的都是谁。

“小夜。”

有人大叫，声音听起来也有点虚，苏叶努力分辨了一下。那人已经冲到了床前，一把将她抱起来。

“对不起，我回来晚了。”那人在她耳边说，一面抱着她匆匆往外走，“别怕，没事了，救护车就在外面……你不会有事的，一定不会有事的……”

那声音又急切又惶悸，与其说是在安抚她，倒更像是在说服自己。

“唐皓。”

苏叶认出了他是谁，嘴角浮出一抹笑容来。

“你还是来了……真好……”她低低地说着，靠在他怀里，合上了眼。

苏叶再次醒来时，发现自己已经在医院里了。

唐皓就守在床前。

他看起来有点糟糕，形容憔悴，眼里全是血丝，下巴上还有些胡楂，好像两三天没顾得上收拾自己了。

但苏叶一动，他立刻跟着动起来，按铃叫了医生，惊喜地道：“你醒了。”

他的声音比平常更低，带了点沙哑，大概是没休息好。

苏叶张了张嘴，却觉得喉咙干涩，一时说不出话来。

唐皓用沾湿的棉签润了润她的唇，又拿过床头的保温壶，一面道：“医生说没什么大问题，就是饿得久了，你醒来就可以先吃点东西，我一直温着粥的，喂你喝一点？”

他絮絮叨叨的，苏叶想，要是让那些叫他“冷面阎王”的人看到，只怕都要吓死。

唐皓把病床升起来一点，喂她喝粥。

粥熬得很稠，香浓可口，温度也正合适，喝下去，从胃暖到心底，好像全身的细胞都得到了抚慰，苏叶这才觉得真的活了过来。

她才喝了两口，沈弘行就来了。

他还是那副冷淡的样子，不过，大概是知道这次怪不上苏叶，也没怎么嫌弃，普普通通地检查了一下，然后说："再观察一天，没什么问题就可以回去了。"

唐皓和苏叶都跟他道了谢。

沈弘行看了一眼苏叶，又看了一眼唐皓，微微皱了一下眉，但到底也没多说什么，扶一下眼镜就出去了。

唐皓垂下眼，继续喂苏叶喝粥。

苏叶喝了大半碗粥，才问："你什么时候回来的？家里还好？"

"都好，你不必担心。"唐皓把碗放下了，又拿了湿巾替苏叶擦嘴。

"啊，我自己来……"苏叶连忙抬手去抢。她这次只是饿得太久了，身体并没有什么其他的毛病，目前虽然还有点乏力，但不至于连这点小事都做不了。

唐皓握住了她的手。

苏叶抬眼看向他。

唐皓把她的手按在了自己心口。

"对不起。"他低低道，"是我太心急了。我……我应该在出去之前就把你安顿好的。"

不等苏叶回应，他自己又停下来，叹了口气，又苦笑了一声，声音更低了："真是的……从……就一直在跟你道歉……好像什么事情碰上你，我就怎么都做不好……我真是……怎么就这么蠢……"

苏叶本来想说那些"不怪你""是我自己没用""谁能想到唐皑反应那么激烈""谁能想到杜怀璋那么丧心病狂"之类的话就咽了回去。

说这些也没有意义。

更抵消不了他的自责和内疚。

但她真不怪他。

要怪都怪她自己。

她要是再小心一点注意唐皑的动向不被他发现，她要是再自律一点不要喝醉，也就没有后面的事了。

可是……

这世上哪有后悔药可吃？

真有的话，她七年前就不会跟唐皓分手了。

这些反省的话，这个时候，对着这样的唐皓，她也不想多说，只抬起另一只手，覆在了唐皓手上。

唐皓长长呼了口气，俯下身抱住了她。

没怎么用力，小心翼翼的。

就像对待什么易碎的稀世珍宝。

到了第二天，沈弘行又给苏叶做了个检查，就确定她可以出院了。

苏叶换下了病号服，反而有点犹豫。

她当然不想在医院住着，可是出了院，她要去哪儿？

要不……回学校？

唐夜弦之前在学校有宿舍吗？

就算有，大概也没去住过一天吧，现在想去，还能有她的位置吗？

“怎么了？”唐皓问。

苏叶一时也不知道要怎么跟他说。

她被唐皑赶出唐家，总不好就这样跟着唐皓回去。

万一兄弟俩又吵起来了呢？

她迟疑着，还是问：“老爷子……知道了吗？”

唐皓挑了一下眉，正要开口，他的手机响起来。

苏叶示意他先接电话。

电话是江涛打过来的，唐皓听了两句，就转过来问苏叶：“杜怀璋说想见我们，你想见他吗？”

苏叶沉默了几秒钟，就点了点头。

杜怀璋已经被拘留了。

侵犯商业秘密和职务侵占罪还算是可大可小，但只冲他把苏叶关起来，唐皓就不可能轻易放过他。

他这时用老实交代所有事情作为条件，希望能分别单独跟唐皓和苏叶见一面。

他被锁在审讯室的椅子上，还戴着手铐，脸色不太好，但精神看起来却还不错，看到苏叶进来，甚至还笑了笑。

“看到你没事，我就放心了。”杜怀璋说。

苏叶在桌子对面坐下：“我看起来像是没事的样子吗？”

她现在生命当然没有危险，但毕竟饿了几天，身体的虚弱还是可以直接看得出来的。

“抱歉，我也没想到那天早上出来就回不去了。”杜怀璋耸了耸肩，“毕竟谁也不可能算无遗策嘛。但其实本来也不必这样的。”

苏叶挑了挑眉。

杜怀璋继续道：“刚出事的时候，我就跟唐皓说了你的情况，我想用地址跟他交换一条生路。如果他当时答应了，那天下午你就会被放出来了。”

苏叶静静看了他几秒，然后就笑起来。

“所以呢？你想说的是什么？唐皓根本不在乎我吗？”

“不然呢？”心思被直接挑破，杜怀璋也没有半点不好意思，又道，“你觉得以唐家的势力，以唐皓的能力，他找到你需要多久？而你又在那里等了多久？”

苏叶只是静静看着他。

看了很久。

杜怀璋自己闭了嘴。

“璋哥哥。”苏叶轻轻唤了他一声。

杜怀璋的身体蓦然一僵。

“我最后再这样叫你一次吧。”苏叶说得很慢，她正试图让自己进入唐夜弦的角色，“当年的璋哥哥……对我而言，真的就是天上的神仙。如果当初不是你找到我，我现在也不知道会怎么样……所以，我真的是打心眼里感激你的。”

杜怀璋没有接话。

“所以，你冷落我，你训斥我，你的厌恶和不耐烦，我都可以忍受，你利用我，威胁我，要我去偷文件，甚至这次关着我……我都不恨你。”苏叶感受着那些属于唐夜弦的情绪，那毕竟是一个可以为了博得他一点关注就宁愿去死的傻姑娘。她自己也有点怅然，顿了顿才叹了一口气，缓缓道，“到了现在这个局面，大概已经算不上好聚好散了，但是……就到此为止吧，不要再费尽心机来伤害彼此了。就当……给我心里那个好像是漆黑的冬夜照进来那一束温柔的光的璋哥哥留下一点可以纪念的余地吧。”

杜怀璋抬起眼来看着她。

面前的少女既熟悉又陌生。

她漂亮的面孔还是能看出多年前他从孤儿院捞出来的那个女孩的轮廓，但气质已经完全不一样了。

她坐在那里，姿态优雅，声音和缓，湖水一般的双眸里，透着淡然沉稳，甚至隐隐有一种大局在握的从容。

不要说在孤儿院时那种怯懦卑微，就连前几年那些嚣张跋扈也一丝都看不到了。

短短几个月，真的能让人有这么大变化吗？

还是说，她以前在他面前的表现才是装出来的？他需要一个蠢女孩，她就是他的蠢女孩。

一直到她不再爱他，也就不需要再伪装了。

杜怀璋突然有点后悔。

如果……

如果她一直是这个样子，他应该会真的爱上她，那么……结果是不是又会不一样？

但这世上又哪有后悔药可吃？

他深深吸了一口气，道：“我上次给你的U盘，真的是唯一一份。你自己处理好，别让其他人看到了。”

其他人是指谁，两人心知肚明。

苏叶觉得对这样冥顽不灵的人，真是没什么可说的了，直接起身离开。

唐皓就在门口等着她。

他在她之前已经见过杜怀璋了，见苏叶出来，便带着她离开。

剩下的事，自然有秘书和律师处理，他们不需要在这种地方多待。

上了车，唐皓才问："他跟你说了什么？"

苏叶侧过头来看着他，反问："他跟你又说了什么？"

"他问了我一个问题。"唐皓回想了一下当时的情景，嘴角撇过一丝冷笑。

杜怀璋见了他，并没有求饶，也没有色厉内荏地放狠话，只是很平静地说："相信你也做过调查的，我最初找到的唐夜弦，的确是你同父异母的妹妹不会错，你猜，为什么后来会变成现在这一位呢？"

唐皓一字不改地复述了杜怀璋的问题，不屑地哼了一声："他就是不甘心这么一败涂地，想引我怀疑你，挑拨我们之间的关系。"

可不是嘛，问得这么明显，显然都根本懒得掩饰自己的目的。

苏叶抿了抿唇，道："他也问了我一个问题。他问你为什么花了那么久才找到我？"

唐皓的神色这才凝重起来。

不得不说，杜怀璋最后这一手，简单直白，却又直指人心。

他们这样的情况，这样的关系，如果换成别人，说不得就会真的互相猜忌起来。

她是不是真的为了荣华富贵害了他真正的妹妹取而代之？

他是不是真的为了维持家族的尊严故意拖延救援的时间想让她理所当然地消失？

杜怀璋还故意提了证据的事，如果苏叶真的有意隐瞒，两人之间的嫌隙只会更深。

唐皓呼了一口气："刚抓到杜怀璋的时候，他的确提出过以你的下落作为交换条件，我没有答应。因为当时我们已经黑进了他手机里的监控软件，找出了地址。只是没想到，那个监控竟然是个假的。我扑了个空，回头再问他，他就不肯开口了。这的确是我的错，我太过自大了。"

他顿下来，转过头看了看苏叶，还好后来又找到了她，她还活着，如果真出了事，他再道歉再解释，又能挽回什么？

所以他找到她时，才会那样惊惶失控。

以唐皓那个乾纲独断的固执脾气，苏叶简直都可以想象出当时的情景。

她静了静，才道：“他既然事先就准备好了假的监控视频，可见早就做好了被你们发现的准备。所以这事可能从一开始就是个圈套，就算你答应他的条件，也不一定能找到我。更大的可能是他带着钱远走高飞，你还是扑了一个空，然后守着内疚过一辈子。他就开心啦。他在唐家这事上付出太多，不让我们也付出一点代价，他不会甘心的。”

话是这么说，唐皓之前也是有过这样的判断，但他想起找到苏叶时，她那虚弱的样子，还是忍不住一阵阵后怕，满心都是愧疚，最终只是低低说了一句：“对不起。”

“但他问你的问题，我回答不了。”苏叶道，“唐夜弦的事，我统统都不记得。”

“没关系，我不在乎。”唐皓伸过手来，握了握她的手。

是的，看他以前对唐夜弦的态度就知道，他的确不会在乎她的生死。

苏叶无声地咧了咧嘴。

“你送我回学校吧。”苏叶轻轻道，“我想，我现在不太适合出现在唐家。”

唐皓直接把车靠在路边停下，转过头来看着她。

“且不说唐皑的事，万一我真的害了真的唐夜弦呢？”苏叶不闪不避地迎着他的目光，“让老爷子怎么接受他一直疼爱的人是杀他女儿的凶手？这么大的事难道一直瞒着他吗？”

唐皓到了嘴边的话就咽了回去。

的确，现在这个时候，要处理的事太多了，父亲和弟弟那边也没有谈好，非得现在接她回去的话，到时只会让她更为难。

“也好，再给我几天时间，我先处理好。但是你放心，不论你以前怎么样，那都不重要。关键是现在的你。”唐皓握紧了她的手，“我错过太多，又做了太多蠢事，幸好你还在这里。给我一个弥补的机会，好吗？”

苏叶没有回答，只笑了笑，但那笑容并没有到达眼底。

她心里其实知道，杜怀璋今天的问题和之前对她说的那些，不过都只是在挑拨离间。

她也不想让他如意。

但是啊，有时候，有些想法，就像是最顽强的种子，只要撒下去，自己就会生根发芽，一发不可收拾。

她现在，对唐皓，对唐家，到底算是什么呢？

第三章

U盘里的证据

这天苏叶最终并没有回学校去。

苏大小姐从小到大，不要说挤学生宿舍了，哪怕双人间都没住过，她并不觉得自己换了个身份就能适应。虽然被杜怀璋关起来的时候，也自嘲过人的潜力是无穷的，但既然没到那一步，条件允许的情况下，苏叶真不想委屈自己。

再说了，她突然间跑回学校，只怕宿舍一时半会儿也收拾不出来。

唐皓也不可能真的同意她这么去住学校。

她这才刚出院呢，虽然医生说没有大碍，但饿了那么久，不得好好养回来吗？就算她现在不好回唐家也不愿意住他的公寓，总不能真去挤学生宿舍啊，人多嘴杂的，怎么适合养病？

最后只能折中一下，唐皓在云大附近的酒店给苏叶开了个套间先住几天，等他把事情都处理妥当再说。

苏叶也是想先找个地方住，然后再自己去租房。

她本来是想以后找个机会远远离开唐家的，但杜怀璋的事提前爆发了，加上苏叶的死还没有查明，一时半会儿的，大概也还走不了。

在没有考虑清楚以后的安排之前，她不想动用唐霖给唐夜弦的钱，但好在她自己这些日子以来拍电视录节目也还有一点收入，虽然不多，但临时租个房应该是没有问题的。

她并没有对唐皓隐瞒这个想法。

唐皓沉默良久，只是叹了一口气。

这时，他对苏叶充满了内疚，也没什么底气来要求她怎么样，以后如何，现在说再多也只是空的，不如到真的办好了再来说。

但这个时候却也不想这么离开。

“我叫人送晚饭过来？”他试探着问，“你想吃点什么？”

苏叶看着他，并没有拒绝。

她其实明白唐皓想跟她在一起的心思，也知道自己这时的处境和心态其实并不适合跟他太过亲密，可是……

这几天真是她两辈子加起来最难熬的日子。

被唐皑赶出唐家流离失所，又被杜怀璋关起来。

如果杜怀璋的恶意再大一点……

如果唐皓来得再晚一点……

苏叶忍不住瑟缩了一下，真是想一想就满心后怕。

虽然她现在对唐皓的观感有点复杂，但是也不得不承认，她醒来之后唐皓就在她身边，的确让她温暖安心。

后来去见杜怀璋时也是强打精神压住了自己的恐惧，现在要让她独处……她还真是有点后背发毛。

酒店就有点餐服务，苏叶点了几个清淡的菜，两人就在房间里吃了晚饭。

除了评价菜品之外，唐皓并没有多说什么，席间对苏叶照顾得细致周到。

唐皓不想走，故意拖着时间，苏叶不想独处，也有点磨磨蹭蹭。但一顿饭，再怎么细嚼慢咽，又能拖多久？

唐皓当然把苏叶的动作都看在眼里，眼中骤然就亮了几分。

他看得出来，苏叶潜意识里，其实还是依赖他的，所以才想让他多留一会儿。

那一刻，他真的只想上前将她抱住，让她靠在自己宽阔温暖的胸膛上，让她知道这里永远可以让她依靠。

但是，苏叶眼中不经意间流露出来的那一丝惊惶，却又让他牢牢站在原地，一丝都动弹不得。

她想他留下，是因为她害怕。

而她的恐惧……都是因为他的失误，才给她带来那样的伤害。

唐皓想想她当时哭着说等着他，结果他却让她被关在那不见天日的密室里那么久，他都不知道她在饥饿中一分一秒数着时间，却一直没有人来……该有多么绝望。

是他辜负了她的信赖。

现在的他，并没有抱她的资格。

唐皓将自己心头翻涌的苦涩压下去，轻轻向苏叶道：“如果你不想让我留下的话，不如叫夏千蕾来陪你？租房也好，别的什么也好，你都不要去花太多心思，先把身体养好再说。”

苏叶犹豫了几秒钟，还是点了头。

现在的情况，夏千蕾的确算是最合适来陪她的人。

唐皓给夏千蕾打了电话，等她到了之后，自己才起身离开。

到了门口，他又忍不住回过头来，多看了苏叶一眼。

那样一眼……

自责、不舍、忍耐，和那越是压抑，越是不能忽视的深情。

即便苏叶这时心绪不宁，也忍不住为之悸动，几乎想要开口留住他。

唐皓却笑了笑，温声道：“好好休息，晚安。”

苏叶的喉咙有点发硬，索性也就不说话了，只点了点头。

唐皓转身出去，轻轻地带上了门。

门合上的那一刻，苏叶就有点撑不住了，整个人几乎要瘫软下来。

“小心。”夏千蕾连忙扶她在沙发上坐下来。

“我没事，只是有点累。我先坐一会儿就好。”苏叶靠在沙发背上，连眼都闭了起来。

看着苏叶苍白的脸，夏千蕾无声地叹了一口气。她虽然从安盛辞了职，但关系还是有的，这次的事当然也都听说了。

唐皓出差到一半的时候就直接折返，以雷霆手段揪出集团内部的商业间谍，同时掀出了他几个叔叔当年合谋利用唐夜弦这个私生女试图侵占唐霖手中股权的旧案，处理了公司一批老人。

夏千蕾当时吓了一跳，跟着心里就涌出了几分焦虑来。

虽然唐皓公开的消息把唐夜弦定义为“不知情的受害者”，但杜怀璋也是公开坦白交代了唐夜弦根本不是唐霖的女儿。

这个唐小姐竟然是假的。

那么，等唐皓处理完安盛的事之后缓过神来，会不会收回对明畅公司的投资？

毕竟明畅能一路绿灯，大半都是借了唐家的光。说是几个明星合伙，但谁都知道，他们基本也都是冲着唐家的背景。现在假唐小姐的身份被曝光，明畅以后……会怎么样？

夏千蕾算是孤注一掷跳槽去跟“唐夜弦”的，以后，又要怎么办？

她正在忐忑不安时，就接到了唐皓的电话。

原来唐总裁并没有放弃这个“妹妹”。

不但如此，她到了之后，看到唐皓那个眼神，才明白唐皓只怕早就知道“唐夜弦”的身份。

——他从来就没有把她当过妹妹。

所以……在红枫镇的别扭，对孟修的态度……那一切才有了解释。

而“唐夜弦”自己，只怕早在让她接戏，说自己很快就会缺钱的时候，也就有了觉悟。

但到现在，这样的关系……

夏千蕾真是想想都头痛。

算了，反正她也就是个打工的，还是不要多管老板的私事比较好。

她拿了毛毯过来，轻轻给苏叶搭上。

唐皓第二天一早就又到了酒店。

这次倒是收拾得清清爽爽，西装革履，发丝整齐，除了眼中还是有不少血丝之外，差不多已经又是以前那个冷峻帅气的唐总裁。

“我给你送东西来。”唐皓说。

啧，这种借口。

苏叶有点无言，又有点想笑。

但唐皓这种带了点无赖的坚持，又让她隐隐有几分感动。

唐皓真的给她带了东西——她当初落在杜怀璋那里的手机、钱包、证件。

唐皓道：“你看一看，有没有少？”

苏叶翻看了一下，道：“我被杜怀璋关起来的时候，他给了我一个U盘，我当时放在衣服口袋里，后来是掉了还是谁收起来了吗？”

她当时是跟杜怀璋说不信，但还是把U盘收起来了。后来，她是昏迷着被带到医院的，醒来时已经被换上了病号服，就没再见过。

她不确定后来杜怀璋特意提起那个U盘，是挑拨的手段，还是里面真的有证据。但总之还是要先找回来看看。

“U盘？”唐皓皱了一下眉。

“嗯，他说里面就是我想要的证据，但当时我没办法看，只有先收起来。”苏叶说。

虽然杜怀璋提醒她“处理好”，但她并不想对唐皓隐瞒。

她对唐皓的疑心，源自他那莫名其妙的感情，但和她在其他方面对他的信任并不矛盾。

而且，如果那个U盘里真的是和真正的唐夜弦有关的东西，那是他的妹妹，他有权知道。

如果只是她身体这个假唐夜弦的其他把柄，就更没有隐瞒的必要了——她以前要真有什么遗留问题，只怕还要靠唐皓帮忙解决。毕竟她现在……

苏叶看了看自己手里的证件，忍不住叹了口气。

剥掉“唐家小姐”的光环，她本人现在只是一个云大艺术学院的大一学生而已。

演过两部电视剧，一部总共没十分钟镜头，一部大概出场了三四集。唯一可以算得上主演的电影，唐皓还在其中投了钱。如果他撤资的话，那部一波三折的电影还能不能正常上映都说不准。

她之前想赚点钱之后就脱离唐家，计划得挺好，但现在连第一步都没走完，就突然被唐皑一顿乱拳给打断了。

她被赶出唐家，杜怀璋修改了计划，唐皓跟着行动，杜怀璋落网，假女儿的事提前曝光……一件事赶着一件事，一切都乱了套。

接下来要怎么样？

苏叶突然有点迷茫，她觉得自己需要一点时间好好地想一想。

那边唐皓仔细回想了一下找到苏叶时的场景，当时他太过慌乱，根本就没注意到有没有什么U盘，只能道："我不知道，当时你的衣服是到了医院之后护士换的，回头我再问问。"

苏叶回过神来，点了点头："哦，那一会儿我自己去医院那边找找看吧。"

唐皓看了一眼时间，道："我上午有个必须出席的会，不能陪你去，你带着曹进和夏千蕾。"

见苏叶有点犹豫，他几乎是立刻又补充道："杜怀璋那伙人虽然落了网，但现在还没有审理完，他交代的内容也没有完全核实，谁知道在外面还有没有同伙？再者说……媒体也是个问题。"

他叹了口气："我是可以压一压，但总有些狗仔防不胜防。"

苏叶其实也能理解。

信息社会嘛。

就算唐家和安盛都保持沉默，可杜怀璋突然锒铛入狱，总会有人想深挖背后的消息的。

灰姑娘被接回城堡变成公主，时间一到，又打落尘埃，变回那个一无所有的穷女孩。

还有什么能比这更富戏剧性和话题性？

苏叶也叹了口气："那……爸爸，我是说，唐老爷子那边……怎么样？"

唐皓听到她改口，双眸的颜色深了几分，但还是先回答了她的问题："他情况还好。我以前不就猜过，他其实早就知道你不是他的亲生女儿，所以这事曝出来，他还算平静，只是懊恼自己没看出杜怀璋狼心狗肺，说好在没有真的把你嫁给他。我没告诉他你被杜怀璋关起来的事，他真信了阿皑说你临时去拍戏。回头……”唐皓看了看她，放轻了声音，“你要是愿意的话，还是去看看他吧。”

他都说到这份上了，苏叶再找什么借口，好像也说不过去了。

她深吸了一口气，点点头：“好。”

唐皓又道：“阿皑那边我也跟他谈过了，他……之前是不能接受爸爸的偏心，现在……大概是不能接受我喜欢你，觉得你是别有居心。我现在没办法说服他。”唐皓很坦然地承认了这点，但又摆了摆手，“不过你根本不用介意他，他能想通就想通，想不通让他憋着。这世上就没有哥哥恋爱还要征求弟弟同意的道理。”

苏叶心想：你说得好有道理，竟让人无言以对。

她不由得轻哂：“我们这样，算是在恋爱吗？”

唐皓竟然点了点头：“的确不太像，所以等我忙完这两天，我们正式约个会？”

苏叶更加无语了。

她的身份曝光，反倒让他无所顾忌了。

她索性都不接这话，拎着包直接就要出门。

曹进就在门口等着。

苏叶叹了口气，回头看向唐皓，道：“我现在这种情况，再带着唐家的保镖招摇过市，是不是不太好？”

唐皓对她这种问题倒是早有准备，轻笑道：“就算你不是唐家小姐，你还借了我的钱开公司拍电影，我为了保护自己的投资，给你派一个保镖，有什么问题？”

苏叶第三次被噎住了。

她突然在想，唐皓是不是早就想过这种情况，所以借钱给她才那么爽快？

苏叶被关了几天，在医院又躺了两天，错过了很多事。

手机开机之后，就涌出无数信息。

一部分是之前在找她的，一部分是知道消息之后问候她的。

有云大的同学，也有后来娱乐圈认识的演员和工作人员，孟修也发了好几条信息，十分担心的样子。

苏叶都回复了一下，表明自己没事，多谢关心之类。

值得一提的是，明畅的股东群里吵了一架。

几乎有要散伙的倾向。

苏叶其实也能理解。

她当时故意在节目中提出来，是想这些演员和唐家没有关系，他们一起合作，正好可以作为她从唐家走出来的第一步。

但这些人跟她也没有多少深交，无非就是冲着捆绑炒作和唐家的背景。

现在出了这种事，又还有几个人想和她绑在一起？

如今的“唐夜弦”，非但不是唐家小姐，更可能是图谋唐家家财的骗子，谁知道唐家会不会迁怒到跟她合作的人？

让苏叶意外的倒是洪奕廷，他直接在群里怼了其他人的见风使舵、落井下石。

有人解释了几句，有人索性直接保持了沉默。

大家都不是十几岁义气为先的少年了，都有自己现实的考虑。

最后是孟修出面，直接把要走的人的股份买下。

孟影帝表了态，本来还在犹豫观望的柳玟君咬咬牙也留了下来。

于是到苏叶能上网时，明畅的微信群只剩了孟修、洪奕廷、柳玟君和苏叶四个人。

洪奕廷把之前的聊天记录存了个备份发给苏叶，又道：“以后就只剩我们几个了，还清静一些。”

“那回头约个时间大家见面再开个会吧。”苏叶回复，又问，“你怎么没退？”

“又没多少钱，而且我觉得你前面都做得不错啊，都快开业了，这时候放弃也太可惜了，就继续做嘛。”洪奕廷说。

“那你就不怕被唐家报复吗？”

“杜怀璋都入狱了，你却还能发微信，会有多大的报复？”洪奕廷发了个“我有智商”的表情图，“退一万步讲，就算唐家真的要追究你，最多也是把明畅收回去。明畅还有唐家那么多钱砸在里面，现在红枫镇那边都做到那个程度了，是继续经营还是转手，总会有个章程吧。唐总那么会做生意，我们跟着他总能有口汤喝的。”

苏叶也发了个“你好棒棒”的表情回去：“说到底你是信任唐皓啊。”

“我信任孟老师啊。”洪奕廷坦白，“他都不怕亏，我怕什么？而且我这么坚定地跟着他的脚步，下次他有什么好剧，顺手带我一个，就赚回来了嘛。”

说得也是，他在明畅本来也没投多少钱，按现在他的行情，大概还不到一部剧的片酬。如果孟修能为他争取资源，那就更不用说了。

但他说得这么坦荡，苏叶倒也并不反感，笑了笑问：“那开业时你去吗？”

“看档期吧，请得到假就去，请不到我就发个视频吧。”

顺口跟洪奕廷聊了几句开业宣传的事，苏叶放了手机转头就让夏千蕾记下来。

夏千蕾反而有点发愣，这就进入工作模式了吗？她推了一下眼镜：“你不需要再休息几天吗？”

苏叶笑了笑：“做点事，有利于思考。”

她得好好思考一下，接下来的路怎么走。

唐皓不介意她真实的身份，也不会追究她欺骗唐家的罪行，但她还是想要离开，并不是因为唐霖或者唐皑的态度，甚至也不是因为杜怀璋的挑拨离间。

真正的症结，依然是“苏叶”。

她并不想做别人的替代品——哪怕这个“别人”，是过去的自己。

但是在离开之前，她得先想办法还了唐皓的钱。

苏叶看了一眼开车的曹进。

不然他大概会有借口派人跟她到天涯海角。

苏叶记得沈弘行说过不要再出现在他面前就算是歉意和谢意了，所以到了医院之后，也没去找他，直接去问了值班的护士，之前是谁给她换的衣服。

知道她是要找换下来的衣服口袋里那个U盘之后，护士有点意外：“咦？沈医生没有通知您吗？”

苏叶眨了眨眼：“怎么？”

“我们医院有规定，病人遗留的物品都会登记保存，然后联系病人。您昨天的确留了一套衣服在病房里，但今天早上我准备打电话的时候，沈医生说他来通知。”

事实上是她们几个护士在说唐夜弦的八卦，被沈弘行听到了。

她当时说怎么这唐夜弦已经证明是假的了，在唐家的地位却一点都没受影响？甚至好像还更受宠了，毕竟以前她在医院闹过那么多次，顶多只有杜怀璋来陪她，这次竟然从头到尾是唐皓亲自守着。

话没说完，就看到对面的护士脸色不对，一回头就看到了沈弘行毫无表情的脸。

这护士都吓得快哭出来了。

好在沈弘行的目光很快就扫到了她手里装着衣服的袋子，问是什么。

她赶紧把唐家遗落物品的事说了。

“如果她来取……”沈弘行本来不知道想说什么，顿了一下，又改了口，“算了，我来通知她吧。”

他这么说了，护士当然不会有异议，就把这事搁下了，没想到苏叶自己找了来。

苏叶翻了一下自己的手机，并没有看到有来自沈弘行的电话，或者说……“唐夜弦”其实根本没有沈弘行的号码。

她觉得沈弘行大概也不知道她现在的号码。

那他要怎么个通知法？

苏叶有点莫名其妙，但很快又摆摆手：“也许他是打给我大哥的，中间错过了吧。东西呢？也在他那里？”

“那倒没有。”

护士转身去后面的房间拿了用袋子装好的衣服出来。

苏叶翻了一下口袋，U 盘还在。

她松了口气，把 U 盘收好，跟护士道了声谢，转身就要走。

护士眨了眨眼：“可是……沈医生那边……”

“哦，那你帮我带声谢吧。”苏叶说，“我估计他不会想见到我的。”

护士也知道沈弘行烦这位唐小姐，可是，今天他特意说自己来通知……又好像有点不一样？

但她稍一犹豫，苏叶的身影已经消失了。

苏叶从医院出来，就去了明畅公司。

明畅正是人心惶惶的时候。

虽然几个管理人员一直在强调目前并没有对公司不利的消息，让大家正常工作。但就连他们自己心里都不太有底，就好像之前的夏千蕾一样，他们来明畅这种新公司，冲的是发展潜力，现在最大的老板都前途未卜，他们怎么可能不担心？

苏叶过来，一项项工作指令有条不紊地传下去，大家这才好像吃了一颗定心丸，但又忍不住私下悄悄八卦，为什么这么大的事闹出来，她却好像一点都没受影响？

苏叶现在还不知道唐皓对外是怎么解释的，索性也就先不提这茬。

她处理完这几天积压的公事，才把那个 U 盘插进了电脑。

里面只有一个文件。

是个视频。

这就是“唐夜弦”的把柄？

苏叶一直忌惮着这个，之前还千方百计想从杜怀璋那里刺探，但现在到了眼前，反而有了几分犹豫。

她真的应该看吗？

毕竟有些东西，不知道的时候，还可以拿不知道来做借口。

如果真的知道了就不可能当作没有发生吧？

虽然说苏叶只是一个外来的灵魂，但是她现在用了这个身体，好的坏的，总会一起算在她头上。

如果现在的“唐夜弦”真的害了真正的唐家女儿，她该怎么办？苏叶只想一想，都觉得前路一片灰暗。

孟修就在这时打了电话来。

被电话铃声打断思路的苏叶就好像松了口气，连忙接了起来。

“看到你回了微信。”孟修温和地说，“现在没事了吗？”

“嗯。”苏叶应了声，再次向他道了谢。

孟修那边反而沉默下来，好像一时不知道要说什么。

苏叶也觉得有点微妙，她这种情况，一般人好像的确拿不准要用什么态度。

你要说安慰吧，她又没事，而且她才是试图谋夺唐家家产的骗子。要说谴责呢，唐家都没追究她，别人又有什么立场？

最好，也就是当什么都没发生了。

苏叶轻咳了一声，打算随便寒暄几句打破这尴尬的沉默。

“孟大哥的戏拍得怎么……”

“你上次……”

但孟修那边几乎是同时开了口。

苏叶就连忙把话顿住了，道：“你先说。”

孟修便道：“你上次跟我说有不能说的原因，就是因为你并不是唐霖的女儿？”

“是。”其实还有很大一部分是因为她的“改变身份”，但这一部分就算是现在，也依然不能跟孟修说，所以苏叶只是轻轻应了一声。

孟修又问：“唐皓其实一直都知道？”

“是。”

“所以他又反过来利用你？”

“那倒……也不算是……”

认真论起来，唐皓并没有在她身上做太多文章，就算最后偷文件的事，说是顺水推舟吧，最后她其实也没派上用场，还让杜怀璋提前起了疑心。

杜怀璋之前说过唐皓可能是要留着她做“污点证人”，但眼看着事情都要结束了，唐皓显然并没有要牵连她的意思。

要说利用……真说不上。

她声音犹豫，孟修就放轻了声音，略带了点试探，问：“你喜欢唐皓？”

苏叶顿时就僵了一下。

这么明显吗？

杜怀璋因此起疑，孟修才见过她和唐皓几次，竟然也这么问。

她自己反省了一下。

慢慢地，她也只能叹一口气。

大概的确是很明显。

所以唐皓自己也能看出来，才觉得是她一直在玩欲擒故纵的花招吧……

孟修听到她叹气，便轻咳了一声，道：“抱歉，我……不该这么唐突地问你的私事。但……实在有点放心不下。”

苏叶能听得出来，他的关心的确真心实意。

想想她在孟修的印象里，大概的确是个让人担忧的傻白甜吧。毕竟见过她醉酒差点被带走，又见过她脖子上的掐痕，这回还不知他又脑补了什么惊心动魄的剧情呢。

苏叶笑了笑，道：“谢谢孟大哥关心。我真的没事。”

孟修犹豫了一会儿，道：“电话里说不清楚，我们能见个面吗？”

“好啊。”苏叶直接就应了下来，“但是孟大哥的时间好安排吗？”

“可以的，距离又不算远。我下午没戏，现在出发的话，晚上就能回来。”孟修道，“我到云城再联系你？”

“行。”

苏叶才挂掉电话，唐皓立刻又打了进来。

“中午一起吃饭？”电话一接通，他就直接问。

苏叶看了一眼时间，的确快到饭点了。

她又看看电脑上那个视频文件，点了点头，道：“嗯，正好，我拿到了那个 U 盘，我们可以一起看看。”

伸头一刀，缩头也是一刀。叫上唐皓一起看也好，免得回头还要再跟他解释一番。

“好的。”唐皓道，“我现在出发，大概半小时后到明畅。”

苏叶挑了一下眉，看了一眼自己办公室的门，曹进就在外面。

真是尽职的保镖。

她不由得嗤笑了一声。

电话那边的唐皓就好像猜到她的心思，跟着就解释道："我之前打你电话没有打通，才打给曹进问了声。"

"嗯。"苏叶没纠缠这个，只轻轻应了声。

唐皓的声音明显更轻了，甚至能听出几分紧张："你先想想吃什么，其他等我过来再说，好吗？"

苏叶又应了一声，便挂了电话，但看着手机的通话记录，又有点怅然。

她其实能够理解，唐皓为什么会这样紧张。

这次的事对他的影响比她想象中还要更大一点。

但他对她这样小心翼翼，她反而会跟着有压力。

到底要怎么样才好？

唐皓来得很快。

苏叶一个文件还没看完，夏千蕾就打了内线进来说唐总到了。

苏叶让她请进来，自己也起身迎了迎。

开门的时候，苏叶看到外面不少员工都在关注着这边，唐皓和颜悦色地问她饿不饿、累不累，说她实在不必急于上班，再休息几天也可以的，明畅在这里又不会跑。员工们就明显地露出了释然的表情。

苏叶觉得有点讽刺又有点无奈。

她的公司，从股东到员工，对公司的信心，竟然都来源于唐皓对她的态度。

但目前她又的确没有办法。

顶着唐夜弦以前的名声，这又才刚起步，启动资金都是从唐皓这里借来的，她还大半时间都在外拍戏，根本没怎么认真管理过……凝聚力和信任度不够也是理所当然的。

她并没有说什么，但那一闪而过的挫败感却并没有瞒过唐皓的眼睛。

"慢慢来。"他说，"我对你有信心。"

苏叶不由得问："为什么？"

唐皓笑起来："你自己写的计划书，你现在问我为什么？"

明畅的计划书……唐皓对她的态度变化，也就是从那个时候开始的吧。真的是因为那份计划书吗？苏叶仔细回想了一下计划书的内容，却不知道到底哪里不对。

她沉默下来，唐皓便当这个话题已经揭过，改问："中午想吃什么？"

"先看看这个吧。"

苏叶把笔记本电脑转了个方向，指指那个 U 盘："这个就是杜怀璋给我的 U 盘，里面只有一个视频，我还没有看。"

"视频吗？多长？"唐皓一面问，一面已经点击打开。

视频并不长，十几分钟。

画面不是很清楚，距离也有点远，看起来像是偷拍的。

最开始是两个十几岁的女孩子在河边的树下说话。

唐夜弦的五官特征很明显，就算时间退回去几年，又干又瘦，却还是轻易能认得出来，她就是左边那个扎着马尾穿着黄色 T 恤的女孩。

右边的女孩子跟她身材差不多，也是面黄肌瘦，剪了齐耳短发，这时眉飞色舞，一脸得意。

如果杜怀璋的暗示没错，这个可能就是真正的唐夜弦了。

苏叶不由得转头看了一眼唐皓。

唐皓微微皱了一下眉，但并没有说话。

两人继续看下去。

拍摄的人可能真是隔得太远，电流杂音夹着风声，根本听不清两个女孩在说什么。

但没多久，就见两人吵了起来。

短发女孩抬手就给了马尾女孩一个耳光。

马尾女孩先是一怔，然后就不甘示弱地打回去。

两人扭打在一起，从树的这边打到另一边，中间被树挡了一下，看不清动作，到另一边时，两人都已倒在了地上，却依然没有分开，翻腾间双双滚进了河里。

画面抖动起来，有人在很近的地方大喊了几声"见鬼""怎么回事"之类，然后就有个穿着白衬衫的少年跑过来，从女孩们落水的位置跳进河里。

苏叶也认出来了，那是年少时的杜怀璋。

拍摄者显然在跑动，画面晃得很厉害，有时候甚至只拍到地面。再出现正常的画面时，杜怀璋已经托着一个女孩子浮上了水面。

是那个马尾女孩。

岸上有人接过来，又有人说了什么，杜怀璋转头又扎回了水里。

还有两个人跟着一起下了水。

但很长一段时间内，只看到他们浮上来换气，没再看到另一个女孩子。

最后的画面，定格在马尾女孩湿淋淋的脸上。

苏叶抿了抿唇。

——或许，从那一刻起，她就成了唐夜弦。

也不怪唐夜弦对杜怀璋那样死心塌地。

原来不但是少年憧憬，更是真正意义上的救命恩人。

苏叶正感慨着，就听到身边的人长长地呼了口气。

她侧过脸去。

因为要一起用小小的笔记本电脑看视频，唐皓跟她离得很近。

她这一偏过头，甚至能看清他睫毛的弧度和眼底疲惫的暗色阴影。

苏叶连忙垂下眼，目光却又落在他下巴上。

他这几天的确累得很厉害，下颚的线条都似乎清减了几分，沿着修长的脖颈，没入雪白的衬衫领口，形成了一个鲜明的角度。

苏叶的心脏不由得多跳了几拍。

唐皓似乎并没有注意，他依然看着电脑屏幕，很明显地松了口气，说："这个视频根本证明不了什么。"

苏叶明白他的意思。

如果要当作案件的证据，这个视频的确不够。单从画面上的内容来说，既不能证明是她推了真正的唐夜弦下河，也不能证明是她在水下做了什么耽误施救。

这只是两个女孩吵架，意外落水，有一个被救起来，另一个没有被救起的悲剧而已。

她不需要有任何负担。

她之前多次试探，杜怀璋都没有拿出这个视频来，大概就是因为他也知道只凭这个根本没办法定什么罪，他只是在吓唬她而已。

但唐夜弦真的会被吓住，是因为蠢，还是因为另有隐情而心虚，就不得而知了。

毕竟唐夜弦自己也都已经死了。

苏叶叹了一口气，再次看向唐皓，问："你真的不介意吗？"她把视频倒回去一点，指了指那个短发女孩，"这个可能才是你真正的妹妹。"

"觉得我无情吗？"唐皓反问。

苏叶被噎了一下："不，我不是那个意思……"

"这个世界这么大，这么多人，意外随时都会发生，每一分每一秒，都有生命逝去。我怎么顾得过来？也许她的确才是我爸的女儿，但是对我来说，她也只是一个陌生人。五年前来到唐家，一直陪着我爸的不是她，现在站在我面前的，也不是她。"

唐皓看着苏叶，黝黑的瞳仁中映出她的影子。

只有她的影子。

"比起一个陌生人，我更关心我在乎的人。有什么问题？"他轻轻问。

当然没有。

没有感情基础，又是私生女这么尴尬的存在，让唐皓只是在视频里看一眼，就迸发什么强烈的兄妹爱也不现实。

苏叶自己也不是圣母，刚刚也只是一时感慨而已，毕竟……视频看起来不过短短十几分钟，但那背后，却是一条年轻的生命和一段完全被改变的人生。

唐皓把U盘退出来，道："这个我先拿着吧，回头我跟爸爸解释一下。"他顿了一下，试探着问，"如果他不介意……你也就不要再钻牛角尖了，行吗？"

苏叶之前是拿不好面对老爷子做借口不回唐家的，如果老爷子不介意，这个借口当然也就不存在了。

可是就这么回去的话，又算是什么身份什么立场？

唐皓倒是觉得他们是在谈恋爱。

可……

她如今……身份不对等，欠着他的钱，还一举一动都在他的监控之下，这算哪门子恋爱？

她垂下眼，并不接话。

唐皓磨了磨牙，告诫着自己现在不能逼她，闭上眼深吸了一口气，道：“耽搁这么久，饿了吗？先去吃饭吧。”

第四章

孟修的担心

唐皓下午还有事，吃完饭就先走了。

苏叶回明畅等孟修，在楼下就碰上了蹲守的记者。

客气点的还能先打个招呼“唐小姐，唐小姐，能耽误你几分钟问几个问题吗”，不客气的直接就问：“你现在是被唐家赶出来了吗？”

“离开唐家的感觉如何？”

“你自己之前真的一点都不知道你不是唐家的女儿吗？”

“杜怀璋已经入狱了，作为同伙的你为什么还在这里？”

“听说明畅的股东纷纷撤资了是真的吗？”

“你以后打算怎么生活？”

……

很显然，他们对今时今日的“唐夜弦”毫无尊重，问出的问题尖锐到无礼，直白到愚蠢，简直每一个都不怀好意。

苏叶这时就真的有点庆幸带了曹进。

这位保镖人高马大，一身彪悍煞气，往那里一拦，双眼一瞪，任他们怎么激动也没人真敢往前挤。

苏叶在电梯前停了停，目光从一群记者身上扫过去，点了几个人，向夏千蕾道：“把这几家媒体的名字都记下来。”点的都是刚刚问话最过分的。

刚刚还一片纷乱的场面顿时一静。

过了好几秒才有人叫起来："什么意思？"

"你们怕什么？当她还是唐家小姐吗？"

"对啊，她都自身难保了，还能把我们怎么样？"

但这时苏叶已经转身进了电梯，昂首挺胸，身姿笔挺，依然有如一只高傲而优雅的孔雀。

众人一时间被那美艳与气势震住，竟然又静了一会儿，直到电梯门关上，才有人不忿地道："神气什么？落地凤凰不如鸡，何况本来就是只假凤凰，看她能装到什么时候。"

有人跟着附和，也有人默默退开了。

狗仔中也不乏聪明人。

"唐夜弦"到现在还能摆出这样的姿态来，就算是假装，至少也是有假装的底气。

痛打落水狗的戏码固然很受欢迎，但也不过就是些小花边，如果能找出"唐夜弦"的底气所在，那却有可能是个真正的大新闻。

孟修是一个人来的明畅，很低调地戴了帽子和墨镜，直接到了公司前台跟接待小姐说和唐总有约。

苏叶挺意外的，一面迎他进办公室，一面道："孟大哥怎么也不给我打个电话，我好下去接你。"

孟修笑了笑："又不是找不到地方，还要接什么。而且，我刚在下面看到有狗仔，估计这几天你也不好多露面。"

作为一个影帝，孟修对狗仔的敏感程度远比普通人更高。这幢大楼是普通的商务楼，又没有什么其他明星在，他们在这里蹲谁一看便知。

"孟大哥还是这么为人着想。"苏叶也笑笑，请他在沙发上坐下，问，"喝点什么，茶还是咖啡？"

茶几上放了茶具，孟修也知道她懂这个，并不只是摆设，便随口道："茶吧。"

"孟大哥这个时候到云城，是之前打完电话就上路了吧？中饭吃了吗？"

“吃过了，中间休息区随便吃了点。”

“晚上还得回去？是不是太赶啦，要不要休息一下？”

“没事的，我带了小周，轮流开车，并不累。”

苏叶一面泡着茶，一面跟孟修闲聊，动作舒缓，心情也十分放松，甚至可能是她这两天最放松的时候。

孟修当然也看得出来，目光就更加柔和了。他轻声道：“你的状态比我想象中好很多。”

苏叶也不用问他原来想象中应该是什么样的，看看下面那帮记者，也就知道现在大众对她有什么“期待”了。无非要么应该失魂落魄摇尾乞怜，要么就是无法接受现实歇斯底里，反正怎么都不应该是这么淡定地坐在这里泡茶。

但是是孟修，她就相信他是真的担心。

苏叶给他倒了杯茶：“抱歉，让孟大哥担心了。”

“不……只是……希望你不要怪我唐突就好。”孟修顿了一下，才道，“我有时候……也觉得这样有点莫名其妙，但……大概真的就是一个眼缘吧。可能是第一次在片场，你跟我讲人物理解的时候，我就觉得，这么认真的孩子，值得更好的东西。”

苏叶想想当初的情景，不由得笑了笑。

她当时其实也是对娱乐圈没什么了解，苏大小姐嘛，怵过什么？无非就是认真做好自己的事情，其他人？咖位？统统都不在她眼里。

误打误撞下倒让孟修对她有了个好印象，也真算是缘分了。

“怎么会怪你？一直以来都是孟大哥在照顾我，我感谢还来不及呢。今天也是特意赶来……”苏叶抿了一下唇，真心实意地道，“我能遇到你才真是一件幸运的事。”

她抬手往自己身上比了一下：“不过你看，我真没事，孟大哥你放心吧。”

孟修抬了抬手，道：“我说这个，并不是想让你感谢，只是……先表明一下，我对你真的没有一点恶意。”

苏叶当然能看出来，但孟修又这样强调了一下，她就不由得正经起来，等着孟修的下文。

孟修却还是酝酿了一下，才问："你想离开唐家吗？"

他已经是第二次问苏叶这个问题了。

苏叶不由得怔了一下，才摊了摊手："我现在还不算离开唐家吗？"

孟修摇摇头，又换了一个问题："你真的喜欢唐皓吗？"

苏叶沉默下来。

孟修再问："那你之前，是真的喜欢杜怀璋吗？"

苏叶没喜欢过，但唐夜弦是真喜欢过的。所以她一时也不好回答。

不过孟修这问题跳得是不是太快了？

她歪了歪头："孟大哥为什么问这个？"

孟修却丢出了第四个问题："你听说过斯德哥尔摩综合征吗？"

她当然听说过，可这跟她有什么关系？

但孟修一脸正经，目光真诚。

苏叶眨了眨眼，整个人都有点不对劲了。

他是认真的。

苏叶张了张嘴，却一时间不知道要说什么。

她现在才知道孟修为什么非得见面谈，为什么在提出这个问题之前，要有那么多铺垫。

——他真以为她有病啊。

拜很多影视文学作品和发达的现代资讯所赐，斯德哥尔摩综合征也算是非常出名的心理疾病了，就算不是专业人士，也对它耳熟能详。

它的名字来源于瑞典首都斯德哥尔摩的一次银行抢劫案。

案中两名抢匪劫持四名银行职员为人质，长达六天之久。在这期间，人质们的心理发生了微妙的转变，对于挟持威胁自己的暴徒，从恐惧，转化为对他们偶尔仁慈的感激，显露出怜悯的情感。他们拒绝在法院指控这些劫匪，甚至还为他们筹措法律辩护的资金，表示并不痛恨歹徒，为歹徒没有真正伤害他们而感动，反而对解救他们的警察采取不合作甚至敌对的态度。更不可思议的是，人质中一名女职员竟然还爱上劫匪，并在他服刑期间与他订婚。

这事引起了大众和专家们的关注，经过调查研究之后，这种被害者对加害自己的犯罪者产生某种情感，甚至反过来帮助犯罪者的一种情结，就被称为斯德哥尔摩综合征。

苏叶一开始震惊于孟修会有这样的想法，但仔细想想，却也不能怪他。

孟修能得到的信息是有限的。

他不知道唐夜弦和杜怀璋真正的关系。

在唐家放出的消息里，唐夜弦就是被杜怀璋那伙人威逼利用的受害者。

那么之前唐夜弦和杜怀璋订婚，非他不嫁，在外面流露出的各种亲密，还帮他欺骗了唐家这么多年，的确就有点微妙了。

孟修也不知道唐夜弦已经变成了苏叶，以及她和唐皓的关系。

他见过唐皓对苏叶动手，之前还怀疑唐皓“家暴”，而苏叶之后不但没有追究反抗，甚至……看这次的事件结果，大概还倒向了唐皓这方，出卖了杜怀璋。

这前前后后一联系，不对劲的地方就太多了。

孟修又不是那种含含糊糊一带而过的性子，他总要想一个能够说服自己的理由。

比起人格分裂……大概斯德哥尔摩综合征还相对好接受一点。

苏叶叹了口气，轻轻道：“我如果说不是……孟大哥是不是也不会信？”

孟修没有回答，而是缓缓道：“你刚到《宫墙月》剧组的时候，我听说过一些传闻。后来……就是真人秀之后吧，因为唐皓……”他顿了一下，目光扫过她修长白皙的脖颈，没把那句话说完，跳了过去，“之后又打算合伙开发红枫镇，我找人认真核实了一下关于你那些传闻。其实都是真的吧？”

那都是唐夜弦的锅，但苏叶也完全没办法否认。

“那让我非常意外。因为我真的还挺相信自己看人的眼光，那些传闻，和我认识的这个人，完全不是一回事。而且……”孟修转了转手里的茶杯，“你才多大？还没满二十吧。这茶泡得真不错。”

他并不是第一次喝苏叶泡的茶，当然分得出，只是临时装一装样子，还是真的会泡喜欢喝。

相比起来，之前那些传闻里的酗酒飙车，反而更符合她这个年龄这个身份。

苏叶喝茶是受了父亲苏承海的影响。

苏承海喜欢，她耳濡目染也就学会了。

再有一点来说，泡茶喝茶这种舒缓悠然的事，也的确很有益于她放松心情整理思绪。

“人的心境，也许可能在一夜之间成熟起来，但是习惯和技能，却总有个累积的过程。就像你演戏，你的确很认真，很聪明，有灵气也懂得思考，但演技这个东西，从无到有，有心人总能看出轨迹。可是从嚣张跋扈不学无术的小太妹，到从容沉稳的明畅公司女老板……这中间……”孟修比了个手势，“什么都没有，就好像影片跳了一帧，就变成了另一部截然不同的片子。”

因为的确就是突然间换了一个人啊。

苏叶眉宇间露出一丝苦涩。

她果然不会演戏吧，唐皓、许嘉、孟修……但凡有人认真注意她，就能看出来她的不一样。

“所以，我不由得在想……也许，这两种，都不是真正的你。”孟修继续道，“就好比现在的流量明星们，公司需要什么样的人设，就竖一个什么样的出来。到了下一个阶段，再扔出一个更流行更讨好的……”

“我并没有……”

苏叶忍不住想要分辩，却又被孟修抬手打断：“对应到你身上，我甚至觉得，这可能都不是你的本意，也许你自己都没有觉察到。信赖型人格在被控制的时候，会不自觉地倾向控制者，按照控制者的意愿来塑造自己。这才能解释你的两种完全不同的性格表现。在杜怀璋手里是一种，当唐皓更加强势地进行干预时，又变成了另一种。所以，这就要回到我最开始的问题，你真的喜欢他吗？”

孟修的五官生得极好，眼型漂亮，眼神明亮，在热茶的氤氲雾气里看起来，简直好像自带圣洁的仙气。

被他那样看着，苏叶那些推脱和借口就有点说不出口。

她放了茶杯，轻轻叹了口气：“抱歉，让孟大哥这么担心，真是我的错。可是有些事，我真是……不知道要怎么解释，可能说了你也不会信。”

孟修道：“你都没说，怎么知道我不会信呢？”

苏叶闭了闭眼，再睁开时，就直接说了出来："其实我是苏叶。"

孟修愣了一下，下意识地重复："苏叶？"

"对，苏氏的大小姐，车祸死掉的那个苏叶。"苏叶道。

她还是第一次正正经经跟人说出自己的真实身份。

就连跟唐皓，也只是试探或者赌气一般地说"托梦"或者"改变身份"。

但这时真的说出口，不知为什么，反而觉得一阵轻松，她索性继续说下去："你说你认真核实过我的消息对吧，那手上应该有个大致的时间表？你自己对一对，苏叶什么时候死的，唐夜弦什么时候变的？认真论起来，我跟你第一次见面其实不是在《宫墙月》剧组，而是五年前苏氏的年会。你作为特别嘉宾唱了一首歌。不过我们没说什么话，就寒暄了几句，喝了一杯酒。"

那个时候的苏大小姐，对娱乐圈完全没有兴趣，孟修也没有现在这样的成绩，不过就是个产品代言的小明星，表面功夫做到就行了。

而且，企业年会而已，又不是正经演出，就算是孟修最铁杆的粉丝，最多也就是知道他去过这么一个活动，不可能知道他和苏叶有没有说过话喝过酒。

这真是只有当初在场的人才会知道的事。

而那个时候，唐夜弦大概才刚到云城，苏唐两家因为苏叶和唐皓的分手，关系正僵，她根本不可能有机会参加苏氏的年会，自然也就不可能知道这些。

但面前的少女，就这么轻松随意地说了出来。

孟修看着她，突然觉得自己的三观受到了前所未有的冲击。

孟修是个老演员了，他演过各种各样的电视剧电影，各种各样的角色，当然也包括灵异悬疑穿越重生。

每一部戏他都很认真，会努力地去理解角色理解世界观，但是，他真没想过这种事会真的存在。

苏大小姐苏叶死了之后变成了唐家的私生女唐夜弦？

怎么可能会有这种事？

可是唐夜弦的变化是真的，现在他面前的少女说出了唐夜弦不可能知道的事，也是真的。

这……

孟修摇了摇头，甚至下意识地往四周看了一圈，试图寻找是否有隐藏的摄像头。

开什么玩笑？

骗他的吧？

是什么新的整蛊节目吗？

苏叶一直留意着他的反应，这时不由得轻笑了一声：“你看，我就说吧，说了也没有人会信。”

孟修沉默了一会儿。

他真没想到会是这样的事。

苏叶的样子，也实在不像是在说谎。

那么……

要么她说的就是事实，这世上真的有改变身份复活这样不可思议的事，他得重塑自己的世界观。

要么……她的情况就可能比他预想的斯德哥尔摩综合征更严重。那就不是他能干预的了，必须要找真正的专业人士来才能判断到底是什么问题。

孟修犹豫着，也没有直接跟她争辩，而是问：“你还跟别人说过这事吗？”

“真正说出来的，你是第一个。”苏叶道，“我之前，在唐皓面前试探过，结果你看到了。”她指了指自己的脖子，露了抹自嘲的讥笑，“他不容许有人亵渎死者。”

原来那次是因为这个。

孟修之前调查过唐夜弦的事，当然也就绕不开唐皓的事，他跟苏叶什么关系，孟修也很清楚，而且前不久唐皓还公开支持了苏叶，可见用情之深。

他没有得到的初恋情人，又已经死了，只会永远成为他心里的白月光。

而一个他向来看不上眼的声名狼藉的私生女，竟然想要“冒充”他的白月光，他会盛怒简直理所当然。

但理解归理解，孟修的目光扫过苏叶白皙修长的颈项，却不由自主想起她那天用丝巾都遮掩不住的伤痕，皱起眉道：“不管怎么样，总不该动手的。”

苏叶不想跟他讨论唐皓有没有绅士风度，只笑了笑，为他续了茶。

“你以后打算怎么办？”孟修问。

在来之前，他曾经想过，如果苏叶真的是斯德哥尔摩综合征，那离开唐家这个环境，有个正常的生活工作环境，慢慢就会好起来。

但现在情况又不一样了。

如果她真的是苏叶，或者说，真的以为自己是苏叶，那只是单纯地让她离开唐家，大概也解决不了问题。

果然，苏叶就缓缓道：“孟大哥关注过苏叶的死和最近传她是杀人凶手的事吗？”

孟修点了点头：“略有耳闻。”

苏叶道：“我出车祸不是意外，那辆车被人动了手脚。所以，目前来说，我最想做的事，就是搞清楚自己死亡的真相。”

她一时“她”，一时“我”，孟修的目光就越发有点复杂。

但听她这么说，也算是明白她认为自己是苏叶，却一直留在唐家，而不是回去苏家的原因。

再想想那天在酒店她碰上许建安……

“所以，那天你装醉……其实是在故意接近许建安？”孟修的联想力的确相当强大，跟着就也自嘲地勾了勾嘴角，“那我岂不是多管闲事破坏了你的计划？”

“当然不是。我真的很感激那天孟大哥能挺身而出。那个时候，我真不知道他会有那种举动，其实也不知道应该怎么面对他，才故意装醉的。”

苏叶垂下眼,那个时候,她其实还什么都不知道,甚至对许建安还存有幻想。不过……就算到了现在，她其实都不敢相信，杀了她还想让她身败名裂的人会是许建安。

毕竟……

“我当年，大概真的是个瞎子吧。”她这么感慨。

孟修看着她，越发混乱起来。

面前的少女一张美艳的脸青春粉嫩，但眼神中流露出来的，却真是历经世事的悲凉。

说起许建安时，那种愤恨里带着迷惑甚至还有几分怀念的感觉，也根本不可能是十几岁少女可能会有的。

若说是演技……她的演技就是在他眼皮底下看着学的，根本不可能演到这个程度。

所以，“唐夜弦”到底发生了什么？真的是“苏叶”改变身份重生了吗？

苏叶的手机就在这时响起来。

是唐皓的电话。

苏叶犹豫了一两秒，才接通了。

“我听说孟修过来了。”唐皓开门见山地说。

苏叶转头看了孟修一眼，点了点头：“嗯。”

保镖是唐皓的人，她去了哪里、见了什么人，当然都瞒不过他，但这事也的确没有什么隐瞒的必要。

但出乎苏叶意料之外的是，唐皓竟然很平静，只道：“我们请他吃个饭吧？”

苏叶不由得一怔：“欸？”

“他这么担心你，特意赶过来，我们难道不应该表示一下吗？”

唐皓说到这句，到底带出一丝酸意来。

苏叶想想，他的确之前就很介意孟修，这时一直强调“我们”，大概也只是想在孟修面前宣示一种主权吧。

可笑的幼稚的吃醋的男人！

苏叶有点无奈，转过头看看孟修，索性把手机开了免提，直接问：“唐皓说想请你吃饭，你想去吗？”

孟修犹豫了几秒钟，就点了头。

“好，我也正想见见他。”

唐皓和孟修都是五官英俊身材一流的美男子，站在一起，简直就是一幅让人赏心悦目的美妙画卷。

单论长相来说，当然是孟修更出色一点，毕竟通过全世界影迷鉴定盖章的影帝，外形本来就是加分项。

但唐总裁气场少说两米八，压得住场，镇得住人，甚至会让人忽略掉外貌上那点差距，不自觉地被他吸引。

两个男人握手寒暄，看似彬彬有礼轻松愉快，但苏叶总觉得，就好像连两人之间的空气都闪动着微妙的火花。

唐皓自然是在吃醋，但孟修……

苏叶很清楚，孟修目前对她大概并没有什么男女之情，他会对唐皓怀有敌意，多半……还是在为她打抱不平，觉得她可能是被唐皓控制了——就算没有限制她的行动，至少也是影响了她的思想。

也就是说，孟修并没有真的相信她是苏叶。

苏叶自嘲地勾了一下嘴角。

也是，成年人嘛，都有自己成熟的三观了，哪会那么轻易就相信这种怪力乱神的东西？

大概就好像当初的唐皓和许建安一样，早就自己脑补出了一套可以说得通的解释了吧。

说不定都会觉得她已经疯了。

毕竟……按正常人的思维来看，一个普通的十九岁少女，在经历过“唐夜弦”这样大起大落的人生，还能保持她这样的平静才不太对劲吧。

“于公于私，小夜都受了孟先生很多照顾，我早想好好感谢一下孟先生的，只是最近事情太多一直也没有腾出空来。今天也算是赶了巧，听说孟先生晚上还要回云溪，只能先请你吃个便饭，简陋了些，还请孟先生不要见怪。”

唐皓这么说着，请孟修入席，又侧过身替苏叶拉开椅子。

是体现风度，又是宣示关系。

苏叶已经懒得去解释什么了，反正两边都未必信她，索性就当自己是个摆设，椅子拉开她就坐下，茶水倒好她就接着，只等着看两位男士的表演。

唐皓也没有再刻意地表现出什么亲密，只是在跟孟修闲聊的同时，顺手照顾她一下。

唐总裁其实也并不是天生冷漠，如果他想，也可以平易近人。

就像现在，聊聊天气，聊聊食物，聊聊工作，聊聊电影市场，他看起来就好像真的只是普普通通地跟朋友吃顿饭。

孟修心里其实也挺意外的。

唐皓并不是那种喜欢出风头的人，在公众面前露脸的次数并不多，孟修本人之前唯一一次跟他打交道，就是在红枫镇。

那时的唐皓冷静高傲，就算跟他们坐在一起，骨子里也透着世家子弟的疏离。现在简直就好像换了一个人。

他甚至忍不住想，这种分裂难道是唐家的遗传吗？但是转眼看到苏叶，又意识到苏叶其实并不是唐家的亲生女儿。

他的目光太明显，苏叶叹了一口气，道："他平常不是这样的。"

唐皓正在给她剥虾，听到她拆台，动作就微微顿了一下。

苏叶继续道："大概是最近太累又太紧张。"

安盛才刚出了商业机密泄露的事，又牵扯出唐家私生女的秘辛，任谁都能想到唐皓最近的压力和辛苦。

至于紧张……

人称"唐阎王"的唐皓见他一个演员，会紧张？

开什么玩笑呢？

说出去根本不会有人信吧？

唐皓无奈地看了苏叶一眼，并没有否认，只是把手里剥好的虾放到苏叶碗里，低声道："当着孟先生，这样取笑我，不太好吧？"

话是这么说，却没有丝毫责备的意思。正相反，简直在每一个音节里，都透着温和的宠溺。

这就很微妙了。

孟修笑了笑："抱歉，倒是我考虑不周了，不该在这当口耽误唐先生的时间。"

唐皓擦了擦手，也笑了笑："没有，反正是想跟孟先生见一面的。我想，我们之间，大概有点误会，当然越早说开越好。"

孟修挑了一下眉："误会？"

“孟先生……一直在怀疑我吧？”唐皓也不再继续绕圈子了，看向孟修，直接道，“从枫城回来的飞机上开始，你就在暗示我没有给小夜应有的待遇。这次也是一知道唐家出事的消息就直接赶来看她，多半也是担心唐家，或者说，我，会趁机对她不利，对吧？”

孟修沉默了一下。

这样的唐皓，才更接近他印象里的样子。干脆利落，直指核心。

“但小夜不是那种会随便找人告状的性格，所以，大概是孟先生自己发现了什么，我想，最初应该是在红枫镇的时候吧？”唐皓继续说，“发现了她的才能，又看到她的伤痕，联想到以往种种流言，所以猜测她在唐家过得不好？”

孟修坦然点下头：“是，她自己从没有提过……”

唐皓笑着摆摆手：“你不必忙着替她揽责任，我本来也不会因为这些事怪她。我……”他停了一下，露出一丝苦涩，“那次的事我无法辩驳，这一次，也是我判断失误考虑不周，甚至更早以前……我的确做错了很多事，带给她的伤害也无法逆转，这不是我说几句话就能抹掉的。你们会有所疑虑，不相信我，也是正常的。但即便是这样，我还是想说，我比世界上任何一个人，都更希望她能过得更好，一辈子平安喜乐。”

孟修再次沉默下来，半晌才道：“你其实，并没有必要跟我说这些。”

“嗯。但小夜珍惜这份友情，我就愿意把你当朋友看。你有误会，我就愿意解释。”唐皓伸过手，轻轻覆在苏叶手上，“我们已经错过了太多，我不想再因为挑拨猜忌隐瞒和沟通不畅影响我们的关系。所以，有什么问题，都最好当面摊开来说清楚。”

他又一次说了“再”。

那一瞬间，苏叶就好像回到了七年前。

漏接的电话，失约的夜晚，断章取义的录音，父亲单方面的要求，自己愚蠢的傲慢……

如果当时再见一面……哪怕多问一句，是不是就会有截然不同的结果？

孟修的目光也落在了对面两人交叠的手上。

唐皓的手掌宽大，手指修长，几乎将苏叶的手包得严严实实，只露出春葱般娇嫩的一点指尖。

那是一个完全包容与保护的姿态。

孟修一直悬着的心突然就松了下来，他看着他们，问：“所以，你是真心喜欢他吗？”

他没说问谁，话里的“他”也听不出指谁。

苏叶不由得抬起眼来，跟唐皓对视了一眼。

唐皓先点了头：“是。”

苏叶垂下眼没再说话。

孟修又问唐皓：“那现在这个情况，你打算怎么安置她？”

“安置？她不需要。何况现在也没什么奇怪的情况吧。商业间谍案是安盛的事，牵连不到她身上，最多就是身份曝光。但不是唐家小姐对她的影响最多也就是外面那些风言风语罢了。她有自己的学业，自己的事业，为什么要用到安置这个词？”唐皓挑了一下眉，又握了握苏叶的手，半真半假地抱怨，“而且，孟先生也算是跟她合作过的，难道还不知道吗？她自己的想法可多了，根本不听别人的安排。我大概……只需要做一个安静的提款机就行了吧。”

苏叶白了他一眼，把自己的手抽回来：“欠你的钱我会还的。”

唐皓也不介意，还低低应了一声：“嗯。”

被他们这样一说，外面无数媒体想要深挖细究的经济大案和真假公主的惊天八卦，似乎真的就是这么平淡无奇，一丝浪都掀不起来。

孟修突然有点心塞。

他又想起了当日苏叶说“我就是钱”的嘚瑟模样。

妹妹是钱，哥哥就是提款机……你们真的不是一家人吗？

跟这种有钱人的天真是没法聊了。

唐皓却又道：“我会支持她做一切她想做的事，但只有一点，”他看定了孟修，目光突然凶狠，就好像捍卫自己领地的野兽，“我这辈子，再也不可能把她让给别的男人。”

孟修迎着他的目光，一点退缩都没有，反而笑了笑：“那你得真的对她足够好才行。”

唐皓也笑了笑：“我不介意孟先生做个见证。”

眼见着两人之间似乎又有噼里啪啦的火光闪过，苏叶无奈地叹了口气，继续低下头吃自己的饭。

孟修还要赶回云溪，这顿饭并没有吃太久。

苏叶送他走到车边。

孟修停下来，转过身，静静看了她一会儿，才道：“这次见面……老实说跟我预料中……相差很远。我也不知道，这到底算好，还是不好。”

苏叶笑了笑：“孟大哥放心，我真的没事。”

孟修也露了个笑容：“至少今天，是能看出他的诚意的。不过……你们之间……太私密的问题，我就不好多问了。但他有一句话没错，有什么隔阂和误会，最好还是都摊开来说清楚。”

苏叶回头看了一眼。

唐皓就在不远处等她。

是一个非常安全的距离，留给了他们说话的私密空间，又留在了视线之内，如果有什么变故能够第一时间赶来。

苏叶抿了抿唇，没有说话。

“那么，我先走了。”孟修说。

苏叶这才上前一步，抱了抱他，低低道：“谢谢。”

孟修没料到她会抱上来，先怔了一下，才笑着轻轻拍了拍她的背：“照顾好自己，有什么事随时给我打电话。”

苏叶靠在他肩头，无声地点了点头。

孟修又拍了拍她：“好了。我走了。”

苏叶站直了身子，放了手，勉强又笑了笑：“路上小心。”

孟修点点头，又向那边的唐皓挥了挥手，拉开车门上了车。

苏叶目送他的车开出去，又在原地多站了几秒。

听到身边的脚步声，她转过头来，正看到唐皓的脸。

“这么舍不得？”他问。

声音压得很低，有点危险的意味。

“说过很多次不是那种关系了。”苏叶解释了一句，就走向了自己的车子。

曹进已经在车边等着，提前替她开了门。

苏叶才刚坐上去，唐皓就跟着上来了。

她转头看着他。

“我先送你回去。”唐皓说。

苏叶才张了张嘴，就见他靠到了座椅靠背上，闭上眼，伸手捏了捏自己的后颈，一脸疲倦，简直好像随时都可能睡过去。

苏叶到了嘴边的话突然就有点说不出口。

但唐皓对她的目光相当敏感，他又睁开眼来看着她，问：“怎么了？”

苏叶摇了摇头：“没有，只是看你真的很累的样子，早点回去吧。”

唐皓就笑起来：“不用担心，这不算什么。我以前三四天不睡也没什么。”

以前……是说撑住唐家那段时间吧。

苏叶想，他们真是错过了太多。

她叹了一口气，最终只是轻轻道：“好好睡一觉吧。”

唐皓没有回话，只是一眼不眨专注地看着她，就好像一闭眼她就会不见一样。

苏叶被他看得微微有点脸红，索性别过脸去看着车窗上自己的倒影，低声嘟哝道：“我又不会跑。”

至少在查明自己死亡的真相，还清欠他的钱之前，不会跑。

但如果能还清他的钱，就代表她会有足够的实力站在同他对等的位置，其实也就没有跑的必要了。

苏叶自己在心里加着注解，好像听到唐皓笑了一声，跟着肩头一重，他已经靠了过来。

这个人……

苏叶顿时又羞又恼，本能地想要推开他，但是抬起手来，却又顿在那里。

他离她那么近，脸就挨在她肩窝里，稍微一扭头就能碰到。

散乱的发丝扫过她的皮肤，轻柔微痒。

稍有点急促的呼吸拂在她的锁骨上，她甚至能听到他如鼓的心跳。

带着点紧张，带着点期待，又有些不安和害怕被拒绝的担心。

就像少年时第一次亲近。

这个人……

车内乳黄的灯光照在他的脸上，眼睫、鼻梁投下立体的阴影，嘴角和下巴渐渐隐没在黑暗里，这时的唐皓看起来丝毫没有平日冷峻，疲倦却又安详，有如一只飞过千山精疲力竭终于回窝的栖鸟。

苏叶心头也好像有羽毛划过。

又酸又软。

她再次叹了一口气，抬起的手放了回去，甚至调整了一下自己的姿势，好让他能够靠得更舒服一些。

唐皓没有动，也没说话，但之前急促的呼吸慢慢平缓下来。

他真的睡着了。

第五章

老爷子的态度

第二天一早，苏叶就发现她上了头条。

夏千蕾把新闻页面打开递给她看，叹了口气：“我觉得我这两个月掉的头发比前两年加起来还要多。”

苏叶顺手接过来，一面笑道：“当初是谁说喜欢有挑战性的工作？”

夏千蕾被噎了一下，自己作的死，真是含着泪也要完成。

苏叶倒也没继续调侃她，转头去看新闻。

那篇文章的标题是“孟修秘密现身云城，疑为私会情人”。

当先就是一张照片。

孟修站在车边，跟苏叶拥抱。

不知道是角度选得微妙，还是后来修过图，照片上完全看不到就在旁边的唐皓，只有他们两人，看起来的确很亲密。

孟修虽然戴着帽子口罩，但不要说粉丝了，看过他几部电影的人应该都能认出来。

苏叶靠在他肩头，只露了半张脸，但“唐夜弦”的美貌是极有特点的，还是个混血儿，身份也并不难猜。

这篇报道的用词倒还算是中规中矩，只说“路人”无意中拍到孟影帝与一名女子吃饭，态度亲密，有如情侣。

但下面的评论就不那么客气了。

直接把唐夜弦那点黑历史翻了个遍，认定她是身份曝光被唐家赶出来之后，死缠烂打地抱了孟修的大腿。

这也符合很多吃瓜群众的想象。

毕竟唐夜弦之前的名声就是不学无术，脾气又坏，现在没有唐家做她的靠山了，她除了赶紧给自己再找一个金主还能怎么样呢？

孟修的粉丝们当然不干。

之前只是觉得唐夜弦蹭孟修热度，他们就能把她骂得狗血淋头，现在还想赖上孟影帝的人？简直白日做梦！

唐夜弦的微博又被一片漫骂淹没了。

而这次除了孟修粉，还有不少猥琐男。

唐夜弦这样的美貌，没了唐家小姐的光环保护，实在太招人垂涎了。

加上那个上头条的绯闻，就让这些人有了“你都能自己送上门让人潜规则了，我为什么不能消遣你”的错觉，在她每一张照片下面刷各种污言秽语。

夏千蕾从发现开始就在处理，但评论数量实在太多，刷得又快，苏叶自己还是看到了一些，不由得皱起眉。

她是不太在意外人的闲言闲语，但这种……也实在太恶心了。

不过，说起来这也是怪她不谨慎，或者说，她一直都没有适应好自己的身份转变。

当她是苏大小姐的时候，她见什么人做什么事，并不会有什么媒体关注，就算被拍了照，也不会引起这样的风波。

但“唐夜弦”既然进了娱乐圈，自然就会聚焦更多目光，加上才刚刚爆出假公主遗产骗局的事，本身就在风口浪尖上。

孟修其实提醒过她有狗仔的，能在明畅蹲守，当然也可以跟着他们去饭店。但她当时……根本没想起这茬，一时感动，就上前抱了他。

她真的完全没想到一个普通的拥抱而已，竟然会被曲解成这样，毕竟当时唐皓都在场。

“这事我们得跟孟修那边统一好对外解释的口径。”夏千蕾道，“我已经给他的经纪人打过电话了，孟修今天上午有挺重要的戏，经纪人还没有告诉他。我们初步商量了一下，不如就说是为了明畅的事。孟修买下了其他人的股份，这个已经有很多人知道了，所以他要过来补个合同也说得过去。”

苏叶犹豫了一下：“我觉得……以孟修那个眼里揉不得沙子的性格，大概不会喜欢我们跳过他自作主张，还是先问一问他本人吧。你跟他经纪人继续联系，看他什么时候能空，我给他打个电话。”她叹了口气，“这事说起来也是怪我，我也得跟他道个歉才好。”

夏千蕾如今在她面前也挺随意的，跟着就点了点头：“孟影帝大概也是两年的绯闻都没有认识你这两个月多。”

苏叶不由得失笑，却也无可辩驳。

她还没等到孟修空下来给他打电话，先接到了许嘉的电话。

许嘉说上次说过的新剧本改完了，已经给她发过来了，看她什么时候去补个新合同再商量一下进组的时间。

苏叶有点意外，问：“你没看到那个……关于我的头条吗？”

“看了啊，我接下来就想问你这个呢。”隔着电话都能听出许嘉话里的戏谑，“你们真的有一腿吗？”

苏叶埋怨自己就不该多问那句。

她磨了磨牙：“许老师觉得呢？”

“问我啊？那就是真的喽？”许嘉咂咂嘴，“真看不出来，原来孟修浓眉大眼的，也好这口。”

对他时不时就冒出来的不正经，苏叶也真是无可奈何了，只能叹了口气，分辩：“不是那样的，许老师你别乱说。孟老师清清白白的，不要‘黑’他。”

许嘉就笑起来，道：“但他待你，倒真是不一般。他虽然在圈子里也是有名地照顾后辈，但能做到这个地步，也很少了。”

的确，如果说在《宫墙月》和大挑战，孟修大概也只算顺手为之地提携一下，到后来给她推荐再到这次赶来见她……甚至都可以算是超出普通的朋友了。

如果不是知道孟修是误会她被“家暴”，又担心她精神有问题，出于人道主义才多关心一下，她自己可能都要多想。

但这时，苏叶也只能又叹一口气，道："他是个好人。"

"叮，好人卡！"许嘉在那边搞怪地说。

苏叶有点哭笑不得："嗯，许老师你也是个好人。"

"喂喂，有你这么随便乱发卡的吗？"

"难道不是吗？"苏叶道，"换成别人，我最近这么多黑料，谁还敢请我演戏？"

许嘉这个片约，对如今"被赶出唐家""衣食无着"的"唐夜弦"来说，无异于雪中送炭。就算对实际并没有那么窘迫的苏叶来说，也能免去她住在酒店又要时时面对唐皓想叫她回唐家的为难。

虽然说早就有过口头约定，但是艺人自己出了问题，签了合同都被解约的情况也多得很。何况许嘉本来就是临时改的剧本，不改了就照原样也完全不会有问题。现在还叫她去签合同，真的是有心关照她了。

"我可没有徇私啊，导演制片人都同意的。毕竟你之前的表现大家都心里有数嘛。黑料怕什么？不黑还没话题呢。"许嘉顿了一下，又无情地指出，"再说了，你又不是主角。说不定黑粉们看你在我们这剧死得惨，还能多给我们几分呢。"

苏叶觉着这天真是聊不下去了。

她跟许嘉约好了见面的时间，就挂了电话，转过头来，却见夏千蕾盯着手机，震惊得脸都要抽筋的样子。

"又怎么了？"苏叶问。

夏千蕾摘下眼镜，揉了揉脸，把手机递给她："经纪人这个职业，是心脏病的高发人群吧？我都不知道应该同情我自己还是更同情孟影帝家那位了。"

苏叶接过来，手机上是夏千蕾自己的微博号。

现在的页面显示的两条微博分别来自唐皓和孟修，都是实名认证的官微，发博时间前后相差不过两分钟。

孟修的微博比较简单，只问："男未婚女未嫁，在一起吃个饭犯法吗？"

唐皓就比较官方，直接谴责最开始报道这事的媒体捕风捉影伪造新闻，要求他们公开道歉。下面是一排九张照片。

第一张就是头条新闻上那张照片，后面八张都是大同小异，完全看得出来，是同一时间同一地点同一个位置拍的。

但是除了第一张之外，其他照片或多或少都有唐皓的身影。

苏叶想唐皓大概是想办法直接找到了拍照的狗仔。

新闻虽然只会挑一两张照片，但是偷拍的时候，当然是尽可能多拍了。

唐皓把有拍到他自己的都挑出来发在后面。

他没解释当时具体是怎么回事，但任何智商正常的人都能看得出来，什么私会情人根本是无稽之谈。谁跟秘密情人约会还带着别人？何况还是带着唐皓这样的人物？

而唐皓亲自发了这个微博，甚至不惜贴出自己这样的照片，也是表明了他对“唐夜弦”的维护，从另一个角度证明她还没到随便什么人都可以踩一脚的地步，当然就更不可能自甘堕落去跟孟修怎么样。

但……

跟孟修那条一对照……

就有点微妙起来。

唐皓肯定是想维护苏叶并澄清那个胡编滥造的绯闻的，孟修却明显是认了的意思。

单从网络的影响力来说，唐皓还真不如孟修。安盛的官微有其他专人维护，他自己这号，从头到尾没发过几条微博，如果不是实名认证过，指不定都会被当成“僵尸号”。

孟修微博也发得不多，但毕竟是大明星，每年总有些宣传活动，微博上好几千万粉丝。

所以，媒体还没有道歉，他那边就先“炸”了。

其实如今粉丝们对偶像恋爱结婚的态度已经开明了很多，除了少部分偏执粉之外，大多数人还是会选择祝福。

但孟修这次的情况又不一样。

首先是突然间被曝出来的，一点铺垫都没有，大家在情绪上就有点接受不了。

再一点，对象是唐夜弦。她除了长得漂亮之外，现在并没有什么拿得出手的成绩，反而一身黑料。之前好歹还有个唐家小姐的背景撑着，现在又已经证明根本是个冒牌货了，她怎么配得上孟修？

伤心的粉丝们叫着脱粉，激进一点的不但骂“唐夜弦”，连孟修也一起骂了，用恨铁不成钢的语气怪他有眼无珠，耽于美色。

中间又有黑粉和竞争对手趁机兴风作浪，把这事炒得轰轰烈烈，鸡飞狗跳，甚至连微博的服务器都一度因此崩溃。

等网站一恢复，大家就看到了媒体的道歉。

不但首发那家，后来跟着转的媒体和大V，也齐刷刷地道了歉。

毕竟唐皓都亲自证实了，如果新闻是真的，媒体可能还会考虑硬扛一下顺便再趁机炒作一波“不畏强权”，但事实是……那篇报道的口吻再“中立”再“疑似”，也无法洗白他们的确在牵强附会地带节奏。

理和钱都在对方手里，他们还扛什么？

毕竟制造绯闻也只是想要搞点热度，不是想把自己搞死。

所以媒体很快服了软，推了一个也不知道是否存在的“实习生”出来顶锅，郑重地向三位当事人道歉。

于是，网上又“炸”了。

有一部分人认为，这种情况，孟修直接认下，肯定是为了避免女方太尴尬，实在是太温柔了，也有人觉得孟影帝根本只是在自作多情，还有人觉得他完全是被唐家兄妹耍了。

几方人马各执己见，争执不下，局面越发混乱了。

苏叶大致扫了一眼就没再关注。这种情况，她再出面，说什么都是火上浇油，索性不管，直接交给公关团队去处理。反正她一向的原则都是专业的事交给专业的人。

她自己给孟修打了个电话。

又是道歉和道谢开场，苏叶都觉得有点好笑。

“欸，我总觉得……我们好像一直在循环同样的话。”

孟修也笑了笑："没事的，你也不用太放在心上。这事闹大都怪我。不过娱乐圈嘛，就是一点小事闹得天大，但要不了两天，就又忘记得一干二净了。"

苏叶应了声，又道："照片的事，应该算是解决了，但肯定还是有人会追问你那条微博的。你想怎么办？需要我配合吗？"

提到这个，孟修也有点懊恼："我也没想到唐皓动作会这么快……"但很快又道，"没事，就这样吧，反正也没说错嘛。"

他说的是"男未婚女未嫁，在一起吃个饭犯法吗"只要不联系前因后果过度解读，的确也没有什么错。

苏叶有点无奈地叹了口气："唐皓估计也没想到你会出声……"

孟修就笑了声："正好给他点压力也好。"

"真正有压力的是孙先生吧？"

孟修的经纪人叫孙明宇，苏叶也见过两次。早先还开玩笑说孟影帝这样的长相演技人缘资源，他这个经纪人简直躺着赚钱，现在只怕是躺着心脏病发作了。

孟修倒也不介意，只道："不给他惹点事怎么显得出他的能耐？"

"行吧。"苏叶也没什么可说的了，她自己其实也不算什么省事的人，"有什么事用得上我就给我打电话。"

孟修那边还在片场，没多说什么就挂了电话。

苏叶看着手机，又叹了口气。

其实刚刚有一点她没跟孟修说明，他那条微博……估计最生气的就是唐皓。

孟修在明知道他对苏叶的感情的前提下，还说这种话，对他而言，大概已经算是明晃晃的挑衅了。

唐总裁怎么受得了这个？

苏叶正想着，手机又响起来。

唐皓。

真是说什么来什么。

她的心脏顿时一紧，做了个深呼吸才伸手接了电话。

但让她意外的是，唐皓并没有提起孟修，只问她现在怎么样，有没有好好吃饭。

“不要为网上那些言论生气，一切有我。”

苏叶的心口顿时就酸了酸。

她是打小作为苏家的继承人培养的。但作为一个女孩，要扛起家族的责任，就得承受比男人更大的压力。

时时刻刻都似乎有人在盯着她，就等着她倒下去，好踩上一脚。

所以她才从小就要强，不能低头，不肯认输。

谢圆圆碰上什么事情，只要流几滴眼泪，父兄就会为她出头解决。

她却不行。

她连一丁点的软弱都不能流露出来。

哭泣不会为她赢来同情和援手，只有质疑和连同苏家一起被轻蔑。

不论摔倒多少次，不论摔得有多惨，她都只能自己咬牙再站起来继续向前。

不然那时跟唐皓……接到他要分手的电话，她哪怕放下身段多问一句为什么，大概结果都会完全不同。

而后来跟许建安结婚，说是相敬如宾、相濡以沫，但仔细想想，在他面前哭出来，大概还是在父亲去世的时候。

就算是重生之后，她的计划其实也是先依靠唐家站稳脚跟，赚钱，再发展自己的力量，争取能独立自主。

可是自从唐皓对她的态度改变之后……他自己开玩笑的时候，说他只要做个安静的提款机。但其实他为她做的，远远不止于此。

“有我在。”

虽然只是简简单单几个字，却是踏踏实实的承诺。

她开公司也好，拍电影也好，“苏叶”的案子也好，网上这些事，他一直都站在她身边。

甚至包括被杜怀璋关起来的这次，唐皓虽然自己也承认犯了错，但其实也还是一直在尽力救她。

这种有人可以放心依靠的感觉，似乎也不错。

但唐皓接着就道：“爸爸想见你。”

苏叶不想回唐家，主要是因为不想天天面对唐皓。其次是走得太狼狈，这么随便就回去了有点没脸。

而对唐老爷子，她只有内疚，因为唐夜弦，也因为自己，所以心态上，其实也有点逃避。

但老爷子都开口了，她还躲着不见面，就矫情得有点过分了。

苏叶同意之后，唐皓亲自过来接她。

“上次那个视频我已经给爸爸看过了。”他在车上对苏叶道，“他没说什么，但我能感觉到，他并没有怪你……他可能更加自责。”

苏叶默默地叹了口气。她其实也可以理解，毕竟唐夜弦从根源开始，就是唐霖的错误。

他对家庭不负责，在外风流留下了这个私生女，却也从没尽过父亲的责任，如果不是杜怀璋那伙人，他根本都不知道还有个女儿存在，对她的母亲更是一点记忆都没有了，就那样任由她在孤儿院长大。

但要说怪不怪现在这个“唐夜弦”……苏叶也不敢确定。

毕竟，唐霖很大程度上是出于自责和补偿的心态，才对“唐夜弦”这么好。如果知道她是个假的，就是冲着唐家的钱来的，甚至还可能害死了真正的唐夜弦……这不是轻飘飘一句“她当时年纪小不懂事不能怪她”就能带过去的吧？就算落水只是意外，可唐霖这么多年寄托在她身上的感情呢？就算他早就知道她是假的，跟她自己也知道却从未提起只在他面前撒娇卖痴又是完全不同的两回事。

所以，虽然唐皓说得轻松，但苏叶还是有些忐忑。

眼见着快到唐家大门，她有点不安地调整了一下姿势。

唐皓看了她一眼，伸手过来，轻轻拍了拍她的手，又道：“爸爸应该不知道唐皑那天晚上赶你走的事。你也别当回事，反正他以前跟你吵架也没少说这种气话，张婶他们都不会当真的。”

苏叶突然有点同情唐二少。

也正是因为想着唐皑可能又气成河豚了，苏叶反而放松了一点，下车之后也没那么紧张了。

这个时间，唐霖正在花园里散步。

苏叶在走廊上就停了下来。

其实算起来她和唐霖也只有几天没见，但总觉得他又苍老了一些。她刚到唐家的时候，他还能中气十足地骂唐皑，这时在护士的搀扶下缓缓沿着花园里的小径走动，却已经像一个真正风烛残年的老人。

虽然他早就恶疾缠身，多年前就曾病危，能活到现在，已经算是奇迹了。可苏叶还是觉得，他现在恶化得这么快，多少都有自己的原因。

如果不是她引出来这么多事，也许唐霖还能多活几年吧。

唐皓先叫了一声“爸”,唐霖转头看过来,就露出了笑容,让护士扶他往回走。

唐皓几步赶过去，接替护士扶着父亲。

苏叶也迎了两步，张了张嘴，却犹豫着不知道应该叫“爸爸”还是“唐老爷子”。

结果老爷子先开了口，笑眯眯地唤她：“小弦回来啦？”

就跟之前每一次一样。

苏叶的鼻腔顿时一酸，低低应了一声。

“怎么瘦了呢？”唐霖走到了她面前，抬手摸摸她的脸，“是不是在片场都没吃好？还是太辛苦了？”

苏叶摇了摇头，却有点说不出话来。

唐皓道：“太阳越来越大了，还是先进去再说吧。”

“跟小刘讲今天多做几个小弦爱吃的菜。”老爷子吩咐着，一面牵了苏叶的手，一起回了屋。

苏叶不由得抬眼看了看唐皓。老爷子这是想当作什么都没有发生吗？可是……都已经闹成了这样，是假装没事就可以的吗？

唐皓以目光示意她少安毋躁。

苏叶便只能按捺下来，跟着唐霖坐到了沙发上。

唐霖这才拍了拍她的手，轻轻道：“我知道你在介意什么。”

“我……”

苏叶抿了抿唇，才刚说了一个字，就听唐霖长叹了一口气，不无感慨地道："这些年，也是苦了你。"

苏叶蓦然睁大了眼，惊诧之下，反而叫了声"爸爸"，颤声道："你……明明是我骗了你……"

"也许说冲喜、福星什么的，的确有点迷信，但是，正因为有你的到来，我这几年才算是享受到了天伦之乐。这一点是无可否认的。"唐霖摆摆手，"所以啊，其他人由阿皓去料理，我们自家人之间，过去的事，就让他过去吧，就这样了。"

苏叶再次看向唐皓。

唐皓点了点头："我们会永远都是一家人。"

唐霖很欣慰地笑了。

苏叶的心情却有点复杂。

她很清楚，唐皓的"一家人"的含义，和唐霖大概不是一个意思。

唐霖留意到苏叶眼神里的挣扎，又握了握她的手："阿皓说你这些年心理压力过大，可能忘记了一些事，那你还记不记得，其实，'唐夜弦'这个名字，是你到了云城之后，我替你取的？"

苏叶茫然地眨了眨眼。

她还真不知道。

不过想想也是，那种孤儿院，又是国外，怎么可能起"唐夜弦"这种名字。

唐霖继续道："你那时那么小，呼吸都不敢大声的样子，却还是每天陪在我身边，怯怯地陪我说话。声音细细的，却很好听，让人安宁。我那时，莫名其妙地记起了一句诗，叫'夜弦响松月'，于是就决定叫你唐夜弦。"

苏叶再次眨眨眼。

原来唐老爷子这么文艺的吗？再想一想，她刚重生的时候，唐夜弦的微信啊微博啊，其实名字都很文艺，大概也是受了老爷子的影响吧？

她茫然的样子反而让唐霖又笑起来："忘记了也没关系。我再告诉你就好了。所以啊，你不必太过纠结，就算是我还有另一个女儿，但我的小弦，一直都只是你。也不要再有什么压力啦，你看，整个人都憔悴了，这样下去可就不漂亮喽？”

他像往常那样哄着女儿，眼里满是怜惜。

唐皓说苏叶心理压力太大造成部分失忆，他是相信的。

毕竟唐夜弦从一被接回来，就在他身边。就算是骗他，小女孩那满脸的慕孺之情也假不了。但她那么小就被人控制，心头还压着朋友落水的意外，到了唐家，一面要讨好他，一面要隐瞒身份，还要适应新环境，压力怎么会不大？

唐霖甚至觉得她后来变成那样嚣张乱来的非主流，大概也是压力过大的原因。

苏叶倒不知道他的心理，但是唐霖能够这样哄她，应该是真的没有怪她，她反而越发过意不去，又是感动，又是内疚，把脸贴在老爷子的手上，低低哭出声来。

夏千蕾说她跟着苏叶之后，掉头发的数量比以前两年都多。苏叶觉得自己重生之后，哭的次数大概已经比上辈子那二十几年都多。

从在自己的葬礼上失声痛哭开始，就好像打开了什么奇怪的开关，一次又一次，根本没办法控制。

等她收拾好情绪，洗了脸出来，就有点难为情。

唐家父子却丝毫不以为意。

唐霖心里，她还是那个自己看了好几年的小女孩子，哭一哭什么的，又不是什么奇怪的事。

至于唐皓嘛，心疼也是有的，但这时候他大概更希望她能在他怀里哭。

他自己也觉得有点微妙。

他一直以为自己更欣赏她的优雅大方、冷静坚强，但现在的她……失态地大哭，张牙舞爪地耍赖，带着点嘚瑟笑得明媚鲜妍。他反而觉得比那个处处堪称完美模板的苏大小姐更心动，甚至想，她其实就应该一直这样想哭就哭想笑就笑才好。

唐霖乐呵呵地招呼苏叶准备吃饭，又问起了孟修：“虽然我还是不太赞同你找演员，但是如果你真的喜欢，就找个时间带回来让我见一见吧。”

他突然八卦起来，倒让苏叶顾不上再多纠结什么，她连忙摆摆手，道："真不是……就是朋友和公司合伙人。"

唐皓也重重咳嗽了一声。

他辛辛苦苦去辟谣，结果他爹这么拆台，也真是够了。

唐霖扫了他一眼，对他的咳嗽明显不满："干什么？我还不能见女儿的男朋友了？"

你这么想把未来儿媳妇往外推吗？

但父亲现在这个状态，唐皓真是不敢一下子给他太多刺激，毕竟"唐夜弦"的真实身份他自己也早有判断，这次不过是捅开了那层窗纸而已，所以看起来还算平静。现在要直接说他亲儿子对这个假女儿有非分之想……还真不知道他能不能接受得了。

所以，唐皓只能道："她之前和杜怀璋的婚约还没有正式公布取消，现在提这个，是不是太早了一点？"

"那就快去公布啊。"唐霖催促，"那能用得了多久？拖来拖去我都不知道还看不看得到……"

"爸爸你别这么说。"苏叶连忙打断他，"爸爸要长命百岁的。"

唐霖呵呵笑着，拍了拍她的手："嗯，小弦是爸爸的福星啊，你说可以，就一定可以的。"

唐夜弦……已经不在了……

苏叶抿了一下唇，不知道要怎么接话。

唐皓给父亲盛了汤："先吃饭吧。"

苏叶就连忙给唐霖夹了菜："爸爸你吃这个。"

唐霖左右来回看了看两人，又笑起来。

苏叶被看得有点心虚，在桌子底下轻轻踢了唐皓一脚。

唐皓抬眼看看她，顺手也替她盛了汤，一面道："视频的事，我已经派人去核实查证了。但我觉得，能找到视频上另一个女孩的机会可能很小。"

他提起这事，苏叶果然就跟着想了过去。

两人落水之后，杜怀璋他们肯定也是花过大力气搜救的。

站在杜怀璋的角度，他肯定也想找回来的是真的唐家女儿。毕竟现在科技这么发达，血缘关系验个 DNA 就一清二楚，假的就是假的。估计他们也是实在没有办法才退而求其次，用之前找到的真证据和唐夜弦这个假人，交杂在一起赌一把，幸好对唐霖来说，心灵的慰藉比血缘联系更重要，才让他们蒙混过关。

所以，最差的后果是那个女孩当时就已经死了。

但就算没死，当年都没找到，这都过了五年了，想再找到就更加渺茫了。

“尽力就好。”唐霖说。

他的心情其实也有点矛盾。

他其实算不上是个好父亲，早年对唐皓兄弟完全是忽视的，对唐夜弦又出于补偿心态一味溺爱，如今生命快要走到尽头，才格外看重亲情。

可是这个连名字都不知道的女孩……如果真的是他的女儿，按理说他应该更在意一点的，到底也是血脉相连。但他真是没多大感觉，毕竟这五年间陪在唐霖身边的一直都是唐夜弦。

所以，能找回来也好，找不回来，也没什么。

唐霖这么想着，不由得叹了口气：“我真是个差劲的父亲。”

他的身体本来就不好，情绪一低，看起来就越发苍老。

苏叶心头又是一酸，不由得就想起临终时的苏承海。

认真论起来，唐霖也许有这样那样的错误，但是至少他对唐夜弦的父爱是真的。

苏承海呢？

苏承海对苏叶，日常的关心和教育，真算是无可挑剔了，却背着她赶走她的赛车老师，挑拨她和男友的关系，甚至……一直想再生个儿子。

他做的那一切，真的是为她好吗？

唐霖精神不济，吃完中饭就回房间去休息了。

唐皓问苏叶：“什么时候搬回来？”

她之前是用无法面对唐老爷子来做借口的，现在唐霖自己都表示了不介意，她再住酒店，就怎么都有点说不过去了。

但……

“我早上才跟许老师说好了尽快进组拍戏。”苏叶说。

唐皓的脸色微微沉了一沉：“还没好呢，怎么这么急着接戏？”

“早说好的事，而且……人家也是一番好意。”

唐皓也不是不能理解，但还是不太高兴：“这一个两个的，你进了娱乐圈，人缘倒还真是不错。”

说到最后几个字，简直是从牙缝里挤出来。

苏叶也不知为什么，竟然觉得有点想笑。

唐皓看着她的表情，目光反而渐渐柔和起来，叹了口气，只交代道：“随身带着助理和保镖。不要太辛苦了。”

苏叶点头应了声，顿了顿，又轻轻道：“我想，我还是应该跟唐皑道个歉。”

说到弟弟，唐皓才是真的生气，要不是唐皑跟他吵架跟苏叶吵架，非得连夜赶她走，后面又何至于发展到这个地步？

苏叶看他又沉了脸，连忙道：“在他的立场……也不能怪他。”

在唐皑的立场，他刚发现父亲偏心多年的“妹妹”，是个和他家一点血缘关系都没有的骗子，还抓住了她偷文件的现行，然后又得知了她和哥哥的“私情”，怒而要赶她走，又有哪里不对？

说到底还是信息不对等。

唐皓一直觉得弟弟年纪还小，性格又冲动，设计杜怀璋的事就没有事先跟弟弟说明，至于他对苏叶……苏叶都还没给他明确的回应，他怎么可能往外说？

所以他生气归生气，其实也是不好把弟弟怎么样，憋屈地又叹了一口气：“说到底还是怪我。”

“二少现在大概更憋屈吧。”苏叶笑了笑，“不管怎么样，瞒了他这么久，还一直跟他争宠，总要道个歉的。”

唐皓看她的目光略有点复杂，但还是道：“我陪你去。”

“不用了，这是我和他之间的事，如果你陪着，性质就不一样了，我怕二少又要炸。至于你们兄弟之间有什么芥蒂，还是你们自己再解决吧。”苏叶摆了摆手，“不必担心，他其实真是个心软的好孩子，再生气，最多也就是赶我走而已。”

唐夜弦明明比唐皑还小半岁，这时却说他是个好孩子，唐皓看着她那张青春靓丽的脸，忍不住也笑了笑，点了点头：“你自己决定了就好。不过，明天我陪你再去医院复查一下，看结果你再确定进组的时间？”

苏叶没有反对，毕竟她被饿了几天是事实，现在日常是没什么问题，但拍戏的话那个工作强度就不太确定了，问问医生才是对自己和工作都负责的态度。

第六章

不肯下台的小丑

下午苏叶就先回了学校。

细算起来，这几个月，苏叶在学校的时间其实并不多。这次再去请假，估计可能连期末考试都要以后再补考了。

当然，他们表演系嘛，对学生能去拍戏或者创业还是鼓励的，何况唐皓后来还特意打过招呼。班导从上次的事之后，也不敢再给苏叶使什么绊子，只是很多其他同学看她的目光就不那么友好了。

毕竟唐夜弦以前的人缘真不怎么样，她可没少借唐家的名头作威作福，现在全天下都知道她这个“唐家小姐”的身份根本就是假的，被她欺负过的人还能有什么好脸给她？

甚至她才刚从行政楼出来，就被一群人堵上了。

领头的就是陆海薇。

苏叶看着这位来势汹汹的陆学姐，心里也有点无言。

她认真想了想，自己真得罪陆海薇的，其实就是云清艺术团砸钱那次吧。多大的事呢？让这位一直这么耿耿于怀。要偷她 DNA 捅给唐皑，又带着人来堵她，简直一副不把她打落尘埃再一脚踩死就不肯罢休的样子。

当时方明雅跟苏叶告密的时候，她还想过顺水推舟，但真没想到那个 DNA 结果在唐皑那里会卡在那个当口暴发，搞得唐皓后面一连串的动作都变得相当被动，她甚至差点就真的饿死了。

如果陆海薇知道这些的话，不知道会不会开心一点？

曹进很尽职地拦在苏叶面前，学生们倒也不敢真的动手，只堵着路，挥着手喊，让唐夜弦滚出云大。

陆海薇叫得尤其响亮：“你竟然还敢来学校？简直丢我们学校的脸，我们耻于和你这种人同校！”

苏叶站在那里，身姿笔挺，目光明亮而平静，缓缓从一个又一个学生脸上扫过，被这样的目光注视的学生们竟然不约而同地有了一种自惭形秽的感觉，喊口号的声音也不由自主地低下去，甚至还有人往后退了一步。

陆海薇咬了咬牙，恨铁不成钢地推了那个后退的男生一把：“你怕什么？当她还是那个不可一世的唐家小姐吗？她就是个来历不明的无耻骗子！”

苏叶看着她，突然想起一句很古老的台词，她就直接说了出来：“熟归熟，你这样乱说话，我一样会告你诽谤。”

他们就堵在行政楼前吵闹，有不少学生其实是不明就里跟来看热闹的，这时气氛虽然有点不太合适，但还是有人没忍住笑起来。

这一笑，那些本来还想继续喊口号的人也停了下来。

陆海薇哼了一声：“你以为这样插科打诨就能掩盖你是个骗子的事实吗？我们坚决要求学校对这种卑鄙无耻的不法分子严肃处理！绝不能让她就这样蒙混过关！”

她这样一煽动，又有人跟着喊了几句：

“她连学籍都是买来的吧？”

“她能骗唐家这么多年，谁知道还有没有别的问题？”

“简直是我们云大之耻。”

“有这种人在，学校怎么保障我们其他学生的正常学习生活的安全？”

学校的老师和保安也赶了过来。

了解完情况之后，有一个老师走到旁边去打电话汇报，几个保安维持着秩序，另一个老师则开始劝同学们散了：“留下几个代表说明事由就好了，你们这么多人堵在这里，是想闹事吗？”

“请老师和学校先给我们一个交代！”

“学校是想包庇这个骗子吗？”

学生们也不傻，聚了这么多人过来，就是抱着万一有事法不责众的想法，怎么可能有人站出来做这个代表？不但不肯散，还七嘴八舌地叫嚷起来。

“你们有什么诉求，好好说，只要是正当要求，学校当然会处理。”老师也很头痛，转过来看了看苏叶。

苏叶看起来要淡定得多，带着浅浅的微笑，道：“说我学籍是买来的，说我是骗子的同学，趁着现在老师们也在，有证据请拿出来，没有的话，我就真的要准备告你们诽谤了。”

陆海薇也算是有备而来，扬手就举起一份文件：“这是你和唐皑的DNA鉴定结果，你根本不是唐家的女儿，却一直凭借这个身份横行霸道，难道还不是骗子？”

苏叶拍了几下掌：“我不知道你是用什么手段拿到的DNA样本，但既然做到了这个程度，也真该夸你一声够厉害了。我的确是在孤儿院长大的，从小不知道自己父母是谁，直到五年前，有人找到了我，说奉我父亲的命令，带我回家。我当时十四岁，身处异国的孤儿院，缺衣少食，倍受排挤，你觉得我应该怎么样？我自己还有能力先去验个DNA，再义正词严地拒绝吗？”

她的声音依然很清淡，并没有刻意卖惨，只像是在平静地陈述事实，反而让一些本来被煽动的人冷静下来。

唐家公开的声明也的确只是说杜怀璋一伙利用了唐夜弦，她当时才那么点大，在那种环境，有人收养肯定就已经喜出望外了，怎么还能强求她先辨明真假？她又哪来的能力辨明真假？

在伪造身份这件事上，的确不能怪她。

学校也不可能因为一个学生是被收养的，就要开除她，没有这样的道理。

听到旁边大家的窃窃私语，陆海薇不由得磨了磨牙：“说得这么轻描淡写，好像真的有多无辜一样。你长期以来，仗着自己是唐家小姐，欺压霸凌同学，难道可以当没发生过吗？”她推出一个扎着马尾的女生，“你指使人把高玲堵在厕所里毒打，还拍了视频，难道还能是假的吗？”

她身边另一个女生很配合地用手机播出了那个视频。

视频里只有马尾女生被殴打的画面，但的确也录到了唐夜弦的声音，嚣张地警告高玲，再有下次，就要让她在云城待不下去。

苏叶顿时就有点头痛。

她不知道这事。

唐夜弦这蠢姑娘到底给她留下多少烂摊子？

看她沉默下来，陆海薇就得意地转向了老师那边："这样恶劣的事件，学校难道都不做处理吗？"

"学校已经处理过了。"

回答的却不是老师，而是正挤开人群的方明雅。

她看起来是匆匆跑过来的，满头是汗，还来不及挤到最中间，就扬声大叫："这事我从头到尾在场，处理结果我也知道。"

众人给她让开了路。

方明雅站到了苏叶和陆海薇中间，喘了口气才道："是上学期的事了，当时，是高玲先到处传唐夜弦的闲话，说唐家两位少爷根本不承认她这个妹妹，只等老爷子一死，她就要变成灰溜溜的过街老鼠，还说老爷子根本活不了多久了，唐夜弦也神气不了几天了。唐夜弦就气不过……"

某种意义上来说，如果是在上学期，这个高玲说的大概还真是事实。唐家兄弟的确都不承认她，所以唐霖才会想在自己最后这点时间里为唐夜弦铺好路。

加上唐皑就在学校，对她的态度谁都能看到，所以才会有一个班导都敢做小动作要把她的机会让给陆海薇的事。

不过现在这个情况，苏叶也只能道："我承认，当时太冲动是我的错，但她不该咒我父亲。"

高玲像见鬼一样瞪着她，唐夜弦当时可不是这么说的。

但围观的人已经开始倾向苏叶了。

不管是不是亲生的，如果听到有人说自己父亲活不了多久还无动于衷，那才真不正常。

"根本不是这样的！"高玲大叫道。

方明雅却没让她说下去："当时我怕小弦太冲动，真的把她打出问题来，就给杜怀璋打了电话。当然，那时我也不知道他是坏人，平常小弦有什么事都是他管。"

苏叶挑了挑眉，突然想，事实可能根本就是她挑唆着唐夜弦打人，又趁机跟杜怀璋告状吧？不过现在方明雅还没说完，她也就没有戳穿。

"杜怀璋来了之后，就把高玲送到医院，治了伤，谈妥了给她钱作为赔偿，她签字不再追究这件事。"

"你胡说！根本没有这回事！"高玲叫得更大声，脸色却开始发白，明显有点色厉内荏的样子。

方明雅冷笑："你不过就是觉得杜怀璋被抓了，你签的字大概也没了，所以才想再利用这事搅风搅雨吧。文件我这里有备份，转账记录也有。而且杜怀璋当时就带着唐夜弦到学校自首了，她为这事记了过。她档案里应该有记录的，一查就知道。"

围观的学生们顿时一片哗然。

没有全校通报的记过，普通学生是不知道的，但的确可以查。而且当着老师们，方明雅也不至于撒这种谎，毕竟记过又不是什么好事。

不过，唐夜弦这个记过，肯定还是使了手腕。

普通打架还好说，学校霸凌肯定会引起社会关注，唐夜弦还自己作死让人拍了视频，那个传播是完全无法控制的，这事就瞒不住。与其闹大了不可收拾，倒不如自己去自首，还能争取一点主动。毕竟一罪不二罚，以后就算翻出来，也可以堵别人的嘴。至于档案里的记过……唐夜弦这样的身份，需要在乎吗？所以最后也算是大事化小，小事化无。

虽然肯定还是有人觉得心里不太舒服，但就算脾气暴躁动手打人的确是唐夜弦的错，可是事出有因，又主动赔偿，还愿意承担责任，在情理上不论怎么说，都无可挑剔了。

苏叶却沉默下来。

杜怀璋……

她刚刚都在想唐夜弦到底捅了多少娄子给她，只怕当年的杜怀璋只会更头痛，却还是这样处理得干干净净。

他对唐夜弦的感情大概也是复杂到自己都搞不清楚了吧？

陆海薇不屑地哼了一声："说到底，还不又是在拿着唐家的钱摆平事，为所欲为！这反而可以证明这个人从根本上就已经道德败坏！现在没有唐家小姐的身份，你还有什么？"

苏叶回过神来，看着她，突然又笑了笑，挑起了眉，用之前试镜丽姬那个"不服来战"的语气道："还有美貌和实力啊。"

又有几个人笑喷出来。

但不可否认，唐夜弦的确美貌，即便是这时被围攻的处境，看起来依然仪态大方，不见丝毫狼狈，尤其现在微微仰着下巴的样子，漂亮得好像一只高傲的孔雀。

她也没等陆海薇再说什么，就继续道："我知道陆学姐一直不服气，总觉得是输在了我的身份背景上。但……我们的过节，大概是从争夺《宫墙月》的丽姬一角开始的吧。如果你还没失忆的话，应该还记得，那次他们会到学校来选角，本来就是因为导演先看到了我的照片。"

这事也不是秘密，当时学校论坛就闹得挺大，很多知情人都暗自点头。娱乐圈本来就是看脸的世界。唐夜弦和陆海薇站在一起，只要不是瞎子，都知道选谁。

"我天生就长这样，学姐因为没从我手上抢走本来就是冲着我的长相来的戏，就一直怀恨在心针对我，是不是也有点过分？"苏叶直接逼视着她，"请睁大眼看清楚，我比你年轻，比你漂亮，上课还比你认真，比你努力，你却只怪我比你有钱？其实输并不可怕，输了还看不清事实，就有点可笑了。"

"你知道什么！"陆海薇大叫起来，"你怎么知道我不认真？我不努力？你知道我有多拼命才考到云大吗？你知道我多渴望能有演戏的机会吗？"

苏叶点点自己的腕表："现在这个时间，应该还没下课，学姐你不上课不练功不看书，集结这么多人跑来堵我，又是费尽心机收集我的 DNA 样本，又是处心积虑挖我的黑历史……呵，你有多认真？多努力？我看是努力错了方向吧？"

她这么一说，很多学生都开始脸红。虽然她是在说陆海薇，但同样也等于是啪啪打在他们脸上。

以前的唐夜弦不论，这几个月来，她的努力大家也的确能看到，不然云清艺术团也不可能接纳她。

人家本身就长得好，有钱有背景，还比他们努力，比他们走得更远不是理所当然吗？

他们又有什么资格去指责她？

看着周围大部分人都有了退缩之意，陆海薇就更不甘心了，叫道："你少拿那些冠冕堂皇的话来糊弄人？你努力？你以为你上了两节课就真的是影后了？你能接到戏，还不是冲着唐家的背景？哦，现在不是唐家小姐了，转身又抱上了孟修的大腿。这么不要脸，当然有更多机会了！"

话说到这一步，已经完全是谩骂和泄愤了。

这对苏叶来说，根本毫无意义，当然更不屑于跟她对骂了。

她直接转头问老师："请问我现在可以走了吗？"

老师也有点无奈，陆海薇他们说了半天，也不过就是唐夜弦的身世和她的黑历史。身世的问题跟学校没有关系，他们提出来的霸凌事件又已经有了处理结果，还把人留下来做什么？他挥着手道："本来就也没什么事，同学们都回去吧。学校会去详细了解你们说的情况，再给出合理的处置的。"

其实到了这时，很多人都明白也不可能有什么结果了，但就这么走了，又好像有点虎头蛇尾不太甘心，就都不怎么愿意挪脚。

苏叶一个眼色，曹进就上前一步，双眼一瞪，喝道："请让开。"

他站在那里不动的时候，已经足够吓人，这时往前一站，前面的人下意识地就被那扑面而来的气势逼得往后退去。

保安们也怕他打伤学生，又赶紧地把学生们往后拦了拦。

苏叶面前的路就空了出来。

陆海薇冷哼了一声："都已经不是唐家的人了，还带着唐家保镖，仗着唐家的势，还真觉得是自己有多了不起。你以为唐家真的是那么好骗的吗？想占那种豪门世家的便宜？到时看你怎么死！"

苏叶皱了一下眉，如果陆海薇只是骂她，也就算了，但涉及唐家，她就不得不回应一下，正要说话，就听到一个男声冷冷说道："什么时候我们唐家怎么做事，还需要一个外人来安排？"

苏叶转过头，看到唐皑正板着脸走过来。

唐皑这几天都在学校。

他那天晚上的确非常生气，无法冷静地思考，但从唐皓匆匆赶回来，跟着就是一连串的雷霆手段将杜怀璋一伙人连根揪出，各种证据和最终的结果都表明，这的确是唐皓早就安排好的事。

但中间也很明显有几分仓促和疏漏。

唐皑想一想就知道，那是他的锅。

他打乱了他哥的计划。

唐夜弦在这事上并没有撒谎，她的确早就"投靠"了唐皓，而他粗暴急切地把她赶走，就打草惊蛇了。

唐皑也并不是后悔自己跟她吵架，只是……如果他当时能够更冷静一点，能够把大哥的话听进去，谨慎一点，至少等到大哥回来之后再处置她，后面大概就不会变得那么被动。

尤其是……

唐夜弦一离开唐家，就被杜怀璋关了起来，还差点饿死。

唐皑心里就多了几分内疚。

当然那不代表他就不生她的气，不代表他能够接受她，但……他真的从来没想过要她死。

即便那天晚上赶她走，也还是留了余地的。他知道唐霖给了她那么多钱，她自己还有拍戏的片酬，只要不作死，生活是绝对没有问题的。

他只是没想到……

事后想想，即便没有杜怀璋这一重关系，他其实也不应该大晚上把一个女孩子独自赶出家门的。

唐皓回来之后，一边忙着公司的事，一边忙着找"唐夜弦"，只抽空跟唐皑谈过一次。

没有说太多。

事实上也没什么太多可说的，要说的之前在电话里也已经说得差不多了。

而后果已经造成，他能做的也就是道歉和保证以后不再那么冲动。但唐皑自己也知道，这些话其实并没有什么意义。谁也不知道，到底还有没有下次，又或者下次又会怎么样。

唐皓只跟他强调了一点，“唐夜弦”是他认定的人，不论发生什么情况，他志在必得。

“我也不勉强你非得接受，但你自己好好想明白，以后要用什么态度怎么跟她相处。”

唐皓的原话如此，而唐皑到现在还没想明白。

唐皑是死都不会承认“唐夜弦”是他妹妹的，但要作为大嫂……那就更诡异了。

大哥为什么会看上她？

大哥是疯了吗？

唐皑觉得大哥看女人的眼光可能真的有问题，之前喜欢苏叶那种无情的女人，现在又是唐夜弦……

她……

其实唐皑自己这几个月来，对“唐夜弦”也不是没有改观，不然在发现她偷文件时，也不会气成那样。

他能看到，大哥当然也能看到，说不定就有什么地方打动了大哥吧。

只是他心里还是不舒服。

一想到那两个人竟然瞒着他，就在他眼皮底下勾搭成奸——等等，这个词好像不太对。暗度陈仓？好像也不太对，总之就是那么个意思吧——他心里就像火烧一样不爽。

他要用什么态度跟她相处？

他最好不要再见到她！

所以从知道“唐夜弦”出了院，他就躲在学校没有回家。

只是没想到在学校也躲不过去。

一听说有人把唐夜弦堵了闹着要她滚出学校，已经变成唐夜弦的粉丝的潘景翔就直接把唐皑拖过来了。

那里的确围了很多人，连老师和保安都惊动了。

但被堵在中间的少女却丝毫不见慌乱，冷静从容，一副游刃有余的样子，看起来并不需要别人帮忙，自己就能解决这事。

这念头冒出来的时候，吓了唐皑自己一跳。

他只是被朋友拖来看热闹而已，谁想要帮她了？

但到最后听到陆海薇近乎诅咒一样的冷哼，唐二少的身体比思想更快地有了回应。

他反应过来的时候，已经站了出来。

算了，总不能看着莫名其妙的人对他们唐家说三道四。他想。

周围静了一瞬间。

然后都不用老师们再劝，之前那些骂唐夜弦是骗子骂得最凶的人呼啦啦就全散了。

都能考上大学了，能有几个傻子？

他们敢公然叫唐夜弦滚出云大，就是因为知道她被唐家赶出来了，甚至这几天都住在酒店，痛打落水狗的事，谁不喜欢？

但现在唐皑站出来为她说话了，其中是不是还有什么内情他们不知道，但这个时候还要硬杠，那面对的可就不是一个落难的骗子，而是正牌的唐二少了。

他们这时还不走，是嫌自己命长吗？

只剩陆海薇还想再争取一下，她把手里的 DNA 鉴定递向唐皑：“我想唐二少应该已经看过这份鉴定书了吧？唐夜弦的确根本不是你们唐家的人。”

唐皑扫了一眼，向苏叶露出了厌恶之色，但还没等陆海薇的嘴角上扬，他又毫不客气地道：“那关你什么事？你又算是什么人？”

“我是……”

陆海薇还想做个自我介绍，唐皑却根本没有听的兴趣，连个眼神也懒得多给，直接向苏叶道：“走了，还呆站在这里做什么？一眼没看到就闹出事来，能不能给我安生个几天？”

他臭着一张脸，语气也不耐烦得很。

苏叶先是怔了怔，然后就笑了起来。

比起刚刚那种不动声色的镇定，她这时一笑，简直有如山花烂漫，唐皑觉得自己的眼都几乎要被晃花了。

“好的，二哥。”

唐皑没好气地打断她，叫道：“闭嘴，不准叫我哥！我没你这样的妹妹！”指不定什么时候就要叫大嫂了。

这都什么乱七八糟的鬼关系！

唐皑越想越气，更不想再理她，甩手就走了。

苏叶看着他的背影，不由得又笑了笑，招呼了曹进一声，跟了上去。

“二少……”

陆海薇看着众人走远，下意识要追上去，却被人一把拖住。

她回过头，见是方明雅。

方明雅看着她，也不知道是厌恶还是同情，最终只是叹了口气：“够了吧，你难道真的看不出吗？人家说是没那样的妹妹，还不是一听说出事就站出来了？怎么可能是一个外人能够挑拨的？”

陆海薇甩开她的手：“放手！你还敢说？要不是你半路跑出来坏事……”

“唐夜弦因为高玲的事记了过是事实，就算我不说，报到学校一查档案也清清楚楚。”方明雅道，“你就不要再做这种多余的事了。”

“你现在倒装起好人来了？”陆海薇冷笑了一声，“你是个什么货色？不过是跟在唐夜弦身边的一条狗。现在她都不是唐家小姐了，你以为你跳出来帮她说话，还能有什么好处吗？”

“也许没有吧，但非要得罪她，又有什么好处呢？学校要不要开除她，唐家会不会和她算账，都不关我们的事，就算你真能把她搞臭，她的机缘也不一定会落在你身上。你醒醒吧。”

方明雅自己也是被苏叶疏远后，才算慢慢想通。

陆海薇当然听不进去。

她只是不明白，为什么会这样？

明明唐夜弦已经什么都不是了，为什么还能继续拍戏？为什么还有那种人缘？为什么连唐皑都还肯站在她那边？

为什么？

明明不该这样的！

看陆海薇依然一脸偏执，方明雅也不想再多劝。本来也没什么交情，能多说这几句，就算仁至义尽了。

方明雅也走了。

只剩陆海薇孤零零站在原地，手里还捏着那份 DNA 鉴定，看起来简直就好像一个不肯下台的小丑，可笑又可悲。

“你跟着我做什么？”

唐皑停下来，转身黑着脸冲跟上来的苏叶低吼。

“我有话想跟你说啊。”苏叶也不以为意，还露了个笑容。

唐皑皱起眉：“我跟你没什么可说的。”顿了顿又觉得他都跑去给她出头了，直接说这样的话，好像太生硬，又补充，“我今天……就是觉得那天我不应该半夜赶你走，没有考虑到你一个女孩子的安全问题，那是我的错。现在就算扯平了。除此之外，其他的话那天晚上都说完了。老爷子怎么想，大哥怎么想，我干涉不了，但我对你的看法不会变的，这辈子都不会，你以后最好离我远远的，就算碰上了，也一句话都不要说！”

他说得很慢，看得出来还是在生气，语句却都是认真思考过的。

他想，大哥让他好好想想用什么态度对她，这大概就是他能做到的最好的程度了。

苏叶抿了一下唇，静了几秒钟，点了点头：“嗯，其实我今天找你，只是想正式道个歉。”

唐皑摆了摆手：“不需要，你离我远点就行。”

苏叶不由得微微一愣，差点想说，其实你跟沈弘行才是兄弟吧？

但现在显然不是可以开玩笑的时候，还在生气的唐皑也不是可以开玩笑的人，她也就没提这个，只诚恳地道：“我知道不是所有人所有事都可能得到原谅，但对我来说，不管你需不需要或者能不能接受，我还是想当面跟你说一声，对不起。”

“唐夜弦”对不起唐皑的地方，唐皑因为“唐夜弦”受的委屈，真是太多了，苏叶也没办法细数，便只能笼统归于这三个字。

唐皑没有回话，皱着眉板着脸，好像她欠他一个亿。

苏叶便挥了挥手，说：“那么，再见。”

她也干脆，说走就走。

唐皑反而在原地多站了一会儿，莫名其妙地觉得更不爽了。

果然唐夜弦永远都是那么讨厌！

第七章

你再等等我好吗

苏叶去许嘉他们公司签合同时，又被他拖着盘问上次孟修的微博。

“孟影帝一世英名，可算是栽你身上了。”许嘉咂着嘴，半是调侃，半是好奇，“你们真的没事？”

苏叶也很无奈：“真没有。许老师你一直都这么八卦的吗？”

许嘉一本正经道：“请把这个当作推理工作者的职业素养。”

“说到这个，王思思的案子呢？”苏叶果断转移话题。当然也是真的关心。

许嘉摸着下巴，叹了口气：“如果没有新的线索，这案子……大概就难办了。不过，好在是你们唐家在这当口爆了个大新闻，在舆论这边没有继续增压，不然说不定就得按凶手是苏叶结案了。”

这大概就是信息时代的特点了，热点事件会在最短的时间内爆发和扩散，但也同样被遗忘得很快，一旦有新的热点，直接就会被抛在脑后，忘得一干二净。

而在唐家假公主的事情爆出来之前，王思思案里，嫌疑最大的，的确就是苏叶。毕竟有动机，有证言，有证物，她又没有不可动摇的不在场证明。就算唐皓指出视频有作假可能，但也只是“可能”，就是说也可能的确是真的。再者说，如果说视频里的女人不是苏叶，他们也没找到这个冒充的人。

如果迫于压力想尽快结案的话，其实这些证据也已经差不多了。

而且……苏叶已经死了，本身也不可能实施抓捕，也不可能让她自己认罪。

就算判了也不可能再怎么样，最后大概最多就是许建安赔一笔钱给王思思的家属。苏家家大业大，想来也不在乎这么点钱。

这样的结果，看起来似乎最好不过。

大概许建安本来也就是这么打算的。

然后这事就算了结了。

王思思也好，苏叶本人也好，两条人命，大事化小，小事化无。

这么一想，和杜怀璋处理唐夜弦霸凌的事，似乎也有点异曲同工。

唯一的不同，大概就是苏叶不但没有杀人，还被害死了。

从这个角度来说，唐夜弦的身世骗局爆出来的时机，倒是刚刚好。

唐皓之前急于布这个局……是不是也有这方面的考虑？

抛出“唐夜弦”来，转移公众对“苏叶”的视线，把王思思案的热度降下来，自己再从另一面施压，让警方不能草率结案，必须找出真凶。

这样才好解释，为什么她和唐皓本来有了万事等老爷子过世再说的默契，他却临时来了出差钓鱼这一出。

苏叶不由得咧出自嘲的笑容来。

果然唐皓对“苏叶”才是真爱啊。

许嘉将她这表情看在眼里，但并没有直接追问，只继续道：“现在一个是追查当初发视频那个人，一个是找出视频那个可能是假冒的苏叶，还有就是追查把苏叶的头发放进王思思家的，到底是谁。”

他一根根竖起手指，自己却又摇摇头：“都很难。发视频那个是个用完就扔的临时账号，反追踪技术还挺强，用了无数跳板。至于那个女人，又没有拍到正脸，只看身材、背影……身高还可能作假了，要查起来就更难了。王思思家的门窗没有被破坏，之前初步倾向可能是熟人作案。但是她的关系网已经筛过几遍了并没有什么发现。而且现在吧，外卖、快递、物业什么的，想敲开门也并不难。这个范围就更大了。”

所以就完全僵住了。

“刑侦工作急不来的。一般来说，案发之后的三天内，才是破案的黄金时间。像王思思案这样几个月之后才发现尸体，很多证据都早已无迹可寻，更加枯燥漫长，有时候还真是需要一点运气才行。”许嘉安抚地拍了拍苏叶的肩，“你还是先安心拍戏吧。”

下午，唐皓抽了空陪苏叶去玉和医院做检查。

早已经预约好了，他们到了就有专人接待，但唐皓没想到负责的医生竟然会是沈弘行。

他皱了一下眉：“怎么是你？”

他跟沈弘行没什么恩怨，但作为“隐性情敌”，大概也互相都没什么好感。

沈弘行倒是很平静地看了他一眼：“唐小姐本来就是我的病人，不是每一次都特别指定要找我吗？”

唐皓一听就知道只是借口。

从听唐皑说起唐夜弦纠缠沈弘行的事，他就查过的。

之前“唐夜弦”的确在玉和医院胡闹过，但沈弘行可没老老实实地配合她。

他本身也挺忙的，何况他又不是普通的医生，沈家大少爷呢，怕她一个唐家的私生女吗？偶尔见她那几次不过也就是正好值班。

这会儿突然又拿出来说，又是为了什么？

唐皓笑了笑：“之前是她不懂事，给沈医生添麻烦了。今天不过是做个常规检查，劳动沈医生大驾，不是大材小用吗？”

“只是体检的话，哪个医生看不是一样吗？”沈弘行这么说着，已经开始非常职业化地询问苏叶的情况，做基本检查。

唐皓被噎了一下，这时还非得要换人，反而显得不太正常。他只能磨着牙瞪了苏叶一眼。

苏叶也莫名其妙呢，毕竟沈弘行前不久才跟她说，不要再找他就算是谢谢了。

他是真的看出什么来了吗？

还是跟孟修一样，只是觉得她已经变成个无依无靠的小可怜动了恻隐之心？

沈弘行不是那样的人吧？

但沈弘行并没有多说什么，开完单子就直接把他们赶出去做检查了。

“他到底怎么回事？”

“大概真的……只是觉得哪个医生看都一样？”

两人都有点纳闷，倒又实在不好去追问沈弘行到底在想什么，只好先去把检查做了。

等结果的时候，苏叶在医院的小花园里坐了一会儿。

太阳还很大。

她坐在树荫下面，微微仰起头，能看到当初父亲住院时那个病房的窗口。

她刚刚变成唐夜弦的时候，看到那里，还会满心怅然。

但现在……

她对父亲的感情当然还是真的，但这其中又混进去的无数复杂的情绪，反倒让她都不知道应该怎么形容。

如果王思思的死，真的是敲诈勒索被灭口，那必然就是在父亲住院期间发生了什么。

父亲当年病情恶化，真的和许建安有关吗？

可惜这里注重病人隐私，病房里并没有装监控。她当年又完全没有往这方面怀疑。现在要查……大概也无从查起了。

苏叶叹了口气，回过神来，就看到两个女人正往这边走来。

她本来并有在意，扫了一眼就继续寻找刚刚走到一边去接电话的唐皓。

但那两个人偏偏在她面前停了下来。

“咦，这不是唐小姐吗？我刚刚还以为自己看错了呢。”其中一个娇笑着道。

这女人很年轻，脸上化着精致的妆容，一身从头到脚昂贵的服饰，小腹隆起，还是个孕妇。

苏叶皱眉想了几秒，才记起她是谁。杨梦琪，那个半路毁了片约嫁入豪门让她捡便宜演了个女二的小明星。

苏叶就笑了笑：“杨小姐你好。”

“请叫我郑太太。”杨梦琪纠正她，声音里带着相当明显的优越感。

苏叶有点莫名其妙，她记得当时她和唐皓去参加的是订婚宴吧？现在已经结婚了吗？好吧，就算是结了婚，又有什么可得意的呢？

“唐小姐……哦，不好意思，”她夸张地捂了一下唇，“我还不知道，你现在到底姓什么呢。叫错了你不介意吧？”

苏叶现在可以确定了，杨梦琪就是特意来她面前炫耀的。

“你来这里做什么？玉和医院的收费可不便宜。”杨梦琪一脸为苏叶着想的样子，“听说你那个电影啊，投资商又出了问题，能不能上都不知道哦，你片酬收到了吗？”

苏叶就是最大的投资商，出了什么问题她怎么不知道？

这女人是记恨她和唐皓当时在订婚宴上提前离席让自己难堪，所以故意想给她添堵吧？

苏叶不由得笑了笑：“多谢郑太太关心，不过你都是要做妈妈的人了，不如就好好养胎，不要太操心别人的事了。”

杨梦琪摸了摸自己的肚子：“我刚刚才检查完。我这一胎十分健康，是个男孩哦。他爸爸和爷爷都十分高兴我们郑家后继有人了呢。”

男孩。

后继有人。

苏叶顿时就想起她父亲到了那个年纪，还坚持不懈地想生个儿子的事来，嘴角不由得就撇过一丝冷笑。

而这丝冷笑却正好触动了杨梦琪的神经。

唐夜弦还是看不起她。

明明不过是一介私生女，明明是捡了她不要的角色，却一副高高在上的表情，在她的订婚宴上拂袖而去，让她受尽非议。

凭什么？

现在她甚至连私生女都不是了。

一个什么都没有连身世都说不清楚的贱人，凭什么在她这个郑家的少奶奶、郑家未来继承人的母亲面前露出这个轻蔑的冷笑？

杨梦琪的声音骤然尖锐起来：“笑什么？有什么可笑的！我知道你看不起

我这样母凭子贵嫁入豪门的人，但你又算什么？还不都是为了争取更好的环境、更好的生活，我又没杀人放火、作奸犯科，难道还比不上你这种冒认人女的骗子？”

“你别激动。”对方毕竟是孕妇，万一出事怎么办？苏叶连忙解释，“我没有看不起你的意思，那只是你自己选择的生活方式而已，我一个外人，有什么可说的。我刚刚……”

想想在别人说话的时候走神想了别的，似乎也不太礼貌，她就稍微卡了一下。

“还说没有？”杨梦琪哼了一声，“还有什么可说的，你上次那样还不够吗？不过是仗着唐家势大而已，现在你还能怎么样？”

“我本来也没想怎么样啊。”苏叶摊了摊手，“怀着宝宝最好保持情绪稳定，不要多想。我就不招你烦了，先走一步。”

“站住！”

苏叶不想跟孕妇争执，杨梦琪却偏偏不依不饶：“我让你走了吗？”

苏叶有点无奈：“那咱们先叫个医生过来？不然万一有什么事，郑家不得算在我头上？”

杨梦琪昂起头：“订婚宴的时候不可一世，现在才知道怕郑家算账吗？”

这都什么跟什么？

苏叶都被她这逻辑绕得有点头痛：“所以郑太太你今天到底想怎么样呢？”

杨梦琪看着她，心底终于涌起了一丝报复的快感：“我要你公开向我道歉，承认你在订婚宴上的不当举动是因为嫉妒我。”

苏叶：“……”

她当时只是不想被捆绑炒作愤而离席吧？怎么就变成了嫉妒？

显然不太明白的人也不止她一个，跟着她就听到了熟悉的男声。

“道什么歉？谁嫉妒谁？”

苏叶转过头，就看到唐皓正沉着脸走过来。

杨梦琪对着已经被“打回原形”的“唐夜弦”可以趾高气扬，但看到这样气场十足面色冷峻的唐皓，还是忍不住打了个寒战。尤其是唐皓一副守护者的姿态，站在了苏叶身边，冷冷看着她问：“郑家要算什么账？”

杨梦琪愣在那里一时连话也没能回，还是旁边陪同她的那个女人连忙道：“不，不是，没有。唐先生你听错了。”

唐皓看向苏叶，扬了扬眉，算是问她的意思。

苏叶真没想和杨梦琪计较，便道：“我看时间差不多了，我们去看结果吧。”

唐皓也没有多说什么，警告地看了杨梦琪一眼，和苏叶一起走了。

只这一眼，杨梦琪手心里就沁出汗来。

她有点腿软地靠在旁边的女人身上，咬牙盯着那边两人的背影。

为什么会这样？

唐家不是都已经公开承认了唐夜弦的确不是唐霖的女儿了吗？

为什么唐皓还会护着她？

苏叶一路都没有说话。

唐皓便问：“怎么了？还在生气吗？要不然我跟郑家打个招呼？”

“不用。”苏叶摇了摇头，“我只是……”她叹了口气，才轻轻道，“不喜欢这样。”

不喜欢别人对她的态度完全因为唐皓而变化。

她的公司员工是这样，杨梦琪——就勉强算个对手吧——也是这样。

因为她被唐家赶出来，就看不起她；因为唐皓继续支持她，又转过头露出敬畏之色。

就好像她本人能力如何，努力与否，都无关紧要。

一切都取决于唐家。

苏大小姐也不是什么不谙世事的傻白甜，她向来深知不同阶层的无形鸿沟和世人逢高踩低的劣根性。

但她的出身就限定了她以往看待事物的角度。

直到重生之后，到了这时，自己亲身体验过，才算领会得更加透彻。

苏叶在唐皓面前也不隐瞒，轻叹着道：“这让我觉得自己好像只是一个没有任何意义的附属品。”

这一点唐皓并不能感同身受。

毕竟他跟苏叶一样出身富贵，即使是唐家濒临破产的阶段，他再艰难，依然也是一个集团公司的总裁，架子还在，不会有挣扎在社会底层小人物的感受。

不过想想最近这些事，大致也能理解。

但就算理解，目前也并没有什么可以解决的办法。

他不能强行改变所有人的看法，也不可能因为别人的看法就改变自己的做法。

他有条件有能力，为自己的心上人保驾护航又有什么错？

所以，他只能安抚苏叶道：“怎么会呢？你也不要着急，慢慢来，毕竟现在你才刚刚起步而已，以后大家会看到你本人的实力的。”

会吗？

明畅公司如果真的发展起来，人们大概也只会说，是因为背靠唐家才一路顺风顺水。

论演戏的话，就算她拿到影后，也会有人非议是不是唐家的资本操作吧。

苏叶自嘲地笑了一声，突然想到一件事，那笑容就僵了僵，表情顿时就变得怪异起来。

唐皓差点被吓一跳，轻唤了一声：“小夜？”

“你说……许建安……是不是也因为这样，才非得杀了苏叶不可？”苏叶犹豫着猜测。

说起来，许建安虽然出身贫寒，但成绩一直很好，又有苏家的资助，顺顺当当地念完了大学。名牌大学毕业，长得一表人才，心思又细致缜密，妥妥的社会精英模板。他年轻时，说不定也有一番雄心壮志吧。结果却被苏承海看中，先是做特助，后来变成女婿，全身上下都打上了苏氏的标签，物质上虽然不缺，但心理上……真的满足吗？

他这几年……大概也是什么都脱不开苏家。

有点成绩，是因为他是苏家的女婿，有后台什么做不成？

出点错，也是因为他不过是苏家的女婿，靠老婆上位的人能懂什么？

他……

是不是，其实一直都恨着苏家，恨着苏承海，恨着她？

苏叶想着自己那短短几年的婚姻生活，曾经温馨暖心的画面，就好像慢慢变得扭曲。

苏叶心头发冷，却不知道应该怪许建安演技太好，还是怪自己太蠢。或者说，她之前对许建安大概的确太不上心了，从没有深究过。许建安是装的，她这个妻子也未必称职。

亏她以前还一直觉得他们算是模范夫妻。

呵呵。

唐皓就在这时伸过手来，宽大温暖的手掌将她冰凉的小手整个包住。

“你看着我。”他说。

苏叶抬起眼来。

“你会想杀了我吗？”唐皓格外认真地问。

苏叶吓了一跳：“胡说什么呢！我怎么会……”

她说到一半，自己就顿了下来。

唐皓接了下去：“嗯，你看，就算是在同样的处境，你就绝不会有那样的想法。苏家的悲剧，归根到底，是因为许建安这个人心术不正。苏家对他已经仁至义尽，那就是一个恩将仇报的白眼狼。你何必为了那种人自责？”

唐皓提起许建安的时候，带着明显的憎恶，话却没有错。

苏叶自己再怎么不甘心成为唐皓的附庸，最多也不过就是想自己做出点拿得出手的成绩来，或者想办法脱离唐家，绝不会想把唐家人全弄死。

她勾了勾嘴角：“我不是在为这个自责，只是……”

她再一次停下来，一时也不知道要怎么措辞才合适。

唐皓握着她的手就突然紧了紧，黝黑的瞳仁有如一汪深潭，能看出无数的情绪在其中翻腾。

“是什么？余情未了？”他的目光锁紧了她，声音低沉，透着点危险的意味。

苏叶抽了抽手，没能抽出来，只能皱眉看着他：“想什么呢？现在虽然说没有实证，但许建安肯定跟这两桩命案都脱不了关系，我看起来那么想找死吗？”

唐皓的神色稍微缓和了一点，却依然冷声追问：“只是因为怕死？”

苏叶有点无奈：“你别这样……”

唐皓也很无奈，只觉得自己那点脾气在她面前简直都快磨平了：“那你到底想要我怎样？”

明明那天都能让他靠在肩头睡觉了，第二天也很配合地回了唐家，他满心希望以后就能是甜甜蜜蜜的虐狗生活了。

结果感觉上就是一眼没看着她，她就缩回去了。

到底是因为孟修，还是许建安？

苏叶扫了一眼路过的护士，叹了口气：“我不想在这里跟你吵架，回头再说好吗？”

这里的确不是说话的地方。唐皓做了一个深呼吸，松了手。

“普通的工作强度应该没什么问题，但最好还是要能保证足够的休息时间和饮食营养。”沈弘行看了苏叶的检查结果说。

苏叶应了声：“谢谢沈医生。”

沈弘行放下了手里的检查单，抬起眼来，看了看旁边的唐皓，犹豫了几秒钟，还是向苏叶道：“我能问唐小姐一个跟病情无关的问题吗？”

“嗯？什么问题？”

“在王思思的尸体被发现之前，唐小姐已经两次来我们医院打听王思思的事。我特意查了一下排班，唐小姐在这里治疗期间，跟王思思毫无交集。”沈弘行扶了一下眼镜，“你到底为什么要找她？”

苏叶下意识就转头跟唐皓交换了一下眼色。

他们一直就觉得沈弘行会主动接诊不太对，果然是有事。

沈弘行也顺着苏叶的目光看向唐皓。

唐皓坦然地点了点头：“是我让她来的。”

苏叶当初应付警察时，也说是因为唐皓才去问王思思，现在唐皓自己把事搅过去，她自然也不会反驳。

沈弘行还是问：“为什么？”

“因为苏叶。”唐皓坦然回答，“我不信她会在自己熟悉的路段出那种错，所以一直在查她那次车祸的真相。”

他甚至把自己查到苏承海的秘密账户和给王思思的转账都说了。

沈弘行微微挑起眉来，有点不信：“你连私密账户都有办法查到了，可见手下能人众多，却让这……”他瞟了一眼苏叶，咽下了一个十分明显的贬义词，改口道，“她这样大张旗鼓咋咋呼呼地直接跑到医院来找人？”

唐皓也跟着看了苏叶一眼。

苏叶就有点窘。

她当初……大概的确算不上有多高明。

问题是她那时也没想到会牵涉到人命啊。

唐皓却道：“有时候，就是要打打草惊惊蛇。我自己来的话，动作就太大了，她正合适。”

沈弘行沉默了几秒钟，算是接受了。

这的确是合理的解释，就算有什么后果，也可以推到唐夜弦一贯的胡闹上去，反正在云城她的笑话已经够多了，不在乎再多一个。

他犹豫了一会儿，还是问了：“你在怀疑许建安？”

这不是明摆着的事吗？唐皓嗤笑了一声：“不然就是你了。”

“我怎么可能……”沈弘行下意识反驳，甚至连声音都提高了几分，但到底还是自己又深吸了一口气，压了下来，道，“你是疯了吗？逮人就咬？竟然都怀疑到我头上来了。”

“因为目前的突破口就在王思思身上，但王思思死了。她能和苏叶有交集的地方，就是在这里，就是在苏承海住院期间。如果许建安没问题，那有问题的就只能是你了。”

其实唐皓能这么当着沈弘行说出来，就代表并不是真的怀疑他。

他只是看沈弘行不顺眼而已。

沈弘行也不傻，当然能听出唐皓的言外之意，他叹了口气：“苏伯父的确是病逝的。我亲自经的手，他是手术后突然出现并发症，然后病情急剧恶化，没有抢救过来。之后我复核过每天的用药和各项检查结果，并没有什么不对劲的地方。”

他有很长一段时间，都在为苏承海的死自责，后来也的确重新认真研究过病历，这时想起来，记忆还非常清晰。

“现在都是电子病历了吧，有没有伪造的可能？他用的药呢？有没有可能被人中途掉包？”

唐皓的问题让沈弘行愣了愣，下意识又想反驳，但下一秒就自己停下来。

王思思。

她是负责苏承海的护士。

不论是换掉苏承海的药，还是修改病历里的数据，其实也不是完全没可能。

但……

沈弘行还是不敢相信自己医院的护士会做那种事，他摇了摇头：“没有证据之前，你也不过就是在瞎猜。何况……苏伯父他……”他又叹了一口气，“他那些年，吃了不少求子的偏方，有些……大概连他自己也不知道到底是什么东西什么成分……所以我们当时，也实在不好判断到底是什么引起了恶化……”

这事牵涉过世长辈的隐私，又有为自己开脱之嫌，他说得有点艰涩，声音也越来越小，最后索性闭了嘴。如果不是涉及人命重案，他大概永远也不会说出来。

苏叶也是第一次听说，想必是苏承海一直都交代了身边人瞒着她。

其实也可以理解，他想生儿子嘛，怎么可能告诉她？

苏叶心中悲凉，忍不住又露了抹自嘲的轻笑。

她父亲……那么年轻就去世了，说到底，大概至少有一半是自己“作”出来的吧？

沈弘行看她这样笑，不由得皱了一下眉。

他其实并不算很了解“唐夜弦”，但从她的风评和他早先短短几次的接触来说，这并不像是会出现在她脸上的表情。

他也听说过一个人大病重伤经历生死性格大变的说法，但她这变得也未免太多了吧？

沈弘行甚至隐隐又有之前那种奇怪的感觉。

“沈医生还有什么要问的吗？”

唐皓直接打断了他的思绪：“没有的话，我们就先回去了。”

沈弘行心头的确还有疑问，但这时却又不知要从何问起，只能摇了摇头，道：“请便。”

唐皓牵住了苏叶的手，一起出去了。

沈弘行的目光落在他们的手上，心中的疑虑就更浓了。

他对唐皓的印象也不算太好。

哪个男人会对叼走自己心上人的男人有好印象？

可是，这么多年下来，他几乎真的以为唐皓会像他一样对那个人念念不忘一辈子。

但他这时却牵了别的女人的手。

沈弘行一时也有点分不清，自己心里这时到底是对唐皓移情别恋的鄙视多一点，还是更想知道，为什么偏偏是唐夜弦？

在医院遇上杨梦琪，又听沈弘行提了父亲以前的事，苏叶回去的时候，心情一直挺低落的，甚至没有留意唐皓直接把她带回了唐家。

等车停下时，她才突然回过神，抬起眼看着唐皓。

唐皓看起来心情也不太好，沉着脸道：“医院和酒店都不是方便说话的地方。”

好吧。苏叶想，他们之间……的确也是该好好谈一谈。

两人还是照例先陪唐霖一起吃了晚饭，送了老爷子回房休息之后，才去了唐皓的书房。

“你到底在顾虑什么？”

唐皓一句废话都没有，开门见山地问。

男人身材高大，站在那里居高临下地看着她，几乎要将她整个人都笼在阴影里，充满了压迫感。

但声音却沙哑又无奈，甚至透着一种挣扎的意味，就好像被困住的是他自己。

苏叶对着这样的他，一时反倒不知道要从何说起。

唐皓叹了一口气，握了她的手："是因为杜怀璋吗？你不会真的信了他的挑拨吧？"

苏叶摇了摇头。

"不，只是因为我自己。"她坦然道，"我在外面，还可以强行撑一撑架子，但是面对你，我们都知道，我现在，什么底气都没有。"

唐皓明白她的意思。

在医院的时候，她其实已经说过一次了。

"我又不在意，"他说，"你现在只是……时间太短，还没有发展起来而已，慢慢就好了。我相信你。"

"可是我在面对的，并不仅仅只有你。也不可能每次都等着你来替我出头。"苏叶抿了一下唇，"我不喜欢那样。"

她这一次，比在医院里时，说得更加郑重。

唐皓就把到了嘴边的劝慰咽了回去，静静看着她。

"不喜欢被当成替身，不喜欢成为附庸，不喜欢……在你面前变得面目全非。"她说到这里歪了一下头，还自己开了个玩笑，"虽然现在不但变了张脸，连整个身体都换了。"

"小夜……"唐皓皱了一下眉。

苏叶伸出手，指尖轻轻抚平他的眉心："我知道你不介意，我也可以不在乎其他人的想法，但是……我过不了自己这一关。"

唐皓再次沉默下来。

的确，她有跟以前的苏叶不太一样的地方，但也有一样的地方。

比如骨子里那种骄傲。

"唐皓。"苏叶轻声唤他。

唐皓抬起眼来看她。

苏叶的手指顺着他的眉峰抚上他的侧脸，低低道："我知道这么说可能有点不要脸，但……我的确还是喜欢你。所以，你再等等我好吗？”

唐皓才没觉得她不要脸，她能开口承认，他简直都已经心花怒放了。

他按住了她的手，问：“等多久？”

“等你爱上现在的我，等我……”苏叶勾起嘴角，笑容有如春花怒放，“真正重拾自己的骄傲！”

第八章

为什么又是他

苏叶重新回到《血案直击2》剧组的第一场戏，是在玉和医院拍的。

她知道的时候还有点意外。

许嘉用一种充满了讽刺的语气告诉她，因为剧组多了一个投资人：“你猜是谁？”

要她猜，肯定是跟她有关系的人了。但如果是唐皓，他大概不是这种语气。

跟她有关，跟玉和医院有关，许嘉不喜欢。

三条综合起来，苏叶一时还真想不出什么人选，她老实地摇了摇头：“我怎么知道？”

许嘉哼了一声：“是许建安。”

“欸？”

苏叶真没想到。

毕竟苏氏以前也没有涉足过娱乐行业，许建安自己好像也没有这方面的兴趣……吧？她自己又打了一个问号，她现在也不敢确定她是不是真的了解许建安了。

不过，以苏家和沈家的关系，找玉和借个地方拍几场戏，的确也不成问题。

看许嘉那一脸嫌弃，苏叶反而开了个玩笑：“许老师特别不待见他呢，因为同姓相斥吗？”

许嘉愣了一下，才笑起来，点了点她：“你真是……这个笑话也太冷了。”

苏叶其实也知道，许建安会投资这个剧，八成是冲她来的，毕竟那天晚上她喝醉酒在苏宅的事还没给他解释。

但他只是来投个资，她又能怎么样？这又不是她一个人的剧。有人肯多投点钱，谁还会往外推吗？

她想了想，还是发了条信息给唐皓，把这事说了一下。

发完了，她拿着手机，又稍微走了一下神。

苏叶那天和唐皓说完“等等她”的话之后，唐皓并没有直接回答，但对她的态度的确没有之前那么紧张了。

她的生活就好像又回到了从前，工作补课陪老爷子，平静安宁。

她也不知道他到底是因为太忙，还是不太能接受。

苏叶自己其实都觉得自己挺过分的。

既想要他这个人，又想保留自己那点可笑的尊严。不肯给他确定的时限，却又希望他能够继续等待。

简直是无赖得近乎无耻了。

唐皓就算直接丢开手，以后再也不理她，都是正常的。

苏叶正这么想着，唐皓给她回了信息。

“知道了。你安心拍戏，带着曹进和小陈，不要落单。”

苏叶一个字一个字看过去，又从后面一个字一个字看回来，然后长长呼了口气。

突然就真的放下心来。

沈弘行交完班出来，就被同事叫去看拍戏。

他原本是拒绝的：“有什么可看？”

同事却硬拖了他：“对你来说可能没什么，我们真是难得有这样的机会看到电视剧的拍摄现场，说不定还能看到明星呢。我听小王说有那谁……徐海林。”

沈弘行不知道那是谁。

他对娱乐圈的关注并不多。

但走近之后，同事们还在找姓徐的明星，他却一眼看到了苏叶。

她坐在一张轮椅上，乌黑的长发没有束，松松地垂在耳畔，更显得一张小脸苍白而憔悴，双目微垂，有气无力，似乎下一秒就要不行了的样子。

沈弘行吓了一跳。

明明前两天看起来还没什么问题，怎么突然就这样了？

他回过神来时，已经跨过了剧组拉出的黄线，几步就走到了苏叶面前："你怎么……"

才说了三个字，自己就停了下来。

苏叶旁边还蹲了个小姑娘，一手拿着个小风扇给苏叶吹着风，一手拿着剧本在跟她对词。

沈弘行："……"

陈佳玉被突然冲过来的沈弘行吓了一跳，旁边的剧务也赶了过来。

"这位医生，请退回黄线之外，不要打扰我们的演员。"

演员……沈弘行愣了一下，唐夜弦是演员吗？不是应该还在念书吗？

对词被中断，苏叶睁开眼来，见是沈弘行，就笑着抬手打了个招呼："沈医生好啊。我腿上上着石膏呢，就不起身了，你见谅。"又跟剧务道，"不好意思，是我认识的人。"

"哦哦，是熟人就好。"剧务点点头，又指了指手表，"不过唐小姐你注意一下时间啊，马上就到你了。"

"好的。谢谢。"

剧务便又忙别的去了。

苏叶的戏是接着之前来的，是重伤之后在医院住院的剧情。重头戏其实还是在摄影棚搭景，在玉和只是拍一些相对专业的设施和场景，毕竟玉和也是运营中的医院，不可能长期让他们清场拍摄。

所以拍摄时间上相对就安排得紧凑一些，整个剧组就像急转的陀螺，每个人都忙得足不沾地。

当然没有太多时间让她在这里闲聊。

沈弘行看着她和剧务交谈，又看看她打着石膏的腿，微微皱起眉来。

“刚刚沈医生是不是吓到了？都是化妆。”苏叶笑道，“能吓到你，看起来效果还行？”

沈弘行想想自己刚刚的举动，就有点窘，干咳了一声：“笑起来就不像了。”

她笑起来的时候，双眸弯弯，就像是春风吹皱的湖面，生气勃勃，哪还有半分病人的样子？

苏叶就笑得更开心了：“是车祸加枪伤，我是不是应该更痛苦一点？”

为什么要问他这个？沈弘行有点莫名其妙，但在她这样的笑容里，却忍不住道：“具体受伤的部位是？”

“右腿骨折，枪伤是胸口，这个位置吧，不过戏里应该拍不到。”苏叶抬手比划了一下。中枪的戏她之前已经拍过了，在医院的戏她都是病号服，当然也不可能看到胸口的伤。

“这个位置……”沈弘行完全不能接受这样模糊的描述，不由得又皱起眉来，但转念想想，他们不过是在拍戏，他较什么真，索性就把后面的话又给咽了回去，改道，“我不打扰你们工作，先走了。”

“嗯。”苏叶应了声，又摆摆手，“谢谢沈医生。”

沈弘行多看了她一眼。

心里其实也清楚，苏叶道这声谢，并不是为了刚刚这可笑的伤势问题，而是为了他冲过来看她。

作为一个医生，看到自己亲自检查过了确认没问题的病人，突然就一副濒死的样子，任谁都会想过来看一眼的吧？

沈弘行这么想着，转过身打算离开，却正看到许建安在一群人的陪同下走过来。

“弘行。”

许建安先跟沈弘行打了招呼，态度温和又不失亲近。

沈弘行却冷淡得多，只微微点了点头。

他跟许建安的关系，说到底是建立在沈、苏两家的关系上，现在苏家都没人了，他们之间真谈不上有什么交情。

何况这时看到许建安，沈弘行心里几乎立刻就涌上了唐皓那句“不是他就是你”，更多了几分警惕。

许建安也不介意，笑了笑就转向了苏叶：“唐小姐。”

“许先生。”苏叶也笑了笑，指了指自己的腿，“打了石膏，不方便站起来，请多包涵。”

许建安摆摆手道：“没事没事，当然是拍戏重要，我也就是刚好碰上了，顺便来看看。”

骗鬼呢，刚好投资了这剧，刚好替他们借了玉和的场地，就刚好在医院里碰上了，哪来这么多刚好和顺便？

陪着他过来的制片本来想恭维几句的，但是目光在许建安和苏叶和沈弘行身上一转，却突然意识到根本不是插话的好时机。

果然，许建安跟着就道：“刚刚看你们聊得挺开心，我没打扰吧？”

沈弘行道：“没有，我正要走。”

苏叶却几乎在同时开了口，道：“对啊，我正跟沈医生请教车祸重伤者的表现。”

沈弘行扭头过来看着她，却又不好反驳，她刚刚的确算是问了。

许建安的表情却越发温和了：“哦？唐小姐可真是敬业，这次是演车祸伤者吗？”

“对啊。”苏叶若有所指地道，“本来已经死了，但是编剧又把我从地狱拉了回来。”

今天许嘉不在，宫逸指着她笑起来：“别乱说，小心许老师回头削你。每个人物每个情节都是经过深思熟虑认真安排的，哪有这么随便？”一面又招了化妆师过来，“检查一下，差不多就准备开拍了。”

他跟许嘉关系好，也受他影响，不太待见许建安，并不想浪费太多时间应酬他。

许建安很识趣，说了声“大家辛苦，今天收工我请大家吃个饭”便离开了。

苏叶转过头，由得化妆师给她补了一下妆，然后演护士的演员就过来，推着她去拍摄。

沈弘行倒多看了一眼，才走了回去。

他之前突然跑出去，拉他来的同事也吓了一跳，见他回来就道：“原来那是唐夜弦？哎哟，真看不出来，之前在我们医院闹事那副鬼样子……啧，没想到还能当演员呢。”

站在这边围观的，基本都是医院里没值班的同事，彼此都认识，有人顺口就接了话：“她长得的确很好啊，以前是化那非主流妆，看起来丑。”

“她这算是‘浪子回头’吗？”

“没有唐家撑腰的话，她这样的，娱乐圈也不好混吧？”

“什么啊，你是没看到，前两天唐总裁还给她出头呢，凶得杨梦琪屁都不敢放，灰溜溜就走了，就在小花园那儿。”

沈弘行没心情听同事们八卦，但一时却也不想回家了。

他回了自己办公室，拿了本书又看不下去，索性就放下了，出去站在走廊里从窗户往外看。

从这里勉强可以看到苏叶他们拍戏的地方。

他看着她在那里演戏，偶尔被中断，导演会过去跟她讲戏，然后再重新来。

苏叶一直很认真,自己错的地方就道歉一遍遍改正,碰上别人的问题NG了,也一次次陪着重来。

沈弘行对演戏什么的不太懂，但这一场戏看下来，对苏叶倒真的有点佩服了。同样的台词，同样的动作，同样的表情，一连做了十几遍，她竟然一直沉得住气，不骄不躁。

不要说以前那个娇纵刁蛮的唐夜弦，一般普通的女孩子，也少有能做到的。

“她的确不一样了，对吧？”

许建安的声音突然响起。

沈弘行回过头来，许建安就站在他身侧，也看向窗外。

他刚刚看得太入神，竟没有注意到许建安什么时候来的。

许建安的目光还落在楼下的剧组那边，问：“你什么时候发现的？”

沈弘行皱起眉：“发现什么？”

许建安却没有回答，而是道：“知道吗？在今天之前，我只见过你跟一个人说话的时候，有那种放松的姿态。”

放松？

他？

是说他和唐夜弦？

沈弘行越发莫名其妙：“你有什么话就直说好了，不要绕来绕去。”

许建安这才转过来看着他，道：“我有时候，真怀疑是不是我的精神出了问题。但是……先是唐皓，再是你，总不可能我们三个都疯了吧？”

唐皓、许建安，再加沈弘行自己，能把他们三个人联系到一起的，只有一个人。

之前是苏叶。

现在……

沈弘行看向下面拍完一场戏，正从助理手中拿过水喝的“唐夜弦”。

但想想唐皓的怀疑，想想“唐夜弦”刚刚的若有所指，沈弘行下意识地就开口否认：“你到底想说什么？真觉得自己有问题的话，我替你约精神科的专家？”

许建安反而笑起来，直接跳过了他的问题，再次看向楼下那个轮椅上的身影，目光幽深：“所以，她就是苏叶没错。”

唐夜弦就是苏叶？

沈弘行简直觉得自己一直引以为傲的冷静头脑都短路了一下。

这怎么可能？

他亲眼见到苏叶烧焦的尸体，也再三确认过DNA化验结果，那的确就是苏叶本人。

她已经死了。

死人怎么可能复生？

更不用说变成唐夜弦了。

简直荒谬。

可是许建安一副笃定的样子。

他难道真的精神出了问题？

可是想想唐皓对“唐夜弦”的紧张，想想“唐夜弦”那些异常，想想自己偶尔那种莫名其妙的熟悉感……就算沈弘行能说服自己只是错觉，但唐皓和许建安，难道还能一起在同一件事上发疯？

但是作为一名医生，他又怎么都不可能相信真有什么死而复生的事情。

这到底是怎么回事？

所以，当许建安说请了剧组吃晚饭，问他去不去时，本来从不喜欢这些应酬的沈弘行一反常态直接就答应了。

他要再见见“唐夜弦”，是或不是，都想亲自去确认一下。

苏叶卸完妆换了衣服出来，就发现外面没几个人了。

毕竟投资爸爸请吃饭，大家还是很积极的。

许建安自己倒还没走，在和导演制片等人闲聊。

沈弘行也在，他一直注意着苏叶这边，她一出来他就看了过来。

苏叶有点意外：“咦，沈医生还在？”

许建安便道：“我跟弘行也有日子没见了，正好一起吃个饭。”

而沈弘行还在打量苏叶。

卸了妆之后的苏叶一点也没有之前虚弱的样子，气色相当不错，皮肤光滑莹润，双眸灵动有神，怎么看都是一个健健康康年华正好的青春少女。

怎么可能是什么死而复生？

“沈医生？”苏叶歪了歪头唤了他一声。

沈弘行这才回过神来，意识到自己这样盯着人看，实在有点失礼，他干咳了一声，解释：“看着你跟之前……简直判若两人。”

苏叶倒不知道他起了什么疑心，只是这话没头没尾的，她就只当是在说拍戏，笑着道：“化妆术就是这么神奇。”

化妆术还能改变一个人的性格吗？

沈弘行可以确定“唐夜弦”的确跟以前不太一样了，但要说她是苏叶……他还是不能相信。

“差不多可以去饭店了吧？”许建安这么说着，又转向苏叶，温和地笑着问，

“唐小姐坐我的车？”

“谢谢许先生，我自己有车，就不劳烦你了。”

她不但有车，还带着保镖和助理，明显一点机会都不会给人留下。

看着她在保镖的护送下上了车，许建安又笑了笑，低低道：“唐总可真疼爱这个妹妹。”

旁人听不出这话的好恶，不好评价。沈弘行却微微皱了眉，道：“毕竟唐小姐才经历过非法拘禁，差点没命，唐家紧张点也是正常的。”

许建安抬了一下眉，没再说什么。

整顿饭下来，许建安一直表现得温和有礼、风度翩翩。

许建安以前没有涉足过娱乐圈，这是他第一次投资电视剧，但他这样的人，如果有心，跟什么人都能找到话题。就连对他有几分成见的宫逸，也不得不承认，他的确是个很有个人魅力的男人。

唯一在这个饭桌上格格不入的，是沈弘行。

他对电视剧、对娱乐圈、对这些人，都没有兴趣，他今天就是为了苏叶来的。

他的目光几乎就没有离开过苏叶。

看着她吃东西，看着她说话。

看得越多，心头就越乱。

沈弘行和苏叶是从小一起长大的。

苏叶有一些可能自己都没有意识到的小习惯，他都一清二楚。

她爱吃的东西，她微笑时嘴角扬起的弧度，她端杯子时的手势……

如今这些一点一滴，都在“唐夜弦”身上重现。

沈弘行很清楚，苏叶和唐夜弦之间绝无交集，又怎么可能模仿得如此惟妙惟肖？

沈弘行心里掀起惊涛骇浪，恨不得直接抓着“唐夜弦”问清楚到底是怎么回事，只碍于饭桌上这么多人，才生生忍住了。

但他表现得这么明显，还是引起了不少异样的目光。

甚至有人悄悄地交换起八卦的眼神来。

他们本以为今天这顿饭是许建安看上了唐夜弦，毕竟这两人早就有传过绯闻，这时许建安特意投资了这个电视剧，又是探班，又请吃饭，说没问题都没人信。可偏偏一顿饭下来他表现都很正常，反而跳出一个沈医生。

有人悄悄查了沈弘行的资料。

沈家大公子。

他在玉和医院再怎么低调，可出身背景就摆在那里，足够闪瞎人眼。

有些人看苏叶的目光便又不一样。

到底起点不同。

现在就算证实了唐家小姐的身份是假的，但人家认识的人接触的圈子已经不一样了。

娱乐圈有多少女明星想嫁入豪门？可是有些人费尽心机，连个门都摸不到，更不用说搭上这些真正有钱的公子哥儿了。

看看这位唐小姐，随随便便就是左一个右一个，年轻有钱还长得帅。

几人暗戳戳地看着热闹，甚至开始脑补出修罗场来。

包厢门就在这时被敲开。

服务员进来问：“有位唐先生说想来找人……”

唐先生本人就站在服务员身后，一身的低气压，冷得服务员后面的话都打着战。

苏叶却在那一瞬间笑了起来。

眉眼弯弯，水盈盈的眸子里的欢喜简直都好像要满溢出来。

这是沈弘行完全陌生的表情。

他从没见过这样的笑容——没见过唐夜弦的，也没见过苏叶的。

他微微皱起眉，看着苏叶站了起来，向门口的人挥手，开心地唤：“大哥。”

苏叶觉得自己也的确够矛盾的，一方面不想事事依赖唐皓变成他的附庸，但另一方面……他能把她放在心上，又让她忍不住欢欣雀跃满心甜蜜，就像真的回到了少女时期。

尤其是他在这个时候来找她，甚至让她喜出望外。

毕竟沈弘行看她的目光毫不掩饰，别人能看出来，她自己当然更不可能感觉不到。

如果是许建安，她还可以直接怼回去，但沈弘行……

她真是没有办法怎么样。

人家又没得罪她。

从小到大都对她那么好。

所以唐皓的出现，对她来说，简直好像救星一样。

唐皓看到苏叶的笑脸，身上的冷意就收敛了一些，微微点了点头。

许建安和宫逸他们也起身跟唐皓打招呼。

许建安笑道："听说安盛高层因为这次的泄密事件大换血，接下来的每天都忙得不可开交，唐总今天怎么有空大驾光临？"

唐皓对他当然没什么好脸色，淡淡道："最近苏氏的股价跌这么厉害，又有人试图恶意收购，正值风雨飘摇之际，没想到许先生不但有兴趣投资电视剧，还有闲心关心我们安盛，这份镇定倒让人佩服得很。"

两人一上来就夹枪带棒，倒让其他人根本不敢插话了。

不过，跟云城商圈沾点边的人都知道，从唐皓和苏叶分手，唐、苏两家就一直不合，这两人的关系就更不好说了……这夺妻之恨，见面还能有什么好话说？

其他人还能暗中看看热闹，宫逸却只觉得自己这顿饭吃得简直牙疼，这都是什么事啊。说起来，他其实也不太待见许建安，但他就是个小导演，谁也得罪不起。

好在唐皓也不是专程来跟许建安斗嘴皮子的，跟着就问宫逸："我家老爷子身体不太好，但每天都要见到小夜才肯休息，我带她先回去，宫导不介意吧？"

"没事没事，有老人在家，是该早点回去。这也怪我考虑不周，还请唐总不要介意才好。"

宫逸只恨不得他赶紧走，客套着把两人送到了门口。

苏叶略有点过意不去，向宫逸道了个歉："不好意思啊，回头我再找机会请大家吧。"

她进剧组以来，其实也没少请大家吃吃喝喝，宫逸也真没介意这顿饭。他只是叹了口气，轻声道：“以后剧组这边要是有什么应酬你不想去的，先跟我说，我就直接帮你挡了……”

他停下来，往唐皓那边看了一眼。

苏叶跟他合作也有这么长时间了，大致也能看出他话里的未尽之意——就不必请动这尊大佛了。

她不由得笑了笑，道：“嗯，谢谢宫导。”

宫逸摆摆手。意思是赶紧走吧，他还得回去应付另一边。

苏叶就笑着挥手告辞，跟上了唐皓。

唐皓侧头看她一眼，微微挑了一下眉：“这么开心？”

苏叶老实地点了点头：“嗯。”

唐皓却静了一下，才轻轻道：“我还以为……你又会怪我干涉你……”

苏叶不由得被噎了一下，好半晌才干咳了一声，道：“情况不一样嘛。”

唐皓哼了一声：“不想跟他吃饭又为什么还要来？”

苏叶沉默下来。

她的确不想跟许建安吃饭，如果提前跟宫逸说，宫逸也的确会帮她周旋。她只不过想着他是以投资人的身份请剧组吃饭，她搞特殊化不太好，又觉得大庭广众这么多人他也做不了什么。何况吃个饭而已，又不是单独，有什么关系？

就好像当初参加郑家的订婚宴一样，其实没什么损失，也没什么关系，不过是应酬而已。

唐皓的意思她也明白——她凭什么要应酬这些让她不高兴的人？

当然是想去就去，不高兴就不去，就是这么直截了当。

这也是苏叶佩服他的一个地方。

可是她自己……她想，上辈子都做不到这样，现在的她……又算什么呢？

她安静良久，唐皓也没有再说话，就那样默默地往前走。

唐皓知道她在介意什么，甚至忍不住在想，苏叶……以前的苏叶，碰上这种事，是怎么样的？

那天他们摊开来说明白之后，他认真想了很久。

他有时候甚至会觉得，其实自己还更喜欢现在这个嬉笑怒骂都摆在脸上，会大哭会撒娇会耍赖的苏叶。

但……换了环境和身份，人的确会变得不同。

比如现在。

苏叶以前当然也有参加过一些不怎么情愿的应酬，但她是苏大小姐，有整个苏氏撑起来的底气，没人敢在她面前搞什么“酒桌文化”，也不会有人在她面前失仪。所有人都衣冠楚楚，言笑晏晏，她当然也会一直都是落落大方应对得体，人人夸赞的优雅淑女。

但现在……区区一个许建安以投资人的身份组个局，她都得犹豫，不好直接拒绝。

一群土鸡瓦狗的饭局，她见到他来接她时甚至会喜出望外地跳起来。

唐皓想，她说得没错，她不喜欢这样。

他也不喜欢。

只是……底气和骄傲这种东西，并不是一两句话就能捡回来的。

没有相应的实力和地位，所谓的骄傲不过只是可笑又可悲的妄想。

她已经不是苏家大小姐了，她现在……的确只是一个身世不明的孤女。

他给她再多钱，甚至给她“唐太太”的身份，也弥补不了她自己心理上的落差和认同感的缺失。

甚至这种“给予”本身，就是对她的一种伤害。

她并不需要。

她要的只是时间和空间来再次“成长”。

唐皓侧过头看着身边的少女。

她今天穿了件蓝色格子连衣裙，小飞袖，超高腰，既乖巧又有点俏皮，看起来尤其显小，配着她那白白嫩嫩的肌肤，简直都好像未成年少女。

幸好，她现在还这么小，想做什么都来得及。

唐皓也不知道应该算庆幸还是煎熬，末了只能叹一口气。

听到他叹气，苏叶就看过来。

唐皓伸手揉了揉她的头顶。

苏叶愣在那里，整个人都僵了一下。

她和唐皓有过更亲密的接触，但被他这么揉头发，还是第一次。

毕竟，这种动作，比起情侣来说，更像是长辈对小辈的宠溺。

就比如哥哥对妹妹……

“别乱想。”唐皓的手顺势就往下盖住了她的眼睛，隔断了她的视线。

苏叶把他的手拉下来，碧色的眸子盯着他：“你知道我在想什么？”

唐皓笑起来：“你那眼神……简直就好像我不要你了一样，谁还能看不出来？”

苏叶羞窘地甩开他的手，干咳了一声：“胡说。”

“不会的。”唐皓反手就牵住了她，“你不要我我都不会再放手，何况你自己说过想要？放心，我会等着你，也会陪着你。你需要多久都会。”

苏叶很久都没说话。

唐皓不由得又有些忐忑起来，放轻了声音，问：“还是不相信我吗？”

苏叶摇了摇头。

说不上是不是不信他，只是……她突然觉得自己可笑。

再次摇了摇头，苏叶索性丢开了这个问题，转移了话题道：“你之前说有人试图恶意收购苏氏是怎么回事？”

唐皓对她的回避有点不太满意，但也没有直接表示什么，正好这时也走到了车边，他替苏叶开了车门，一面道：“你之前不是也注意到了股市上的动静吗？有个离岸公司在操作，但背后应该是许建安。要么是苏氏那些元老让他放不开手脚，他只能绕个圈来榨干苏氏的价值，要么就是……他本来就是想让苏氏彻底消失。”

苏叶上了车，想想自己前些天在玉和医院对许建安的那些想法，苏氏被收购也好，破产也好，许建安拿着转了一道或者是几道的“干净”钱，换个地方，换个名字，才好永远地摆脱“苏家女婿”的身份，重新开始。

她不由得叹了口气，轻声道：“他真是……恨我们啊。”

“别乱想。”唐皓再一次说，他自己也跟着上了车，“不是你的错。当年……苏叶难道是非他不嫁吗？”

“当然不是。”苏叶下意识地就反驳了。

当年她对许建安，要说欣赏和感动，的确是有的。但要说非他不嫁的程度……却远远不到。

不过就是……反正也不可能嫁自己喜欢的人，那就听父亲的安排，不好不坏地凑合吧。

真正到父亲去世，她开始珍惜这份夫妻之间的感情，却又……全毁在那场车祸里。

“所以啊，他当初并不是没有选择。想要少奋斗几十年的荣华富贵，又想不被人说闲话保持那点自尊，天下哪有那么便宜的事？”

唐皓是在骂许建安，苏叶却听得打了个突，转过头去看着他。

唐皓的脸色微微一沉：“事到如今，你还想替他辩解吗？”

苏叶摇摇头：“我只是觉得……你……其实是在骂我吧？”

唐皓怔了一下，然后就笑了起来：“那不一样。”

“有什么不一样？”苏叶撇了撇嘴，她现在……可不是又要借唐皓的虎皮，又不想在他面前低头？

唐皓看着她，一本正经道：“你看上的，是我这个人，其他都是我的附加价值而已。”

苏叶：“……”

好吧，唐总你说什么就是什么好了。

她索性闭了嘴，转头看向窗外。

唐皓也没再说话，只是又伸过手来，握住了她的手。

苏叶手指微微动了动，但到底也没有抽出来。

唐皓那样跑去接人，苏叶一走，大家自然也不可能再像之前那样开开心心地吃吃喝喝，没多久也就跟着散了。

“盯着看了一晚上，看出什么来了吗？”一起下楼的时候，许建安打趣一般问沈弘行。

“你其实只是想利用我来试探她对吧？”沈弘行面无表情地反问回去。

有很多事他无心计较，并不代表他傻。

许建安叹了口气，感慨道：“我从来没见她那样笑过。”

沈弘行没有接话。

“我曾经……想过很多次，她为什么会答应嫁给我。明明即使不能和唐皓结婚，也会有更好的人选。比如说……”许建安顿了顿，侧目扫过沈弘行，“你。”

他问沈弘行：“你当年是不是也想不通？输给唐皓就算了，竟然会输给我？”

沈弘行心头不可抑制地涌起一股烦躁，他皱起眉：“你到底想说什么？”

“就随便聊一聊啊，反正都是两个失败者。”许建安笑了一声，“看到她今天那样的笑容，我就觉得我的好处大概就在这里了吧。就算她和唐皓再有什么，我这么个要仰仗苏家鼻息的穷女婿，能做什么？但如果她是跟沈家联姻的话，情况又完全不同了……”

他话没说完，就被沈弘行揪住了衣领。

“你知道自己在说什么吗？”沈弘行咬着牙，怒道，“苏叶到底哪里对不起你？人都死了你还要污辱她的人格！她怎么可能是那种人？”

许建安并不反抗，就让他那么揪着，甚至还很温和地笑了笑：“我怎么知道呢？我大概……从来都不知道她到底在想什么吧。”

“她想什么？她死之前，都在备孕了，你还问她想什么？”沈弘行几乎都要用吼的。

“那并不是为了我，只是苏家需要继承人。岳父去世之后，那帮元老可没少念叨这事。”许建安露出几分自嘲，“就算没我，她随便找个精子库也行。”

沈弘行一腔怒火，反而在他这平静的自嘲中泄了气。

苏叶没怎么跟他聊过许建安的事，但他其实能看得出来，她看许建安的眼神，跟以前看唐皓的眼神是不一样的。

她并不爱他。

这对许建安来说，也许的确不太公平，但……这世上哪有什么绝对的公平？

对他沈弘行，难道就公平了吗？

许建安说得没错，他们……在这事上，不过是同样的失败者。

沈弘行慢慢松了手。

许建安整理了一下自己的衣服，轻轻道：“抱歉，情绪有点失控，让你见笑了。”

沈弘行没说话。

又听他以更低的声音说：“我只是太嫉妒了。为什么一次两次……都是他唐皓！”

沈弘行想想“唐夜弦”刚刚的笑容，心底不由得就涌起了一个轻轻附和的声音。

是啊，为什么又是他？

为什么只能是他？

第九章

我不会同意的

这天晚上，沈弘行破天荒地失眠了。

他其实也不想信许建安的鬼话，什么死而复生，一派胡言，但是脑海中来来去去都是苏叶的音容笑貌，一时又换成了唐夜弦。

他索性爬了起来，找出了一本相册。

里面的照片并不算太多，毕竟如今都是数码照相了，这里大半也都是他小时候的照片。

其中又有大半，都有苏叶。

路都不会走趴在地上争夺玩具，在幼儿园一起拿小红花，谁家宴会上四五个孩子一起拍的合照。

更隐蔽的夹层里，还有他偷偷拍下来的少女时期的苏叶。

——这里大概承载了他们共同成长的轨迹。

指尖拂过照片上苏叶柔和秀丽的脸，沈弘行轻轻叹了一口气。

莫名其妙又想起了唐夜弦的脸。

那种熟悉又陌生的感觉……

就算真的是苏叶回来……为什么会变成她？

第二天，沈弘行带着满眼的血丝去了医院，却发现今天“唐夜弦”并没有到玉和医院来。

她就算从只有几集的戏份变成了常驻角色，到底也只是个配角，戏并不多，要在玉和医院拍的，前两天就已经拍完了。

沈医生满心懊恼，先把这事丢开，认真工作去了。

倒是许建安，借着投资人的身份，拿到了剧组的拍摄时间安排，只要苏叶到场，就直接送上一束花。

不论苏叶收不收，下次还是照送不误，毫不掩饰。

娱乐圈这种地方……没事且得折腾出点动静来呢，就算是有上两轮的教训，没有什么媒体敢捕风捉影添油加醋地发挥，但这事如实报道就已经足够抓人眼球了。

老婆死了还不到半年的苏家赘婿和刚被曝光身份的假唐家公主。

这两人的身份凑在一起，就能让人脑补出几十万字的豪门恩怨伦理虐恋大剧了。

网上一片哗然，又有人把以前许建安和“唐夜弦”的绯闻翻出来，分析许建安是不是图谋已久，又或者是“唐夜弦”心机深沉，其实早就知道自己的身份，所以在曝光之前，就已经吊住了许建安作为后路。

不论哪一种，都让人觉得，这两人都不是什么好东西。

然后不可避免地，牵连了苏叶。

自己年纪轻轻地丢下偌大家业死了，老公转身就看上了新人……网上有人替这位芳年早逝的苏大小姐打抱不平。但更多的人觉得，苏叶的杀人嫌疑还没洗清呢，谁知道她私下里是什么样的人，对老公是什么态度？焉知许建安不是忍无可忍？

苏叶再说不在意他人的言论，也还是被恶心了一把。

毕竟那些花就明晃晃地摆在了眼前。

何况又是花店代送的，许建安自己都没出现，她就算想发个火，都找不到正主，又能怎么样？

但最恼火的，还是唐皓。

他好不容易才跟苏叶亲近了一些，许建安就这么横插一脚。

他也就只能冒着惹苏叶不高兴的风险，每天准时接送她。

“许建安不知道又在打什么主意，我不太放心。”他跟苏叶解释。

苏叶有些无奈，但她也猜不到许建安的想法。

“他到底在想什么？这样一来，他之前塑造的那些痴心深情的形象可就都毁了。王思思的案子还没结呢，他就不装了吗？”

唐皓静了很久，才轻轻道：“他应该是知道了。”

苏叶眨了眨眼：“什么？”

“你是苏叶的事。”

苏叶愣了一下，她……到底还是在许建安面前露了马脚吗？

是上次喝醉酒的时候吗？

她回忆了一下当时许建安的反应，并没有觉得有什么特别。

但许建安毕竟是跟她在一起那么久的人，又前前后后试探了这么多次，心里有所判断也在情理之中。

如果许建安知道她还活着，这送花的举动就更可疑了。

苏叶只觉得事情越来越乱了，她揉着自己发胀的太阳穴，叹了口气，再一次问：“他到底想做什么？”

唐皓又沉默了好一会儿，突然问：“你是相信他，还是相信我？”

声音很轻，却字字分明。

苏叶转过头看着他。

唐皓没什么表情，看起来有些严肃，眼睛在柔和的车内灯光里看起来格外幽深，乌黑的瞳仁中正映出她的脸，眼神间竟有几分忐忑之意。

苏叶其实明白他的意思。

事实上，他们追查苏叶的死，一直到现在都并没有什么关键性的实证。

私密账户是苏承海的，如今趁乱对苏氏下手的是查不到真正老板的离岸公司。

李乐琪是苏承海的情妇，王思思死了。

王思思家找到的是苏叶的头发，监控拍到疑似苏叶的背影，苏叶自己死了。

苏叶的遗体烧成了灰，车子的残骸又被处理了。

没人能证明车子是许建安动的手脚，也没人能证明他跟苏承海的死有关。

不过都是些零碎的猜测。

如果苏叶相信唐皓，那许建安就是凶手，许建安现在再向“唐夜弦”献殷勤就是别有居心不怀好意，说不定是想再杀她一次。

如果她相信许建安……

那许建安所有的表现，其实也都能说得通。

苏承海是自己在求子的路上作死。苏叶的车祸只是意外。私密账户的支出是对苏承海的情妇的补偿。之前各种试探是对唐皓的嫉妒，他现在送花也是理所当然——他深爱的妻子重生了，他难道不想追回来？

苏叶很久没说话。

她沉默得越久，唐皓眼中的光芒便越暗，最终苦笑了一声，闭了眼。

“你以前说得没错，我们之间，的确相隔太久了。”他说，声音里透出了一种乏意，“我只多说一句，他真的很危险，不要单独跟他见面。”

“我没有不信你。”苏叶轻叹了一声，“只是这么多事，我一时有点理不清头绪。”

唐皓没有接话。

“但有些事我还是可以确定的。”苏叶又道，“我没有杀人，也没去过王思思家里。有人陷害我，我的车祸绝对不是意外。”

她说着话，似乎又感受到车祸时那种彻骨的剧痛和毁天灭地的绝望，忍不住瑟缩了一下，咬紧了牙。

唐皓只觉得心头像是被什么狠刺了一下，下意识已经伸出了手，将身边脸色发白的少女搂住。

“别怕。”他说，声音低柔，温热的呼吸就在她的头顶，“我不会再让任何人伤害你了。”

苏叶靠在他怀里，熟悉的声音，熟悉的温度，熟悉的味道，抚慰了她的情绪，让她渐渐安宁下来。

她把脸埋在他胸口，伸手环住了他的腰，低低应了一声。

唐皓和苏叶两人回了唐家，才发现家里有客人。

沈弘行正坐在沙发上和唐霖说话，态度随和、温文尔雅，跟在医院里的冷淡简直判若两人。

唐皓几乎在看到他的瞬间，整个人都绷了起来，几乎就好像一只领地被侵犯的猫，背后的毛都竖了起来。

苏叶就在他身边，当然很直观地感受到了。

她有点好笑地斜了他一眼，伸过手去，顺毛般在他背上轻抚了两下。

唐皓："……"

他又不是真的……好吧，这个动作还是安抚了他。

他跟父亲打了个招呼，又向已经站起来的沈弘行道："沈医生可真是稀客。"

沈弘行道："之前唐小姐问了我一点医学上的事情，当时也没好好回答，所以我回去之后特意整理了一下资料给她送来。"

"欸？"苏叶眨了眨眼，她问了医学上的事？

唐皓也转头看向她。

唐霖却道："说起来我们唐沈两家也算是世交，弘行叫什么唐小姐，太生疏啦。"

沈弘行就从善如流，唤了声"小夜"，递过来一个文件夹，又道："我这里还有电子版，我传给你？"

于是，他又顺理成章地交换了通讯方式。

唐皓几乎又要奓毛，尤其是看到自家老爹还一副笑眯眯要拉郎配的样子，简直杀人的心都有了。

许建安也就算了，至少苏叶自己对他也不是没有提防之心，沈弘行这算怎么回事？都已经直接走家长路线登堂入室了。

如果"唐夜弦"真是他妹妹，沈弘行还真算个合适的人选。

唐、沈两家以前没有什么深交，但云城就这么大，这些老家族都还算知根知底。沈弘行可算是真正的名门贵公子，年轻英俊，能力出众，又洁身自好，一直都是大家眼里的乘龙快婿。若是以前的"唐夜弦"，唐霖再宠女儿，也会有自知之明，都不敢想这种好事，但现在沈弘行自己找上门来，他当然乐见其成。

苏叶这时倒没理会男人们的眉眼官司，正忙着看沈弘行给她送了什么来。

一份图文并茂的资料——各种病症损伤的具体表现。

苏叶：“……”

她……好吧，她的确问过，但当时……也真的就是随口问问而已。

她想沈弘行大概也只是拿来做个借口。

不过，哪怕只是个借口，这详详实实厚厚一本……也实在有够认真的。

苏叶拿在手里，只觉得沉甸甸的。

沈弘行打量着她的神色，轻声问：“晚了点是吗？你们这些天已经不在玉和拍摄了，都演完了是吧？”

“不，以后还是可能会用到的。”苏叶抬起眼，真心实意地道了声谢，“多谢沈医生了。”

“你不嫌我多事就好。”沈弘行笑了笑。

苏叶愣了一下。

这不是面对“唐夜弦”那个冷冰冰好像欠了他钱没还一样的沈医生，而是她更熟悉的那个温柔体贴的沈家哥哥。

大概不止许建安，连沈弘行都知道她是谁了吧？

她下意识地转头看向唐皓。

唐皓沉着脸，冷冷盯着沈弘行，眼神里都透着杀气。

唐霖倒是很开心，热情地留沈弘行吃饭。

沈弘行虚辞了两句，就答应了。

唐老爷子今天精神不错，心情更好，拉着沈弘行聊了些他年轻时和沈弘行父亲的事，又问他父母的情况，他现在的情况，完全是一副老丈人看女婿的表现。

沈弘行更是耐心十足，有问必答，交代得清清楚楚。父母在国外，单身，工作稳定，收入优渥，无不良嗜好，无纷乱情史，简直就已经是把自己干干净净打包好只等女方盖章认证了。

不要说唐皓，就连苏叶自己都受不了，她搂着唐霖的手撒了个娇："爸爸别这样，沈医生才第一次来家里，你问这么多，回头人家又要笑话我啦。"

唐霖想想自己的态度好像的确急切了一点，打了个哈哈，才想往回找一找。沈弘行自己却道："没关系。虽说是世交，但自我父母出国之后，来往就少了，世伯对我不太了解，问清楚一些也是应该的。"

苏叶有点无奈地看向他。

沈弘行就任由她看着，也不解释。

苏叶："……"

唐皓给她夹了一筷子菜："好好吃饭。"

"哦。"苏叶索性就不管了，应了一声，低头吃饭。

沈弘行看着他们互动，垂下眼来，默默给苏叶盛了碗汤，就放在她最顺手的位置。

熟练得好像他已经做过无数次。

唐皓眼角跳了跳，忍不住又磨了磨牙，看了一眼笑眯眯的父亲，勉强按捺下来。

等吃完了饭，沈弘行告辞，唐皓送他到门口，才冷冷问道："你跟许建安是约好的吗？"

沈弘行道："他是他，我是我。"

唐皓压低了声音："他杀了苏叶，现在又挑着你做这些，你以为他会是什么好心吗？你清醒一点。"

沈弘行皱了眉，倒没有第一时间反驳，只问："证据呢？"

唐皓没有。

查了这么久，却没抓住许建安的狐狸尾巴，他也很懊恼。

这时也只能闷哼了一声。

沈弘行也跟着静了一会儿，才缓缓道："也许他的确不怀好意，也许你的确有怀疑他的缘由。但我可以告诉你，我现在很清醒。也许，这么多年，从没有像现在这么清醒过。"

他的眼镜在路灯下反着光，看不清眼神，但唐皓却能听出他语气里的势在必得。

唐皓冷笑了一声："你不过是想在她身上寻找过去的影子……"

话才出口，他自己就顿了下来。

看到这样的沈弘行，他才明白，为什么苏叶对他会有那种纠结。

他……

她的确不会喜欢。

没有人会喜欢。

他没往下说，沈弘行也没再多问，再次彬彬有礼地告了辞，转身走了。

唐皓回去的时候，唐霖正在拿沈弘行打趣苏叶。

他可能也真是挺好奇的，毕竟之前也没听说女儿和沈弘行有什么来往。

苏叶就又无辜又无奈："我也不知道他怎么回事啊。以前真没什么交往，就连我在玉和住院时他都不想见我。"

"那时你还有婚约嘛，他肯定是为了避嫌。"

唐霖对女儿自信满满，毕竟如果不是认真的，沈弘行这样的人，怎么可能会主动上门来见家长？唐家又不是什么可以随便糊弄的破落户。

苏叶就更无奈了，求助般看向刚进来的唐皓。

唐皓也正为这事憋了一肚子气呢，便道："爸爸就不要操心小夜的婚事了，交给我就好。"

唐霖如今对这个有出息的长子，几乎可以算是言听计从，这时却没有像以往那样点头答应，而是看了他一会儿，转头拍了拍苏叶的手："小弦先回房去，爸爸有事要跟你大哥说。"

苏叶有点意外，跟着也看了看唐皓，但还是乖乖应了声，先上了楼。

"坐。"唐霖指指身边的沙发。

唐皓依言坐下，问："爸爸想说什么？"

唐霖也不卖关子，直接就问："你不喜欢沈弘行，是因为小弦，还是因为苏叶？"

唐皓一时不知道应该怎么回答。

虽然现在好像许建安和沈弘行都知道了“唐夜弦”就是苏叶，并且接受了这件事，但对普通人来说，这事还是太匪夷所思了一点。

唐霖也没等他说话就接着道：“我又没瞎，你这些天对小弦如何，我当然看得到。但是啊，”他指了指窗外，“你非得种树改园子那股折腾劲，我也还记得呢。”

唐皓抿了抿唇，其实他折腾来折腾去，还不都是为了同一个人？

只是……唐夜弦的身世，老爷子算是早有心理准备。那个旧时视频，也因为时间太久，亲缘又淡薄，唐霖并没有很激动，如果告诉他，唐夜弦现在已经变成了苏叶，唐皓真不敢确定老爷子能不能接受得了。

毕竟老爷子对苏叶的印象……大概也不怎么好。

唐家人都是护短的，在父亲眼里，苏叶就是玩弄了自家儿子的感情还落井下石的坏女人。

现在苏叶还顶替了他疼爱了那么多年的女儿天天守着他撒娇……大概要比儿子真看上唐夜弦更刺激吧？

唐皓犹豫着要怎么解释，唐霖却只当他心虚词短，不由得叹了一口气，缓缓道：“以前给你介绍女孩子，左一个不行右一个不行，只有一个谢圆圆能说得上几句话，你当我不知道你是什么心思吗？你惦记苏叶，非得等她死了才想找别的女人，我也管不了你，但那不该是我的小弦。”

唐皓唰地抬起眼来：“爸……”

唐霖抬起手止住他的话：“老实说，阿皑这几年，一直跟小弦吵吵闹闹，虽然也很让我头疼，但其实那反而正代表他在意小弦。但你呢，这么长时间，你看似平静，可曾正眼看过她？”

唐皓心下苦涩，却无法反驳。

他的确从没对唐夜弦上过心，不过就是养着哄老人的小玩意儿，等老爷子去世，随便就能打发掉，值得他多看一眼？

但谁知道……老天会跟他开这么大一个玩笑？

他还能穿越回去把之前的自己捏死吗？

“爸，我……”

唐霖还是没让他把话说完："是因为小弦的改变让你发现了她的好吗？不，仅仅是因为那个女人死了。你是我儿子，我还不了解你的个性吗？你知道她来历不明，知道她在唐家别有居心，你会爱上她？你不过是想要这么个女人，听话，好拿捏，无依无靠，不会干涉你。于公不会插手安盛的事务，于私可以由得你守着你那一树玉兰花。当然，还年轻漂亮，最好不过。对不对？"

"不是这样的。"唐皓几乎要跳起来，"我没有那种意思，我是……"

他是真心的。

他一直爱着过去的苏叶没错，却也一直在被现在的苏叶吸引，就像苏叶期待的那样，他正在爱上现在的她，绝对没有要把她当成摆设和幌子的意思。

可是，这样干巴巴的解释，唐霖能接受吗？还是要跟他说唐夜弦已经变成苏叶的事？

"虽然你是我儿子，但是这件事我不会同意的。"唐霖看着他，一脸痛心，声音却绝决，"只要小弦喜欢，她想嫁给沈弘行也好，孟修也行，但不能是你。当然，我可能活不了多久，也不可能一直护着她。我只希望你看在父子一场的份上，放过她吧。那孩子已经够苦了，不该再被这样对待。她值得更好的男人，更好的生活。"

唐皓本来已经开始组织的那些解释和保证，突然什么也说不出口了。

他突然想起苏叶以前骂他，你真差劲。

苏叶不信他，沈弘行不信他，连他自己的父亲都不信他。

他在感情这种事上，到底有多失败？

苏叶的房门没有关。

她早预备着唐皓和老爷子谈完后会来找她。

唐皓站在门口，看着坐在书桌前的苏叶。

她正翻看着沈弘行给她的那本资料，开了台灯，柔和的暖色灯光就好像在她身上加了层滤镜，看起来柔和宁静。

唐皓甚至舍不得打扰她。

还是苏叶自己先看到他，她笑了笑，放下资料站起来，一面问："谈完了？”

唐皓点了点头。

“说了什么？好难得看到爸爸那么严肃。”苏叶随口问了，半晌没听到唐皓回答，连忙又补充，“不方便告诉我就算了，当我没问过。”

唐皓深吸了一口气，轻轻道：“我能抱抱你吗？”

苏叶愣了一下，犹豫了一会儿，才张开了手。

唐皓抱住她。

也就只是抱住而已，并没有说话，也没有别的动作。

苏叶还以为他是在为沈弘行的事闹别扭，笑了笑，问：“怎么了？”

唐皓这才靠在她肩头，贴着她的耳朵，低低道：“对不起。”

苏叶又怔了怔：“为了什么？”

“各种。”唐皓却没有细说，又道，“爸爸说不会同意我们在一起。”

苏叶吓了一跳，都顾不上去追究他道歉的缘由，从他怀里挣出来，后退一点，直视着他的双眼，惊道：“你跟他说了我们的事？”

“不用我说，他看出来的。”唐皓道。

苏叶沉默下来。

也是，唐霖是心理素质不行没有什么管理才能，但他当年游戏花丛，在男女之事上的经验十个唐皓都赶不上，看出来也没什么奇怪的。

苏叶之前一直在想怎么找借口离开唐皓，但现在借口摆在眼前了，心头涌上来的，却只有不舍。

“为什么？”她甚至忍不住问。

以唐霖的心思，女儿变儿媳，一家人和和乐乐在一起，不正如他的意吗？

还是说……是怕她会丢唐家的脸？

毕竟唐霖再说不介意，如今她的真实身份也已经天下尽知了。

唐皓却苦笑了一声：“他觉得我配不上你，不相信我是真心喜欢你的，他希望你嫁得更好。”

苏叶再次愣住，一时微微涨红了脸，为自己刚才的揣测惭愧，又为唐霖的维护而感动……他是真的把她当成女儿来疼的。

唐皓却再一次抱住了她，低低道："不过……我其实，从来就没听过他的话。"

苏叶："……"

你的叛逆期真长。

这句不合时宜的玩笑并没有说出口，因为唐皓接着就道："我会证明，对你而言，我就是最好的男人，我就能给你最好的生活！"

唐皓虽然说不会听老爷子的话，但考虑到他的身体状况，也没想真的把他气出个好歹来。在他面前反而特意和苏叶保持了一点距离。

唐霖也没再在儿子面前跟苏叶提什么沈弘行或者孟修的事。

父子俩算是心照不宣地各退了一步。

苏叶也没参与他们父子的事，反正她的生活并不会受到影响，现在让她困扰的依然是许建安。

第二天她一到片场，依然又是迎面一大束玫瑰。

许嘉看戏不嫌事大地给她出主意："不如你找人打他一顿吧。"

苏叶："……"

"许老师你这算是知法犯法吗？"

"轻伤以下，只判十天以下拘留和罚款。最重要的是表明你的态度嘛。"许嘉打了个哈哈。

她的态度？

苏叶微哂，许建安如果知道她是谁，会不知道她的态度？

他到底想怎么样？

这时有剧务过来通知她准备开拍，苏叶也收拾了情绪，把心思沉到剧本里去。

等到她今天的戏拍完，才回了房车里，直接给许建安打了个电话。

猜不到，就直接问好了。

许建安好像早就在等着她这个电话，温和地问："花还喜欢吗？"

苏叶叹了口气："你到底想怎么样？"

许建安竟然也跟着长长地叹了口气："我只想……我们能好好地过下

去……”

苏叶嗤笑了一声：“那你先告诉我，为什么苏叶的头发，会出现在王思思家里？”

“什么？”许建安的声音听起来竟然很吃惊。

苏叶心头顿时也是突然一紧，他不知道？

这事是许嘉告诉她的，警方目前也的确没往外公布，许建安真的不知道？

那她岂不是又说漏嘴了？

会不会出什么问题？

许建安又道：“那是怎么回事？那怎么可能？”

苏叶没有回答。

许建安也静了很久，才道：“我……现在也没办法证明，但真的跟我没有关系。这绝对是嫁祸和挑拨，你相信我。”

他声音轻和，语气诚恳，是苏叶曾经非常熟悉的腔调。

可是啊……

现在……她能相信谁？

苏叶咧了咧嘴，无声苦笑，然后直接挂断了电话。

从车上下来，苏叶去找了许嘉，问他有关头发的事是不是机密，许建安知不知道。

许嘉道：“虽然我刚刚给你出了个无赖的主意，但我这人真还没做过犯法的事。我能告诉你，当然就是可以往外说的。也就是说，就算我不说，你从别的途径也是可以了解到的。至于许建安……”他哼了声，“你要问我，我就猜那根头发本来就是他放的。”

不是泄密，苏叶就略松了口气，又道：“许老师你真是不惮以最坏的恶意来揣测许建安啊。他以前真的得罪过你吧？”

“那倒不是，真算起来，我和那位许先生，还算是老乡呢。”许嘉说。

“欸？是吗？”苏叶还真是意外。

“他是青山镇柳湾村人，我老家也是那附近的。那地方挺穷的，我家是从我爷爷那辈就搬出来了，但我爷爷念旧，老亲戚还有走动。自从许建安做了苏家女婿，搭桥修路，还捐了个小学，村子算是沾了他的大光了，就没有人不说他好的。”

许建安给家乡捐钱的事，苏叶其实也知道。

苏承海还夸了他，说是懂得念旧感恩的人，才可委以重任。

但苏叶对农村，对许建安的从前，真是不感兴趣，所以听一耳朵也就过了，也从没有去看过。

这时听许嘉说起来，她就顺口道：“那不是挺好的吗？”

“嗯哼。”许嘉点了点头，“我们回去时，左邻右舍都会拿他做话题，毕竟能从村子里走出去还有出息的人就那么多嘛。但是呢，除了他捐的那些钱，永远没有其他具体的事迹。一个大活人，在村子里长到十几岁，竟然完全没有人知道他的成长轨迹。我这个人又没别的爱好，就最喜欢琢磨这些奇怪的八卦了，当然就忍不住要多想，这是为什么呢？”

苏叶却觉得这理由还不够充分，道：“我记得以前听说过，他小时候家里穷，父母又早逝，一个不声不响的孤儿，没有人关注过，其实也不算奇怪吧？而且……就算他有意想隐瞒自己的过去，其实也不是不能理解，毕竟在他的处境，多少会因为出身有点自卑吧？”

“嗯，所以我后来也就没仔细追究过。可是啊，没过多久，苏家就接二连三地出了事，许建安成了最终的继承人。”许嘉一拍手，“完美逆袭成功，人生赢家。再前后一联想，就觉得……他是不是早有预谋？他想隐瞒掩盖的到底是什么？”

苏叶心中也不由得一凛。

仔细想想，她对成为苏承海助理之前的许建安真是一无所知。

她是不是应该亲自去许建安的老家看一看？

第二天许建安没有再送花，沈弘行却又给苏叶打了电话来，问她有没有空一起吃个晚饭。

苏叶满心无奈，但想了想，还是应下了。

沈弘行在馔玉楼订了位置。

只论生活习惯，他大概比许建安还要更了解她一些。

苏叶到的时候才发现他还特意打扮过，一身浅蓝色的休闲套装，并不太像是他自己会选的风格，但也十分适合，比起平日里那身禁欲系的白大褂，又更多了几分时尚青年的感觉。

苏叶盯着他看，倒让沈弘行略有些不自在，轻咳了一声："有什么不妥吗？"

苏叶摇了摇头："我第一次看你穿成这样。"话一出口，她自己就顿下来，这语气太过熟稔了。但想想以唐夜弦的立场，也的确是没见过他穿白大褂之外的衣服，也就没去补救。

沈弘行又咳了一声："的确是第一次尝试……我这是第一次跟女孩子约会，年纪又差这么多，就问了一下别人的建议。"

约会……

苏叶的印象里，沈弘行似乎的确没有跟谁约会过，上学的时候只爱看书，到上了班就更加专注了。

现在想想……大概都是因为她吧。

苏叶的心情有点复杂，但还是道："沈医生大概是误会了。我之前应该已经跟你说得很清楚？之前是我不懂事胡闹，我对沈医生真的没有那个意思。我今天答应过来吃饭，也并不是跟你约会，只是想当面再说明白。"

她向沈弘行鞠了个躬："如果我以前的行为对沈医生造成了伤害，我愿意再次道歉，并做出赔偿。但感情的事，真的没办法勉强，也请你不要再去我家做那种会让我父亲误会的事了。"

沈弘行连忙扶住她，却一时说不出话来，好一会儿才低低唤了声："小叶。"

苏叶也沉默下来。

从小到大，她听他这么叫过无数次，但这时再听到……

她叹了口气，道："我不知道许建安到底跟你说了什么，让你会有这样的误会。但是……死了就是死了吧，再怎么样，也不是那个人了。"

沈弘行却笑了笑："所以，是真的，对吧？你知道我在叫谁，你知道我是什么意思。"

苏叶没有接话。

沈弘行又道："不是那个人……其实也好吧。正好可以重新开始？"

他的话尾上扬，似乎是在询问，但眼神里，有一种明晃晃的坚持。

苏叶就越发无奈："你凑什么热闹呢，这都不像你会做的事。"

"我会怎么做？"沈弘行又笑起来，"傻乎乎呆站在那里看着你被人抢走两次，难道还得继续看着第三次吗？"

她深吸了一口气，才缓缓道："沈医生，请你先明白一件事，我是个人，是有自主意识，是有选择权的，不是可以被谁抢来抢去的物品。我们没有在一起，并不是因为你没有早点出手，而是从一开始，我对你就没有男女之情，我一直是把你当哥哥的……"

"可是你现在却要选择一个你叫大哥的男人？"沈弘行打断了她的话。

"那是我们的事。"苏叶道，"我真的很感激你一直以来的照顾，但这事真是没有办法。我要说的，也就是这些。谢谢你今天晚上的邀请。再见。"

她说完也不再看沈弘行，饭也不吃了，转身就走。

沈弘行张了张嘴，但到底也没能叫她留下，只看着她的背影消失在门外，自己才颓然地坐了下来。

他一直都很欣赏苏叶的干脆利落，却没想到有一天这干脆利落用到了自己身上，原来这么难受。

苏叶回到唐家的时候，唐家的晚饭还没结束。

唐家父子都坐在餐桌边上，连唐皑都在——他就是挑着苏叶不在家的时候回来的。

苏叶老远就叫张婶帮她装饭："饿死啦。"

唐霖连忙心疼地让她坐下，先给她喂了个丸子："不是说和弘行出去吃饭吗？"

"谈崩了嘛。"苏叶道，"再在一起吃饭多尴尬啊。"

唐霖没再多问，却狠狠地瞪了唐皓一眼。

唐皓只当没看见，低头吃饭。

唐皑却很吃惊：“弘行？沈弘行？沈弘行约你吃饭？太阳是从西边出来了吗？”

苏叶还没开口，唐霖就先不乐意了，一筷子砸过去：“臭小子说得什么话？你妹妹哪里不好？沈家小子约她吃饭怎么了？”

唐皑对老爹这种女儿控行为倒是早就习惯了，又突然转头看向大哥。

大哥说过喜欢唐夜弦的，非她不可，现在唐夜弦又跟沈弘行约会？

怎么回事？

他不过几天没回来，到底又发生了什么？

他都没拐过弯来，唐霖又道：“对了，你认识的年轻人多，以后多给你妹妹介绍一下啊。”

“介绍什么？”唐皑还没反应过来。

“我怎么就生了个你这么蠢的儿子？当然是介绍男朋友啊。”唐霖把另一根筷子也砸到了小儿子那边。

“欸？”唐皑愣愣地眨了眨眼。

苏叶也有点哭笑不得，拉着唐霖的手撒娇：“爸……说什么呢。这种事，随缘就好啦，急不来的。”

“怎么能不急呢？我还想在闭眼前看到你结婚穿婚纱的样子呢。”唐霖又叹了口气，拍着苏叶的手，“不过急归急，挑还是要好好挑的。一定要对你好才行，不好的天王老子也不能要。”

这话也是若有所指。

苏叶越发无奈。

唐皓就直接放了碗：“我吃好了。还有点事，先去书房。”

唐皑看看大哥又看看老爹，也跟着就起身溜了。

他跟着唐皓上了楼，在走廊上追上他。

唐皓侧头看他一眼：“想问什么？”

唐皑挑了挑眉：“爸爸知道了？”

唐皓应了声：“嗯。”

“他不同意？”

唐皓应都没应，直接就进了书房。

唐皑这次没跟过去，靠在走廊上，挑了一下眉，心头突然有一种莫名其妙的快感。

该。他幸灾乐祸地想，叫你们偷偷勾搭上，让他郁闷得连家都不能回，看你现在怎么办！

第十章

许建安的解释

这几天关注“唐夜弦”的吃瓜群众简直觉得瓜多得都吃不过来了。

一开始是许建安每天一束花，后来有一天突然不送了，结果唐小姐又被人拍到跟沈家大少约会，又有人爆料说沈少爷甚至已经上门拜访过家长了。

吃瓜群众正在分析是不是因为沈弘行太优秀，许建安自动退出的时候，许建安竟然又亲自出现在了唐夜弦拍戏的片场。

这豪门三角恋！大家的八卦之魂几乎都要熊熊燃烧起来了。

苏叶自己心里清楚许建安的到来绝不会只是为了争风吃醋这么简单，却也没什么办法。许建安是这片子的投资人，她也不可能不让他来。

好在许建安来了之后也没怎么样，就安安静静地看他们拍戏，等着苏叶收了工，才向她走过来。

保镖直接把他拦在了安全距离之外。

许建安看了他一眼，也没有生气，只是向苏叶道：“我们需要谈一谈。”

他们其实谈过很多次，但大多是在互相试探，如今他确定了她的身份，的确需要认真再谈一谈。

许建安提议的地方是一家苏叶以前很喜欢的咖啡馆。

公众场合能消除她的戒心，熟悉的环境能让她放松，以绿植和装饰隔开的卡座又保证了一定的私密性。

的确是很适合谈话的地方。

唯一让许建安觉得不舒服的就是寸步不离矗在苏叶身后的曹进，但苏叶并没有要他退开的意思。

“我现在可能比一般人更怕死一点，毕竟死过一次了嘛。”苏叶轻轻搅了搅面前的咖啡，“希望许先生能够理解。”

话说得还算委婉，但许建安相信，只要他“不理解”，她肯定会转身就走。

毕竟，想谈谈的是他。

她如今……可过得挺舒坦呢。

许建安苦笑了一声：“先是杜怀璋，然后又是……”他并不知道曹进的名字，但那也不太重要，不过是略停了一下而已，“你真是信猫信狗都不信我。”

他难道就信过她吗？苏叶轻哂，却也不想跟他纠缠这个，只问：“许先生想说什么？”

许建安却安静了很久，像是重新组织了一下语言，才缓缓道：“你之前……在葬礼上找我，其实是想回来的吧？”

他确定她的身份之后，很仔细地回忆了他们每次见面的所有细节。

第一次她哭着叫他名字的时候，的确是不一样的。

那种熟悉的语气和眼神，的确不是他的错觉。

许建安的笑容越发苦涩：“那后来在枫城……为什么要骗我？是因为唐皓吗？”

“是因为你。”苏叶坦然道，“既然你记得那天的事，就应该还记得你对我是什么态度。”

“我当时并不知道你……”许建安解释，“谁能想到会有这么离奇的事情？那天我真的是心情不好，又把你当作别有居心的学生……”

“但还是让我看到了另一面。”苏叶笑了笑，“会在弱势者面前倨傲无礼，会收买方明雅制造‘偶遇’……一个对我来说，完全陌生的许建安。”

苏叶现在跟前几次遇到许建安时情况又不太一样，身份的事解决了，杜怀璋的事解决了，和唐皓之间也算是达成了共识，身边还有曹进，她现在真不怕得罪许建安。

“当然了，我其实也可以理解，人在不同的环境，面对不同的对象，总会有不同的态度。你要真是一点手腕都没有，大概也不可能成为苏承海的助理。”苏叶放了勺子，端起咖啡喝了一口，“但人死过一次，疑心总会更重一点，尤其是都不知道自己到底是怎么死的。那场车祸，到底是不是意外，没有人比我自己更清楚。许先生想让我相信你真是想继续好好地过下去，首先请让我死个明白。”

“我不知道，我当时真是太意外了，然后……忙着验证尸体的身份，忙着公司的事，忙着葬礼，一团乱麻。回过神来追查，车子的残骸就已经被处理了，做得很干净，甚至都不知道是谁主使的。”

许建安一面说着话，一面打量着苏叶的神色，然后道：“车子的事，你知道了。”

苏叶也没瞒他，点了点头。

“唐皓告诉你的？”

苏叶再次点头。

“王思思的事，也是他告诉你的？”

苏叶这次多看了他一眼：“你又想说我们早就有奸情吗？这么多年，你心里一直是这样看我们的，我也真是没什么可说的。”

许建安沉默良久，才咬了咬牙，道：“是，我一直嫉妒他。嫉妒得都快要发疯了，但又不敢跟你说，毕竟……当年你们分手，虽然是苏先生的意思，但很多细节却是由我执行的，可以算是我一手拆散了你们。我当时也根本没想过我能有福气娶你……更没想过，到如今，这个人这件事，因为你的回避，我的心虚，反而成为我们之间最大的魔障……”

当年的事，在唐皓、唐皑和谢圆圆口里，都有不同的版本，苏叶自己也算明白得差不多，这时听到许建安提起，反而平静，只问：“父亲当年真的是想让他改姓入赘吗？”

许建安摇了摇头：“当然只是为了逼他主动放弃。他就算同意，也会有更苛刻的条件等着他。苏先生从来就没想过让你嫁给他，不过，苏先生要做个好父亲嘛，他不会直接粗暴地命令你，但是……就好像你赛车……他不需要和你争执吵架，背地里随便玩点小手段，你什么都不知道，自己就会乖乖回到他给你安排好的路上来，还要感激他，觉得是自己不懂事。”

他说到后面，语气里就带出了几分讽刺，并不是针对苏叶，而是因为苏承海。

他的确恨苏承海。苏叶想。

但这时，她倒也生不出反感来，只觉得悲凉。她以前的人生被父亲操纵着，许建安又何尝不是？

“父亲为什么不喜欢唐皓？”苏叶又问。

“当然是因为不好控制。”许建安道，“唐皓那种人……锋芒毕露，强势又有能力，你要是跟他结婚，对苏先生来说，要么就是失去一手培养出来的女儿，要么就可能连苏氏都保不住。他怎么可能愿意？你以为他为什么会选中我？”不等苏叶回话，许建安又露出了他的招牌温和笑容，声音里却充满了自嘲，“我当然有自知之明，我唯一比唐皓更好的地方，就在于我会听话啊。”

苏承海是云城跺跺脚都能引起地震的大人物，就算是在跟苏家齐名的这些老家族之中，也算得上佼佼者。有家世有能力，将苏氏经营得有声有色。唯一的遗憾，大概就是妻子早逝，膝下只有一女。

苏叶以前认为父亲一直没有再婚，是因为夫妻情深，现在想来，大概也是因为他的不育症。苏家的大家长生不出儿子，他不想丢这个脸。

想想那些隐秘的情人，想想那些求子的偏方，苏叶也有点自嘲地弯了弯嘴角，她父亲本质上其实还是那种传统封建的大家长，培养她做继承人，也不过是无奈之举。毕竟是自己的女儿，再有一点——她其实也挺听话的。

从小到大，严格地按照苏承海的期望成长着，跟他意愿相悖的，大概只有两件事。

一件是赛车，一件是唐皓。

但到底……还是听他的话嫁给了许建安。

许建安也正好说道：“对于苏先生……其实我的心情一直都挺复杂的。如果没有他，我这辈子可能都走不出那座大山，我真的是很感激的。可是，另一方面，我其实……并不喜欢他这种一定要把一切都握在自己手中的控制欲。所以在他身边的大部分时间，我其实都在矛盾和挣扎。”

他这个时候，并没有像之前一样跟着苏叶叫“父亲”，或者“岳父”，而是选择“苏先生”这样一个称呼，也算是体现了他最真实的情绪吧。

“但是，只有一件事，我真是全心全意的，只有感恩。”许建安顿了一下，抬起眼来看着对面的苏叶，目光温柔，“那就是你。能和你结婚，是我这辈子最大的幸运。”

他向她伸过手，但到了半路，却又自己停下来，僵硬地握成了拳，收回了自己的杯子旁边，轻轻叹了口气：“我不知道你是误会了什么，但再没有人比我自己更清楚，你对我来说，就像是上天恩赐的珍宝，终此一生，我再不可能得到更好的了。我怎么可能会想要你死？”

“那谁知道呢？”苏叶轻笑了一声，“毕竟苏叶死了，苏家就是你的了，到时想要什么珍宝没有呢？”

许建安就沉默下来，半晌才哑着声音道：“说到底，你还是不信我。”

“因为有太多事让人想不明白啊。比如说，为什么我父亲的私密账户在他死后还有资金转出？”苏叶索性直接抛出了具体的问题。

许建安却反问：“这也是唐皓告诉你的？他还告诉了你什么？”

苏叶心中升起一丝警戒。

他是真的在嫉妒，还是在……套她的话？

她微微皱起眉来：“你先回答我的问题。”

“那个账户吧……”许建安说到这里又停了下来，表情中有几分尴尬，但还是说了出来，“唐皓既然查到了流水，那么大概也查到了是流向哪里吧？苏先生这些年，在外面养了不少女人，但正经说，可能都没什么感情，他只是想要个儿子。苏先生在这方面，其实算是非常偏执了。其中有一个女人，唔，那时我已经不是他的贴身助理了，具体也不是很清楚，总之就是苏先生生病前那段时间，大概是又吃了什么奇怪的补药吧，去她那边去得很勤，也不知道是给了那个女人什么承诺，让她误会了什么。苏先生住院的时候，她竟然跑到医院来了，正好被王思思撞上，还有了争执。后来，王思思就把这事当作把柄，开口跟苏先生‘借’钱。后来苏先生去世，她借钱的人就变成了我。”

那个女人……大概是指李乐琪吧。苏叶咧了咧嘴，虽然已经从李乐琪那里听过一次了，但再次听到，她还是觉得荒诞。

她的父亲，父亲的情妇，父亲的护士，她的丈夫……这一团乱麻，她当年，却什么都不知道。

苏叶都不知道该哭还是笑，最终只是淡淡问："所以……其实是勒索？"

许建安苦笑着点下头："是。"

苏叶又问："为什么没跟我说？"

"你想想那是什么时候？苏先生出事，你刚刚全面接手公司，千头万绪，公司还有那么多本来就对女人上位不满的股东，如果那个时候闹出丑闻，会怎么样？反正她要的也不算多，我就想拖一阵算一阵……"许建安叹了口气，"再者，你当时为了父亲……那么伤心，我也不想让你知道那些糟心的事，心想花点钱能解决的，就不要闹到你面前去了。死者为大，苏先生再有什么不好的地方，也都过去了，让你保留心目中完美的父亲形象也好。"

她当时……苏叶垂下眼，父亲去世，她的确伤心欲绝。那个时候，只怕真的有人来跟她说苏承海是自己作死，在外面养着好多女人，一直想生个儿子，她也不会信吧？

"你还有什么误会，只管直接问，我都可以解释。我承认我自己能力有限，也会有疏忽，也会有处理不好的地方。但我对苏家对你，问心无愧。"许建安顿了一下，又转了话锋，"但你反过来想一想，唐皓告诉你这些，又是出于什么目的？他给你看的东西，到底又是真是假？"

苏叶不由得冷笑了一声："你之前怀疑我一直和唐皓有私情，现在又想说一直是他在挑拨离间吗？"

许建安道："虽然当年你不知情，但在唐皓的立场，你在他最艰难最需要的时候，放弃了他。将心比心，真的那么容易就可以不计前嫌再续前缘吗？"

苏叶沉默下来。

真的换位思考的话，其实唐霖和唐皑对苏叶的态度才比较正常。

唐皓……

"是真的余情未了，还是不过心有不甘？"许建安先一步说了出来，"他是不是还跟你说怀疑我在车上做了手脚？他自己其实也未必不能做吧？他都能插手查苏氏的账了，你觉得他布局了多久？股市的事，难道没有他在背后推手吗？他对苏氏的野心简直已经路人皆知了，这是对心爱的人的心血的态度吗？”

唐皓的车已经在路边停了很久。

江涛小心翼翼地从后视镜里打量着坐在后座的老板，试探着问：“真的不过去吗？”

“嗯。”

唐皓应了一声。

声音又低又闷，低垂的双眸积聚着令人心颤的冷意，简直全身都散发着肉眼可见的“不高兴”。

江涛转头看向不远处的咖啡馆。

自己喜欢的女人和别的男人坐在那里喝咖啡谈心，谁能高兴得起来？

江涛犹豫了一下，还是又轻声道：“但是……许建安那么奸诈……万一小姐真上了他的当……怎么办？”

唐皓沉默了很久，才轻轻道：“她不会的。”

那你这么巴巴地等在这里，又是为了什么？江涛很想这么问，但强烈的求生欲让他把话又咽了回去。

老板没说要走，也没想进去，那就只能继续等着呗。

不过，唐总裁这会肯定是心神不宁做不了什么，但江大秘的时间太紧，一点都不能浪费，让司机多注意着点，自己就拿出 iPad 看起文件来。

一直到听到有人在外面敲车窗，江涛才骤然回过神来。

苏叶就站在车外。

江涛吓了一跳，下意识回头去看唐皓。

唐皓在那一瞬间也有点慌乱，但很快就镇定下来，甚至连刚刚那种低气压都散了，伸手开了车门。

苏叶很自然地抬腿上了车，第一句话就问：“等了多久？”

唐皓没回答。

前面两只就更加不会吭声了。

苏叶就笑了一声，偏头看向唐皓："这么不放心我？"

唐皓轻咳了一声："是不放心他。"

苏叶点了点头："是够糟心的，跟他说会话比拍一天戏还累。"

唐皓这才露了点笑容，声音也柔和下来："累就先休息一下。"

"嗯。"苏叶应了一声，很听话地直接闭了眼，靠在了唐皓肩头。

唐皓反而僵了僵。

身边的少女闭着双眼，呼吸舒缓，表情柔和，娇小的身体软软地靠在他身上，是一种完全放松的姿态。

同样的，也是完全信赖的表现。

唐皓有点意外。

他虽然相信苏叶在经历这么多事之后不会再轻易上当，但也真没想过她跟许建安谈完之后会对他更加亲昵。

毕竟……她一直都想跟他保持距离，这几天更是在看他被父亲为难的笑话。

唐皓忍不住问："怎么，难道许建安还帮我说了好话？"

苏叶又笑起来，靠在他肩头没有睁眼，又搂了他的胳膊，低低道："他只是让我更清楚地认识到，我的上辈子，大概全是假的。而唯一的真实，现在就在我身边……我难道不该更珍惜一点？"

唐皓便没再说话，只微微调整了一下姿势，让她能靠得更舒服一点。

苏叶把许建安承认被敲诈的事告诉了警方。

孙警官又去拜访了一次许建安，但并没有得到更多的信息。

"至少可以证明他有嫌疑吧？"苏叶问。

"有什么用，我们早就知道他有嫌疑。"许嘉摊了摊手，"而且，按常理来论，如果王思思是拿苏承海的丑闻来作为要挟，其实是对苏叶的影响更大，反倒更加像是苏叶的动机。苏叶想杀人灭口，苏叶受不了她一次次敲诈，又或者苏叶误会许建安和王思思之间的交易……这理由反而比之前说怀疑王思思是苏承海的情妇更充分。"

他这么一分析……似乎也说得通。

苏叶也只能闷闷地辩解了一句："苏叶没有杀人。"

许嘉倒也没有追问她怎么知道，看了她一会儿，就道："你的戏这两天也差不多拍完了，不如我们一起去趟许建安的故乡？"

"欸？"

苏叶自己也想过要不要去那里走一趟，但许嘉邀请她一起去，还是让她有点意外。

许嘉道："其实也不指望能查到什么，毕竟我自己问过一遍，警察也摋过一遍了。但是……以许建安现在对你的关注，如果他知道你去了那里，会怎么样？"

苏叶挑了一下眉："许老师这是想让我做诱饵啊？"

许嘉很坦然地点了点头："对啊。现在这案子这么僵着，如果他不动，就不会再有新线索，你不是也想要真相吗？"

苏叶有点犹豫。

倒不是她害怕做这个诱饵，而是……现在许建安知道她就是苏叶，也知道她对他的怀疑，就算她去了，他会不会有反应其实也说不准。

"万一他不上当呢？"她问。

许嘉耸了耸肩："那也没什么损失啊，就当郊个游呗。"

苏叶考虑了一会儿就点了头。

她反正是要去的，现在不过是和许嘉一起去而已。

不过就算要去，也得有个名目，这么大剌剌地直奔柳湾村，不要说许建安本身那么细心，哪怕就是普通人都能想到有问题，想引蛇出洞就不太可能了。

许嘉倒还好，他在那边还有亲戚，每年都有走动的。

可是苏叶这非亲非故，跟着他去就不太自然了，不但骗不了许建安，回头只怕还要传出其他的八卦来。

好在苏叶拿地图看了看，就发现高胖子赔给她那块地，就在从云城前往青山镇的途中。

如果她去"考察"自家公司的地盘，顺便碰上熟人，再顺路一起郊游，这就比较正常了。

许嘉也同意这样安排。

不过……

苏叶将地图放大，看着那一小块代表湖泊的蓝色图形，皱起眉："说起来，王思思的尸体就是在这里发现的，会是巧合吗？"

"难说。"许嘉分析，"从王思思家附近的监控来看，当时她的尸体可能就是被那个'疑似'苏叶的女人带走的。通常情况，因为本身的体力原因，女性在选择杀人方式时会更倾向毒杀之类非暴力手段。弃尸时也一样，比起挖坑深埋，绑着石头沉到水底要容易得多。至于地点的选择就不好说了，也许是因为熟悉环境，但也可能只是路过。"

现在他们连那个女人是谁都不知道，当然也就不太好推测她弃尸湖中的心理了。

事实上她选择那里，也不能说不谨慎。

毕竟如果按高胖子的开发计划，那个湖说不定都要填起来盖房子，谁还会想到湖底有一具沉尸？

也就是那块地机缘巧合地到了苏叶手上，她的新公司是要做旅游项目，重新勘察环境，才会发现湖里的尸体。

可见到底人算不如天算。

"不过，如果她真的是熟悉当地环境，那我们这次去郊游，大概就能有具体的目标了。"许嘉在地图上画了一个圈，"这个女人如果是周边地区的人，肯定和许建安早就认识的，甚至关系匪浅。他要隐瞒的，就是这个！"

附近村落出身，早年相识，关系匪浅，却要向大众隐瞒……苏叶挑了挑眉，突然想，许建安在娶她之前，难道还有一位青梅竹马的前女友？

唐皓对于苏叶的诱饵行动并没有表现出什么明显的情绪，只提出了一个要求："我和你一起去。"

苏叶没有反对。

她反正也不是一个人去，许嘉那边不知道，她是真要先去考察自己那块地，除了保镖和助理，还得带上明畅公司的人。

多一个唐总裁，也不算什么了。

不过带上唐皓的好处却是非常明显的。

等苏叶的戏份结束，唐皓那边已经把这次的行程安排得妥妥当当。

到出发时和苏叶一起上车，他看起来甚至有几分小雀跃。

苏叶有点好笑地看着他："你看起来真的就好像一个要去郊游的小学生。"

唐皓握住了她的手，现在只要不在父亲跟前，他就总希望能够和她更亲昵一点，苏叶多半时候也不会拒绝。

在有了共识之后，他们现在的关系正好。

不像初恋时那样热烈甜腻，却又多了几分细水长流般的自然温情。

唐皓很喜欢这样。

"我们还从没有一起出去旅行过。"他说。

苏叶歪头想了想，她早先跟唐皓相恋时，平常要上学，假日又要跟着父亲去公司，和唐皓在一起的时间虽然也不少，的确从没有一起离开过云城。

重生后嘛……

"红枫镇那次不算吗，好歹也有游山玩水啊。"

"不算。"唐皓的脸色顿时就变了变，心头发堵，不由得哼了一声，"你那时整天都在和孟修说话。"

苏叶眨了眨眼："这是吃的什么醋啊，那时明明是你……"

"嗯，是我错了。"

唐总裁直接打断了她的话，认错比翻书还快。

那时他对苏叶动了手，大概真是他这一生的把柄了。只是这世上又哪有"早知道"的事？现在还是不要再提起来扫兴了。

苏叶当然明白他的意思，笑出声来，也没再提那天的事，转头看向窗外。

第十一章

柳湾村之行

云城郊区的这块地，说大不大说小不小，苏叶是打算和红枫镇走同样的路线。说白了，就是个高端一点的农家乐。长处就在于风景秀丽，交通便利。离城市不远，周末来个一两天，回归一下自然，在忙碌麻木的都市人群中，还是有一定市场的。

比起红枫镇，云城算是他们自己的地盘，还要更好操作，唯一的问题是……

苏叶看向面前的湖泊，湖边的树上还留着黄色的警戒带，昭示着这里曾是案发现场——王思思的尸体就是在这里捞上来的。

不论是做房地产，还是旅游业，死过人总是大忌，现在可不是什么好时机，真要开发，也只能等这事淡化之后再说了。

“在看什么？”

苏叶在那里站得有点久，唐皓便也走过来，顺着她的目光看了一眼，皱了一下眉：“怎么还留着这些东西。”

“因为偏僻，没什么清理的必要吧。”

这里说是离城市不远，但到底是在山区了，比起之前红枫镇那种七弯八绕也不遑多让。

“我在想王思思的事。”苏叶又道，“之前我和许老师讨论过，他说抛尸可能是特意选的地方，也可能只是顺便路过。可是这里这么偏，交通也不方便，我觉得……应该不会有人会‘顺便路过’。凶手肯定早就熟悉这里的情况，至少是提前踩过点。”

“这个湖并不是什么出名的景点，要说熟悉，大概也只有附近的人了。但是……”唐皓拿出手机打开地图，“这个范围也很大了，周围不少村子呢，如果再加上辐射开的亲戚朋友听说……没有固定目标的话，基本没法找。”

“得加上和许建安的关系。”苏叶抿了抿唇，“说不定就是他自己选择了这里。”

她凑到唐皓身边，伸手划拉着地图：“许建安家是这里。他是在青云镇上的中学，也不算远。而且，苏氏这几年有个项目是从源头开始做绿色食品，收购了不少农场，他经常在周边农村跑的，知道这个湖也不奇怪。”

唐皓一时却没有接话。

苏叶抬起眼来，正撞进他幽深的目光里。

“怎么？”她问。

“你好像已经认定了许建安是凶手？”唐皓反问。

那天许建安的说辞，苏叶也没有对唐皓隐瞒，一五一十地复述了。

单从他的话来看，其实也真没什么说不通的地方。

“王思思敲诈许建安，是他自己承认的，我们姑且就当这是事实。那么想要摆脱她，或者杀人灭口的，就只有我和许建安。我没有杀人。”苏叶一摊手，“结果不就是明摆着的吗？”

“如果王思思有别的仇人，或者只是意外，那嫁祸给我就更说不通了。所以，无论怎么样，都只有一个结果。”她又补充，“再有一点，按常理来说，如果王思思手上握着的，真的是我父亲的把柄，她难道不该来威胁我这个做女儿的吗？她又不是没机会见我，却只跟许建安交易，而许建安也是宁愿挪用公款，都没跟我透一丝口风，这不奇怪吗？如果他真的对我父亲忠诚到那个程度，又怎么可能口出怨言？他那样前后矛盾，也就是骗骗……”

苏叶本来想说也就是骗骗之前的她，但自己又停下来。

她只是改变身份了，本质上还是她自己，并没有吃什么提升智商的灵丹妙药。

现在觉得可笑，之前却毫无察觉，不过是因为信任他，从没有深究而已。

而对许建安这份信任，大半是因为她相信自己的父亲。

结果……

苏叶自嘲地笑了声：“算了，这里也没什么可看的，我们走吧，现在出发，到青云镇还能赶上午饭。”

苏叶他们在青云镇会合了许嘉。

许嘉年年都来的，对这里非常熟悉，轻车熟路地带着他们去了一家小饭馆，又跟唐皓解释：“唐总不要看这里小，在青云镇这个地方，他们家算是这个。”他竖了大拇指，“干净，菜品新鲜，味道也还行。”

青云镇是个很小的镇子，饭店总共也没几家，都来了这里，唐皓也挑剔不起来，看看的确还算干净，就替苏叶拉开椅子。

苏叶也不太在意这个，条件好的时候，她不会委屈自己，但出门在外，也不是不能将就。不过就是随便吃点填饱肚子，她更关心柳湾村的事。

“这里过去还要多久？”

地图上虽然能看出距离，但她毕竟没来过，具体还是要问许嘉。

“不用着急，我们一会儿吃完饭先去个地方，天黑前到柳湾村就行。”许嘉却不急不慢地回答。

要在柳湾村过夜，也是许嘉的提议。

毕竟是要做给许建安看的，比起打个照面就走，留的时间越长，才会越让他动摇，害怕他们真的发现什么。

苏叶就点了点头，又问：“去哪儿？”

许嘉直接用筷子指了指窗外。

隔着一条街，饭店的斜对面，是一所学校的大门。

看起来有点老旧，连柱子上的红漆都褪了色，上面几个斑驳的铁字——青云镇中学。

“这十里八乡，只有这一所中学。许建安也是在这里念的中学。”许嘉道，“我们可以先去了解一下，当年有没有跟他关系特别好的人。

“但是……我刚刚在想，抛尸的人其实也不一定真的就是附近的人，万一只是听从许建安的指示呢？

“现在许建安有同伙是可以肯定的。这人可能是他的朋友，也可能只是花钱雇的，的确并不能确定，但我们问一问他少年时的人际关系也没什么坏处嘛。”

许嘉的想法是，他们今天反正只是来做幌子引蛇出洞的，早就做好了无功而返的准备，但万一能问到点什么，那就是意外之喜了。反正搂草打兔子，也不耽误什么。

于是一行人随便吃了点，就往对面的青云镇中学去了。

这么多人，动静自然不小，唐皓索性就亮明了身份。

这下连校长都惊动了，诚惶诚恐地请到了办公室亲自接待。

“我们这次来，是想了解一下一位曾经在你们学校念书的学生。”唐皓开门见山地表明目的。

校长微不可察地皱了一下眉：“唐总想了解的是谁？”

“许建安。”

校长脸上就露出一种“果然如此”的为难来：“实不相瞒，前不久有位警官也来调查过，我们能够提供的情况，已经全部都跟警方说了。”

言下之意，就是不想再一次兴师动众了。毕竟要了解许建安，总要把以前教过他的老师都找来问问的，这么短时间内问几次，影响也不太好。

唐皓道：“我刚刚看你们学校的教学条件似乎有点简陋，也许我可以给你们捐建一个多媒体教室什么的。”

许嘉向着苏叶挑了挑眉。

不愧是唐家大少爷，真是一言不合就用钱砸。

苏叶对这一招其实也很熟练，并不觉得有什么不对。就好像她之前跟清云艺术团的人说的，她有钱，那么能用钱来解决问题，就是最有效率的方式。

校长犹豫了一下，还是打了电话叫人来，又叹了口气：“其实也不是我故意推托，而是许先生当年在我们学校的时候，真是没什么可说的。就是个成绩不错，但也不太突出的学生。出息之后倒还记得母校，前两年还给我们捐了个图书馆。”

说不是故意推脱，但这话也是在隐晦地提出，你们唐家有钱，现在许建安也不差，我们两边都得罪不起。

苏叶只想冷笑。

就跟在玉和医院一样，许建安倒是给自己刷了个好名声。

但用的，都是苏家的钱。

她倒也不是计较这点钱，但是用着苏家的钱，却害她死无全尸……呵呵。

接下来的询问倒是挺顺利的。

老师们大概是因为前不久才被问过一遍，虽然时隔多年，但还是说得头头是道。

可惜的确是没有太多可说的。

许建安嘛，成绩好，做事很细心，但不太说话，为人有点孤僻。

许建安是个孤儿，学校看他成绩好减免了一部分学费，但他还是得自己课余打工才能凑齐剩下的部分。这就占据了他除了上课之外所有的时间。他什么活动也不参加，和同学们也说不上话。后来加入了苏氏的资助计划，才算好了些，但也扭不过来了，就那么孤僻到毕业。

“一个朋友都没有吗？”

“至少在学校是没看他和谁走得近。”

老师们说不上别的，倒是又提供了几个和许建安同班的学生的联络方式。

其中有一个就在青云镇。

苏叶他们又跑了一趟。

这位同学是个女的，跟许建安同年，却已经有点中年发福的迹象，对许建安的印象和老师们大同小异。

“不声不响的，除了上课都见不到人，要不是后来经常能看他上新闻，我都不记得他长什么样。”这位女同学这么说着，还有点遗憾，“早知道他现在能这么有钱，当年怎么也该套套近乎的。”

苏叶还没说话，许嘉先嗤笑了一声：“如果当年有女同学和他套近乎，他也就不可能像现在这么有钱了。”

“也是。”女同学也不介意，哈哈笑道，“当初听说他做了苏家女婿，我们都不信，苏家大小姐啊，怎么会挑中他那种穷鬼？”

许嘉又问：“当年你们那么多同学，一个‘慧眼识英雄’的都没有？”

女同学摇摇头：“就他那样，又穷，又土，阴沉沉也不说话，男生都没人愿意跟他打交道，女生就更不用说了。”

许嘉回头看了一眼苏叶。

苏叶也不知道是应该郁闷什么都没问出来，还是应该庆幸……至少并没有什么青梅竹马的存在。

柳湾村在一个山沟里，进出的路只有一条，就是许建安前两年出钱修的，村民们因而对他赞不绝口。

但他在这里，依然没有朋友。

也没有仇人，就算有几个红眼病讲酸话的，也只是说许建安命硬。

“他就是个天煞孤星，几岁就死了妈，后来他爹出门打工又被车撞死了。他就拿着赔偿款独自生活。后来算是得了贵人相助去念了大学吧，结果苏家那种洪福富贵都压不住他，岳父和老婆全被他克死了。真的，你们别不信，命相这东西，老祖宗几千年留下来的，总有他的道理吧？许建安就是个扫把星，谁沾谁倒霉。”

村子里的老人说得有板有眼，若是以前，这种说法，苏叶是一个字也不信的。

但是她自己都改变身份了，这种事……又有谁说得准呢？

许嘉之前说打听不到许建安的成长轨迹，大概也是有这个因素。

许建安家里穷，父母早死，他自己又背着命硬刑克的名声，在这种封闭的农村，的确很少会有人去主动接近他。

“他家在哪儿？”苏叶问。

这回都不用问村里人，许嘉呵呵一笑，指给她看：“他把自家的宅基地和两亩旱地都拿出来，建了村小学。”

就算再怎么对许建安避之不及的人，在这件事上都没什么说的，毕竟自家小孩能够就近在村里上学大家都很开心。

小学是修路时一起建的，才不过两年，从里到外都是新的。学生老师每天教学运动，许建安的老宅一点痕迹都找不到了。

苏叶算是热心慈善的，但做到这个地步，也真是罕见了。

与其说无私地为家乡奉献，的确更像是许嘉说的可能在隐瞒什么。

又或者……苏叶看了看柳湾村小学简单的大门，心想，他只是跟自己的过去做了个了断。

许建安大概就没想过要再回这里。

这里的房子、人、记忆，他根本就什么都不想要。

所以……哪怕他对她说得那么好听，但如果有更好的选择，苏家和她，他大概也可以像这样完全舍弃吧？

苏叶有点气闷。

“我们到附近走走？”

唐皓打量着她的神色，轻声邀请。

苏叶点了点头。

这时已是黄昏。

山野间暮色苍茫，一条小河绕村而过，河岸柳条随风，婀娜多姿。

柳湾村的名字，也正是得名于此。

苏叶在河边捡了块鹅卵石，朝着河中远远扔过去。

鹅卵石在水面跳了两下，溅起一片水花。

唐皓挑了一下眉：“你还会玩这个？”

打水漂这种事，像他们这样的身份，大概算是很罕见的体验了。

苏叶愣了愣，好半晌才道：“许建安教我的。”

唐皓脸色微沉，但也明白，他们分开的七年，陪在苏叶身边的一直都是许建安，他们之间肯定是有很多他无法干预的过往。这是她的一部分，也是他必须要正视和接受的事实。

苏叶那边也叹了一口气，轻轻道：“那时我们还没结婚，他说……看着石头飞出去，就好像把所有不开心的事，都一起扔掉了，还能锻炼自己的专注和控制力。我想，他小时候大概没少在这里打水漂吧。”

唐皓哼了一声，道：“什么专注和控制力，不过就是简单的物理常识和计算而已。这就是根据流体力学的原理，流速越大压强越小。选择扁平的石子，不能太大也不能太小，还要有一定的重量。”

他一面说着，一面在岸边走动，弯腰捡了一块他觉得合适的鹅卵石。

“然后呢，扔的时候，自身的重心要压低，选好石头入水的度角，用力旋转着扔出……”

唐皓挥动手臂，将选好的鹅卵石猛然甩出。

然后直直砸进了水里。

角度的确很好，不要说再跳出来了，连水花都没溅起来。

安静了几秒钟之后，苏叶就没忍住，直接喷笑出来。

“喂。”唐皓叫了一声，但自己也忍不住笑起来，又咳了一声，强行收住了，讪讪道，“嗯，还是有一定技巧的。”

苏叶就越发笑得止不住，甚至弯腰蹲了下来。

唐皓走过去，在她身边坐下，静静等着她笑完，然后握住了她的手。

苏叶也坐下来，靠到了他身上，轻轻道：“谢谢你。”

吃醋也好，安抚也好，如果不是为了她，安盛的唐总裁，吃饱了撑的要在这穷乡僻壤演示怎么玩失败的打水漂？

唐皓用鼻音应了一声，微微偏过头，在她的额发上亲了一下。

苏叶没有拒绝，反而往他怀里贴了贴，环住了他的腰，看着映照在河水上的夕阳一点点暗淡下去。

不远的村子里亮起了灯光。

缓缓升起的月亮又在水面上洒下一片银辉。

“真好。”苏叶呢喃着轻声道。

唐皓不用问就知道她在说什么好。

他们早已经过了初恋时那种热热闹闹的炽烈，反而是像现在这样，偷得浮生半日闲，就这么静静坐着，看风看树，看山看水——当然最关键的是，心爱的人就在身边——这就比什么都好。

苏叶他们回到村里的时候，许嘉已经安排好了晚饭。

就是地道的农家菜。

许嘉的亲戚还特意给他们打了一壶自酿的米酒。

许嘉喝了酒，话就有点多。

“说许建安命硬克亲，我是一点都不信的。”许嘉道，“早年他父母的事，可能真是人生不幸，但苏家父女……完全是因为他贪心不足。什么‘刑克’，那就是谋杀。”

这话唐皓是很赞同的，甚至忍不住跟他碰了个杯。

“不过你们……”许嘉用酒杯点点唐皓和苏叶，“现在如果还跟我说，你们这么关心这事，是因为唐总余情未了，唐小姐是为了讨好唐先生，我也是一点都不信的。”

唐皓握杯的手僵了僵，苏叶也有点无奈。

“我又没瞎，这一路上，你们是什么关系，难道还看不出来？”

苏叶张了张嘴想说话，却又被许嘉抬手止住：“放心，我也不是那么不识相的人。不要说你们也不是亲生兄妹，就算是，也轮不到我这个外人来指手画脚，只是呢，我就有点想不明白。”

他的目光在同桌的两人身上来回移动：“如果唐先生对苏小姐心有执念，就算另结了新欢，也想为她查明真相，我其实也能理解。但是……带着新欢一起查，就有点奇怪了。而唐小姐，明知有这重关系，却依然这么用心，甚至在某些时候，给我的感觉是比唐先生更紧张这个案子，又是为什么？”

对于苏叶，他的“想不明白”其实也不是一天两天了，他甚至就是为了这个，才邀请她继续参演自己的电视剧，以便观察。

现在又加上了唐皓。

许嘉索性就借着酒意，直接问个明白。

苏叶和唐皓对视了一眼，然后就叹了口气，道：“如果许老师一定要知道，我其实也不介意告诉你，只怕你不会相信。”

“你先说说看。”许嘉道，“信不信，我自己会判断。”

她便直说了：“因为我就是苏叶。”

现在唐皓知道她是谁，许建安知道她是谁，连沈弘行都知道她是谁，也不多一个许嘉了。

许嘉沉默了很久。

久到苏叶都几乎以为他是不是喝多了已经断片了的时候，才听他轻轻道：“好想解剖看看啊。”

苏叶怎么就忘记了许嘉原本是法医出身呢？

苏叶一行人的柳湾村郊游全程平安无事，但第二天回去时，一出手机信号不稳定的山区，苏叶就接到了许建安的电话。

她把来电显示给同车的唐皓看了一眼。

虽然他们此行的目的就是为了惊动许建安，但他这么快就有了动作，还是让苏叶有点意外。

唐皓也微微皱了一下眉，但还是点了点头。

苏叶就接了电话。

许建安第一句话就说：“你去了柳湾村啊。”

不是问句，陈述句。

语气平淡，还带了点释然。

苏叶挑了挑眉，随口敷衍：“我最近做旅游项目啊，听人说风景不错，就顺便来看看。”

许建安“呵呵”笑了声，道：“别这样，你在我这里，不用找这些可笑的借口。就是直接说去调查我，也没有什么。”

苏叶就闭了嘴。

“所以，你听说了吧，说我……”许建安像是深吸了一口气，才接了下去，“说我命硬克亲的事。”

“嗯。”苏叶应了声。

“我……这就是我一直没敢跟你提老家的事，也不想让你过去的原因。那种愚昧的迷信……我虽然一直都不信，但却很担心你会在意……但后来……”许建安停顿了好一会儿，轻轻道，“我忍不住会想，是不是真的是我的命格不好，才会让家里接连出事？是不是真的是我害了你？”

他的声音几近哽咽：“还好你又回来了……”

苏叶道：“如果我真的在意的话，这次你会离我远远的吗？”

许建安那边就安静下来。

苏叶就笑了声：“如果没别的事的话，就这样吧。”

“等一下。”许建安却叫住她。

“许先生还想说什么？”

“哪怕有万一的可能，我都想能够继续和你在一起，但如果我真的让你这么戒备紧张，那……我真的不想让你不高兴，以后我会注意保持距离。可是，我还是希望能再见个面，我还留着你的一些东西，我想应该当面还给你。”

苏叶又笑了一声：“你最该还给我的，不是苏氏吗？”

“那不可能。”

苏叶本来以为许建安还会找点借口来推脱，却没想到他直接就拒绝了。

许建安道：“你现在是和唐皓在一起对吧？以你现在的身份和感情状态，我怕把苏氏还给你，它就姓了唐。”

苏叶忍不住侧头看了唐皓一眼。

唐皓虽然挺在意许建安在说什么，但也不至于凑到苏叶耳边去听，只是安静地坐在旁边，这时苏叶看向他，他就笑了笑，带着“万事有我”的从容和鼓励。

苏叶也笑了笑，然后对着手机哼了一声："原来你也一直觉得我那么没用？"

她这个“也”字，就让唐皓伸手过来握了握她的手，一脸无奈。

但那边许建安却似乎并没有注意，只道：“我说过的，我虽然对苏先生的某些做法有所不满，但总体来说，还是感激更多一些。他能把你嫁给我，也是对我的信任。我还是希望能够替他守住苏氏，至少……也可以为你留一步退路。”

这是苏叶非常熟悉的“许建安”，什么都为她着想，体贴周到，忠诚可靠。

如果不是她被栽赃陷害的事还没有眉目，苏叶几乎都要被他感动了。

不过，她最近在剧组多学了一招——如果男人非要跟你谈感情，就跟他谈钱，多半人都会原形毕露。

苏叶就道：“哦，那就多谢许先生了。不过我现在就挺缺钱的，不如你先给我打一笔？也不用太多，就马马虎虎来个两三千万的吧。”

“好。”

许建安毫无迟疑地应了下来。

苏叶自己反而噎了一下，索性就挂了电话。

唐皓侧头看向她。

苏叶叹了口气，把许建安的话简单跟他复述了一下，然后靠在椅背上，长长叹了口气：“我本来还觉得他这么早给我打电话，可能是心慌了，但看起来，他其实是对所有的事情，都早就有了预案吧？既然知道我来了，拖着不问，反而显得心虚，不由得第一时间表态。反正直接问他也好，过来查他的底也好，他都早有了说法。他要是真的给我打钱……怎么办？”

“收着。”唐皓理所当然地说，“反正本来也是你的。其实我倒觉得，他就算再怎么有准备，但是你回来这件事，还是打乱了他的步调，他现在可能真的有点心慌。所以，要防着他转移资产逃跑，现在能把他的流动资金挤一点出来也好。”

苏叶想了想，便也点了点头：“许老师说，这世上就不可能有什么完美犯罪，总有什么地方是被他忽略的。只是我们现在还没找到而已。”

“突破口应该还是王思思的案子。许建安在你父亲身边，接近你，回家乡修路建学校……这都是可以用很长时间来思考布局的，但你父亲住院，沈弘行临时指定的一个护士，许建安总不可能提前预计到吧？那应该就是个意外因素。从你父亲过世后，他拖了那么久才动手，大概也是因为这个。但相对来说，比起对你，对苏家的了解，他不可能有那么长时间和精力去事无巨细地了解王思思，计划也不可能真的做到天衣无缝。”

苏叶点头同意。

但王思思的案子，现在又没有进展。

唐皓一手托着自己的下巴轻轻摩挲，一手轻轻敲击着自己的膝盖：“王思思当初到底是怎么敲诈许建安的？如果说只是看到了李乐琪，空口无凭的，许建安也不可能乖乖给钱吧？我觉得王思思手上一定有足够威胁到许建安的东西，比如说，录音或者视频。”

“但许建安肯定会销毁证据的吧？现在王思思都死了，就算有备份也不知道在哪儿啊。”

苏叶随口说着话，目光却忍不住停在唐皓那修长匀称的手指上。

唐皓也注意到了，手指顿时就僵在那里。

他也记得少年时因为这些小动作被苏叶取笑的事。毕竟作为一个决策者，有什么会透露自己情绪的习惯动作，并不算好事。

当然，他也记得那之后的事，身体就隐隐有点发热。

看他停下来，苏叶就笑起来，伸手去握了他的手，轻轻道：“不管什么时候看到，还是会觉得你的手好漂亮。”

唐总裁傲娇又自恋地应了一声，目光落在彼此交握的手上。

“唐夜弦”的手比他记忆里的苏叶更加白嫩纤细。

软软的，柔若无骨。

还那么小。

唐皓的目光顺着手臂移到苏叶脸上。

嫩得能掐出水的绝色少女的脸。

还那么小。

唐总裁突然重重地叹了一口气。

第十二章

许建安的同伙

苏叶回到云城，就收到了转账消息，许建安果然给她转了两千万。

第二天，她又收到许建安派人专程送来的礼物，珠宝首饰，名表包包……大大小小好几箱。

他果然把她以前常用的东西都送了过来。

唐皓一脸不高兴。

虽然他自己跟苏叶说过本来就是她的东西，该收就收，但真到了眼前，心头还是憋闷得很。

难道他买不起吗？

于是到了晚上，苏叶又收到了一堆礼物，除了首饰包包，还有衣服鞋帽，从头到脚都配齐。

苏叶有点哭笑不得，但不管怎么说，收礼物也是开心的。

她拿着一件礼服裙往自己身上比了一下，向唐皓道：“正好过两天上通告时穿，谢谢大哥。”

她说的通告，是电影《我家娘子有点病》的宣传。

那个一波三折的片子终于做完了。

李华仁趁热打铁地瞄准了暑期档，第一支预告片已经放出来了。

比起《宫墙月》，苏叶这次的戏份可要重得多，预告片里的镜头也很多。

一来是她扮相的确漂亮，在如今这个颜值至上的世界，她的脸就是最好的宣传。再来嘛，搞笑喜剧里的悲情角色也格外容易吸引人。

观众反应现在还没有具体统计，但至少唐老爷子对这个预告片很满意。

“我家小弦最棒了，又漂亮，又有才华，这个仙子太让人感动了，演得真好！”他毫无原则地狠狠夸了一通女儿，又道，“干脆让你哥再开个影视公司，下次让你做主角。”

苏叶都被夸得有点不好意思：“怎么也要看看电影上映后的票房成绩吧。”

总不能让唐皓一直做赔本生意，谁家的钱也不是天上刮来的。

唐霖摆摆手：“票房这种事，根本不用你操心。你就安安心心、漂漂亮亮等着做女主角就好啦。”

唐霖在商业上建树有限，但年轻时真是风流过人，捧小明星这种事，他远比苏叶有经验。

老爷子时日无多，这时唐皓都只能顺着他，苏叶当然不会在这种小事上反驳。

何况她也不太顾得上。

因为要赶在暑假档，剧组紧锣密鼓地安排了不少宣传，苏叶是女二，肯定是要露面的。

就算唐皓今天不赌这个气，苏叶自己也是要去买衣服的。

她这时拎在手里的裙子的确很漂亮。

一字肩简约优雅又不失性感，层次丰富的裙摆长短合适，飘逸朦胧又唯美。

她很喜欢，看向唐皓的时候，就笑得格外甜美。

见她喜欢自己的礼物，本来气呼呼的唐总裁就迅速地被顺了毛，貌似随意应了一声，但嘴角却忍不住翘起来。

但他的好心情并没有持续太久就又皱起眉来：“接下来是不是要跑好几个城市？”

苏叶点点头：“我还好吧，只要跑三场。毕竟是新人，而且我也不想离开云城太久。电影首映在海城，我就不去了。”

她虽然的确是娱乐圈新人，但毕竟有唐家的背景，何况这个电影她自己还是投资人，宣传的安排也是可以协调的。

唐皓倒想她一场都不去，但她自己有意继续在娱乐圈发展，必要的曝光度还是要的，也只能吸了口气把自己心头的杂念打消，道："我再给你安排个女保镖吧。离开云城的话，还是要更谨慎一点，毕竟我们才去翻了许建安的旧账，要防着他狗急跳墙。"

苏叶没有反对。

曹进是挺好用的，但毕竟不像女人那样可以二十四小时贴身保护。

许建安……

苏叶觉得自己真是越来越看不懂这个前夫。

不过，有一点是可以确定的——就算他对所有的事情都有解释，但只要"苏叶"的死真相未明，他们之间就再没有重新开始的可能。

许建安自己应该也明白。

不要看他现在表现得好像只要苏叶自己高兴就行，甚至把她的旧物送还，但苏叶总觉得，他只要找到机会，大概……不会介意让她再死一次，死得彻底一点。

唐皓找来的女保镖叫朱婷，名字很普通，长相也挺普通，但身手很不错。

苏叶看着她跟曹进过招，你来我往地打了十来分钟也没落下风。

苏叶挺满意的。

但紧跟着夏千蕾就给她带来了不那么让人高兴的消息。

因为《我家娘子有点病》最近紧锣密鼓地宣传，一些旧事也被翻出来，于是"唐夜弦"又被黑了。

比如说她在片场嚣张跋扈，开着豪华房车招摇过市，还要大牌想来就来，不想来就不来，全组人都围着她的时间转。

比如说她这个角色本来就来路不正，有小道消息说根本就是她用不正当手段从杨梦琪手里抢来的。

然后就有记者找到了杨梦琪，问她这件事。

夏千蕾给苏叶看的视频上，杨梦琪虽然矢口否认，说自己退出剧组只是因为怀孕的关系，但声音暗哑，眼圈泛红，明显一副受尽委屈还敢怒不敢言的表情。

这个姿态，可以“解读”的信息就太多了。

跟着又有人爆了唐夜弦在杨梦琪的订婚仪式上愤而离席，郑家的公司还隐晦地收到唐皓的警告。

充满了正义感的网民们顿时就沸腾了。

无数人表示不会去看她的电影，喊出抵制唐夜弦，让她滚出娱乐圈的口号。

这一连串的精准打击，要说后面没人操纵都没人信。

苏叶自己虽然一向不太在意网上的言论，但如果真的影响到整个电影，就不太好了，毕竟是那么多人那么长时间的心血。

她皱了眉，问：“这事到底是针对我，还是针对电影？”

仔细推敲一下的话，这些舆论虽然来势汹汹，对她本人的影响却不算大。

如今演员耍大牌抢角色之类的黑料比比皆是，真算不了什么。最多是影响以后接戏，但她背靠唐家，自己都能投资拍戏，怕这个吗？

“现在也说不上来。”夏千蕾道，“我和李华仁商量了一下，现在还是先辟谣。别的不说，你进组的时间在杨梦琪毁约之后，这一点完全可以证明。而且片场也拍了很多花絮，你的表现有目共睹。你请假是因为老爷子病重，还有不少人同意做证你请假和赶戏都给了工作人员补偿。这都不怕人查。再找点水军应该可以压下来。”

苏叶点了点头：“你去办就好。”

夏千蕾却又犹豫着停了一下。

“还有什么事？”苏叶问。

“你明天要去宣传活动，肯定会有人当场问一些尖锐问题的，你自己有个准备。”

苏叶只能再点点头，又忍不住叹了口气。

这一行钱算来得轻松，但也真是不容易。

第二天的宣传活动，苏叶还是照原计划盛装出席了。

唐皓倒是跟她说不开心就别做了，反正现在的她又不是之前真的只有一张脸可看的唐夜弦，只要她想，能做的事情很多，真没必要在娱乐圈这潭浑水里挣扎。

但苏叶不愿意。

就算她要退出，也不能在这个时候。

刚被人这么喷了一波，她就隐退了，那不就是认输逃跑？

她才不想这么窝囊。

活动的流程是早就安排好的，放放宣传片，嘉宾们表演一下小节目，再做个访谈，记者们提提问，都是很寻常的那一套。

苏叶本来是没有安排表演的，她其实没有什么特别拿得出手的才艺，也不想跟其他演员争夺这种露脸的机会，但到了现场，才被通知临时给她加了一个“即兴表演”的小环节。

夏千蕾沉着脸道：“我去和主办方交涉。”

傅志诚却道：“也没什么，大概是因为最近总有人质疑你的演技。你要是跑去拒绝，反而给他们借口继续黑了。倒不如答应下来，咱们真才实学，也不怕这个。有人想看我们出丑，我们还正好借此正名不是吗？”

其实他们已经针对之前的黑料放出了辟谣，但还是搞出这种事，傅导也不太高兴。

是他力排众议选了苏叶来接替杨梦琪演这个角色，苏叶的认真敬业他都看在眼里，请假和赶戏也是他批准的。

现在有人一直针对苏叶，就是在打他的脸。

苏叶点头同意。

唱歌跳舞她现在还差点，但即兴表演她真不怕，不要说好歹也拍了几部戏了，就是之前跟着云清艺术团搞街头表演也已经把胆子和台风练出来了。

活动正式开始，苏叶一亮相，就成了全场的焦点，闪光灯和快门的声音此起彼伏。

不管对她观感如何，是粉是黑，大家都得承认一点——“唐夜弦”是真的漂亮。

她的长相本来已经得天独厚，这时还精心打扮过，真是用什么溢美之词都不为过。

苏叶气势逼人，但在台上却很低调，打完招呼就安静地坐在自己的位置上。

今天有制片人、导演、男女主角，苏叶的位置有点偏，但所有的镜头却都不自觉地跟着往那边偏了偏。

谁不喜欢看漂亮的人呢？

何况娱乐圈就是这么个看脸的地方。

有些人为了抢C位打破头，而有些人站在哪里，哪里就是C位。

傅志诚他们都不是新人了，应付这种场面极有经验，采访时该说什么不该说什么都心里有数，但又不约而同地每人都将苏叶夸了一遍。

年轻好学，认真勤恳，进步快，为人大方随和，还很孝顺。

郭俊霖甚至半开玩笑地说在野外拍戏那段时间，她的豪华房车可算帮了大忙，小助理厨艺也好，他至今念念不忘想再吃一次。

大家都不傻，现在苏叶和他们和这个电影，都是一体的。

大家在同一条船上，他们和苏叶本身也没有矛盾，这个时候，当然得站在她那边。

“看起来唐小姐在剧组人缘很好啊。”主持人把话头转向苏叶。

苏叶笑了笑：“大家都很照顾我。”

“小唐年纪小，又努力，大家当然都喜欢。”傅志诚道，又说起她当时熬夜拍戏的事。

“……真是威亚都还没解开就已经挂在那儿睡着了。我决定选她来演时，心里其实也挺忐忑的，担心她是养尊处优的大小姐吃不了苦，没想到她一直咬牙撑下来了。”

苏叶有点不好意思地笑了笑：“的确从来没试过那种长时间高强度的工作。”

主持人也一脸惊叹：“拍到那个时候？那样赶戏的话，是不是整个剧组都得高强度运转？”

苏叶听出这其中的陷阱，微微挑了挑眉，但她还没说话，李华仁又把话题接过去：“不赶怎么办？原本定好的演员，拍到一半毁约不演了，临时找了小唐来救急，身高、体形又不一样，所有镜头全部都要重拍。我们傅导又认真，粗制滥造的戏是不拍的，只能委屈大家一起多辛苦一阵了。”

这在李华仁来说，已经算是公开怼上杨梦琪了，台下的记者一片哗然。

之前他们的辟谣声明给出的时间链也很清楚，杨梦琪什么时候进医院，什么时候毁约，什么时候出声明息影，苏叶什么时候进的组，前后分明。为了证明不是“内定”或者“抢角”，他们甚至还放出了苏叶她们当天试镜的视频，几个人的表现一对比，选苏叶的理由就明显了。还非得抓着这点不放的人，大概都是自己不想看的，那也没有办法。

主持人顺势又提起了苏叶请假的事。

李华仁笑道：“小姑娘都累成那样了，没戏的时候请个假怎么了？她还上学呢，学校家里有点事还不能回去一趟？我们是剧组，不是集中营，没那么不近人情。”

大家都哄笑起来。

到这时为止，“唐夜弦”这次被爆的黑料，其实基本也差不多洗清了。

杨梦琪的夫家是不是真的受到了打压，就不是娱乐圈能管的事了，反正郑家没有承认。就连杨梦琪自己也因为要“安胎”，再也没有出现在公众视野里。

至于“唐夜弦”的豪车……有钱，或者说有个有钱的哥哥愿意给她花钱，这也算事吗？

接下来就是考验苏叶演技的时候了。

活动设计的即兴表演，是在大屏幕滚动一些经典电影的片断，由演员随机抽一个，然后现场进行模仿。

苏叶自己清楚自己的水平，觉得能够像上课时那样，基本台词表情模仿下来就不错了。

但她看到大屏幕上显示的片子，不由得愣了一下。

那是个老电影。

她小时候看过。

讲一个丈夫谋杀妻子骗取保险金，但妻子侥幸逃生，辗转去国外整容，又回来复仇的故事。

这一段正好是妻子整容归来重逢丈夫的场景。

苏叶嘴角微翘。

她对这种场景的体会，可比老电影里那个演妻子的演员要深得多。

从活动策划到现场的记者们，对唐夜弦的“即兴表演”其实都抱着几分看笑话的心态的。

毕竟她的年纪和资历明明白白在那儿。

十几年的孤儿院生活，接下来几年是无法无天不学无术，学表演统共只有一年不到，她还经常缺课。

《宫墙月》演个没台词的龙套花瓶；大挑战真人秀里要么不说话，要么本色出镜；新拍的《血案直击》也是个戏很少的小配角；唯一可以能正经看出演技的，就是这部电影了。

可是这部戏是她自己也投了很多钱，全组从上到下地夸，谁知有多少水分呢？

但等苏叶真的开始表演，大家的表情就渐渐凝重起来。

她并没有一味模仿原片里的女主角，比起原片那压抑的愤怒和深切的仇恨，苏叶的演绎更多了几分伤感、失落和不解，然后渐渐归于冰冷的决绝。

尤其是最后那一眼，台下的人无不感受到那绝望的森寒，一个个噤若寒蝉，就连她结束了表演都没反应过来。

全场静默了好几秒，才有掌声响起来。

有如雷鸣。

媒体或许会追逐热点毫无下限，但做这一行，基本的鉴赏能力总是有的。

“唐夜弦”或许的确有不少黑历史和性格问题，但她今天的表现，就算是再挑剔的影评人，也不敢说她演得不好。

从今往后，大概没人能再拿“没演技”来黑她了。

“小唐又进步了。”傅志诚也拍着手夸奖，“我刚刚就说过，小唐是个肯去认真思考和理解角色的演员，欠缺的不过是经验。但她还这么年轻，前途不可限量。”

主持人也跟着夸了两句。

苏叶微笑着道了谢。

这次她其实算是投机取巧，但这个时候当然不会承认。

跟着就到了记者们的自由提问时间。

虽然都提前打过招呼塞了红包，但这种环节总是最容易出问题的，苏叶也不由得打起精神来应付。

果然在几个常规问题之后，就有人冲着苏叶来了。

“我有个问题想问唐小姐。”

苏叶抬眼看向站起来的记者，点了点头：“请问。”

“上次关于唐小姐和孟修先生约会的事，虽然唐总随后澄清了，但孟先生的回应却又并不一致。请问你们是真的在交往吗？”

苏叶愣了愣，夏千蕾提醒过她，她自己也算做过预案，但都是针对最近爆出来和这个电影有关的谣言，真没想到反而有人会提出之前的绯闻来。

傅志诚他们也有点意外，李华仁凑到话筒边说了一句：“今天还是请大家把关注点多多放在我们的电影上。”

那记者却不肯罢休，又问：“我听说唐小姐能出演这部电影，本身也是孟先生介绍的？”

这事其实也不是什么秘密，剧组里那么多人，当初中途换角的事闹那么大，知情人自然不少。

苏叶还没说话，又有人道：“唐小姐前一阵在《血案直击2》剧组每天都能收到一束花，也是孟先生送的吗？”

“那个不是，早就有人爆了，是苏氏的许建安送的，还有人拍到他们一起喝咖啡了。”这个都不用苏叶，台下就有人反驳了。如果不是苏叶当时带着保镖，估计她和许建安喝咖啡的照片也会成为绯闻的证据吧。

“出轨？”

“确定关系才叫出轨，没确定那叫脚踏两条船。”

“不止两条吧，别忘记了，她并不是唐家的亲生女儿，唐皓肯这么捧她，谁知道是因为什么呢？”

“上次是不是还有人提过玉和的沈公子？”

“对对，据说都见过家长了。”

记者们一开始只是周围相熟的人互相交流一下八卦，渐渐就越来越大声，大有蔓延之势。

苏叶拿起话筒来：“一个年轻漂亮的单身女孩，有人追求，是她的错吗？”

她这时已经没有面对傅志诚他们时那样温顺，却也不像刚出道时说“不服来战”那么嚣张，笑容淡淡的，声音也平和，却似乎有种不可思议的力量，让刚刚还喧哗不止的会场瞬间安静下来。

“被人送了束花，在监护人陪同下跟人吃了顿饭，是什么不可饶恕的罪行吗？”苏叶又笑了声，“我是生活在自由民主的二十一世纪新时代没错吧？”

这一次的笑声里，讽刺的意味就很浓了。

很多刚刚在传八卦的人听得不太舒服，却也没有办法反驳。

就算是有照片的，也不过就是送花和吃饭，一点亲密举动都没有。何况现在唐夜弦和杜怀璋的婚约已经解除了，她现在完全是单身了，哪怕真跟别的男人约会，那又算得了什么？

“孟老师是我第一次拍戏时的搭档，他一直都很照顾我，我也一直很感激他。他对我来说，亦师亦友。”苏叶这才算正面回答了最初那个问题，又补充道，“我今年才十九岁，大学还没毕业，最近应该都不会考虑感情上的事。那位想看我出轨的朋友，大概等不到了。”

大家哄笑了一阵，主持人连忙又把话题扳回到电影上来。

之后倒没有什么故意捣乱的人，顺顺利利地结束了。

苏叶却还是觉得有点不对劲。

“这些攻击都太弱了。”她对夏千蕾说，“根本不痛不痒。”

夏千蕾道：“对于真正初出茅庐爱惜羽毛的新人，尤其是那种主打清纯玉女人设的，私生活混乱这样的污名已经很可怕了。”

“但又没有实锤，随便都能扭转，有什么意义呢？”

“因为伪造照片的上次已经被唐总教训过了吧。”

“对啊，既然知道上次的事，为什么还要做这种无用功？就只是为了跑去拉一波仇恨吗？”苏叶皱起眉，“或者……这只是铺垫和试探，真正的手段还没有拿出来？”

到底是什么呢？

这天的微博热搜，苏叶一个人占了五条。

除了明显是买上去的“新片上映”和“唐夜弦劈腿”之外，其他还有“盛世美颜”“演技炸裂”和“灵魂三反问”。

尤其是最后一个，她在活动上反问记者的三个问题，得到了很多女性网友的支持，甚至火出了圈。

“支持唐夜弦，根本不是你的错。”

“没错，这都什么时代了，还有人拿被人追求的事来为难女性？裹脚布也太臭了吧？”

“怎么不先去问问那些不经人同意就擅自送花的男人？那才是骚扰！”

“生为女性就是原罪。长得漂亮是你招蜂引蝶，长得丑是你对不起观众。对追求者温和是你态度暧昧水性杨花，对追求者不假辞色是你清高拜金看不起人。什么都由得男人说喽？”

“呵呵，还有姑娘不肯接受追求就被杀了，还因为是感情纠纷轻判的呢。”

讨论从明星绯闻变成了社会问题，多半人还是站在苏叶这边的，中间偶尔有夹杂着“作为男人不可能忍受这样勾三搭四的行为”之类的言论，也会直接被网友们怼回去。

苏叶反而涨了不少粉，但也有一些好事者顺着信息就开始扒绯闻里的男人们。

孟修不必多说，沈弘行又太低调没什么可扒，于是话题就集中在许建安身上。

许建安的生平什么的都被挖了出来。

“这样的算是凤凰男吗？”

“原来他之前就跟唐夜弦有过绯闻啊？”

“之前那个不是澄清了吗？”

“许建安作为苏氏的女婿，前不久还在一脸深情地怀念苏大小姐，怎么现在又在跟唐夜弦献殷勤？”

“渣男。”

“等等，苏大小姐涉嫌谋杀那事结案了吗？”

“这就很微妙了，许建安一个穷小子，娶了富豪家的独生女上位，岳父和老婆先后去世，继承财产之后转头就追求年轻貌美的小明星？”

“别忘了，他第一次和唐夜弦扯在一起的时候，唐夜弦的身份还没有查明，她还是唐家小姐。”

“啧，娶有钱大小姐这种事，也是会有瘾的吗？”

“唐夜弦也是惨，被这种人缠上，竟然还要被骂劈腿，简直可怕好吗？”

“说起来最惨不是苏大小姐吗？人死了，钱没了，现在还背了个真相不明的杀人案。”

一时网上骂声一片，连苏氏都跟着又受了影响。

这风向转得有点快，苏叶都有点不太明白，难道这一波黑料是冲着许建安来的？

那就奇怪了。

谁会这么做？

当然不是她自己，而唐皓……老实说纠结过后，她现在反而更加信任他。唐皓就算要对付许建安，也不会拿她作伐。

苏叶这时就再一次地感慨自己对许建安的了解真是太少了。

如果说苏氏的对头，她多少还是心里有数，商场如战场，总有一些竞争对手的。但谁也不会用这种手段。可许建安的私人恩怨，她真是两眼一抹黑。

到了晚上，唐皓回来，却又有不一样的说法：“我觉得，还是冲你来的。”

他递给苏叶一个信封。

“今天寄到我办公室的。”

苏叶打开来看，里面是一沓照片。

都是唐夜弦和其他男人。

许建安、孟修、沈弘行……甚至还有一张是和唐皑。

有些照片因为角度的关系，看起来还挺亲密。

苏叶看着看着就笑了：“哦，这还是一套组合拳啊，先造谣，我就可能要用你的钱和关系来平息舆论，然后再曝我劈腿，私生活混乱，还把证据送到你手里。啧，这种隔三岔五就要搞出事情来还朝三暮四的小情人……哪个金主爸爸还会喜欢？”

从网上的言论就可以看得出来，再多人支持她，都会有一些男人觉得没法忍，何况唐皓还是真金白银往她身上砸了那么多钱的。

在这个逻辑里，“唐夜弦”可以对别人说被追求有什么错，但她吃唐皓的穿唐皓的用唐皓的，多看别的男人一眼，都可以算是背叛。

“别拿这种话说自己。”唐皓有点不高兴地伸手按了她的唇。

什么劈腿，什么金主爸爸，乱七八糟的，就算知道她只是在调侃，他也不想听到。

苏叶就乖乖闭了嘴。

唐皓这才接上之前的话题，道：“所以不会是许建安。”

许建安知道她是苏叶，知道唐皓和她的关系，绝对不可能用这么粗糙的办法来挑拨。

苏叶似笑非笑地看着他：“那么，会不会是唐总招的烂桃花？”

眼前的男人已经换了居家的休闲服，不像在外面西装革履那么盛气凌人，但稍显凌乱的发丝，微敞衣领露出的锁骨，刚收回去的手骨节分明，卷起来的袖口里隐隐可见手臂肌肉的曲线……反而更加多了几分悠然性感的迷人。

从小到大，喜欢唐皓的女性从来就没少过。

有人见不得他突然改了一贯冷峻的性子对唐夜弦这么好，争风吃醋闹出这事来，倒也不无可能。

听她这么问，唐皓微微挑了一下眉，收到一半的手又伸了回来，轻轻钩了她的下巴，凑过来，低声问：“你是在吃醋吗？”

苏叶被迫微微抬起头来看着他，有点无奈：“你……一直在脑补些什么？这么期待我为你吃醋吗？”

唐皓略有点发窘，并没有回话。

苏叶便上前一点，主动搂住了他的腰，靠在他怀里，轻轻道："你在我心里的分量，不需要用那种幼稚的方式来证明。"

唐皓几乎整个人都放松下来，一面回抱她，一面用下巴轻轻蹭了蹭她的头顶，用鼻音应了声："嗯。"

"但是……"

苏叶才说了两个字，就感觉手下的身体瞬间绷直了。

她不由得笑起来，抬眼看着他，道："如果你真的惹回什么烂桃花，我的确会不高兴，很不高兴。满意了吗？"

唐皓将她抱得更紧了一点，却听她又道："但是……"

唐皓磨了磨牙。

他今天算是要被她的"但是"搞出毛病来。

"若真有那么一天，我也就懒得去计较什么桃花李花了。明白吗？"

他怎么会不明白？

她那么骄傲，怎么可能去跟其他人抢一个男人？

她甚至问都不会多问一声。

"不会的。"唐皓承诺，顿了一下，又补充，"这次也不是。"

苏叶从他怀里退出来，看着他："这么确定？"

唐皓点了点头，拿过那沓照片，挑出几张来在桌上排开："这几张照片，都是以前没有见过的。"

有一张是之前她喝醉酒，许建安扶着她走出金尊典。

有一张她和唐皑，在学校里。她记得应该是她去看他打球那次，那算是极少数她和唐皑能够和平共处的时候。

还有两张是她和沈弘行，其中有一张是她刚重生时回玉和医院复查，另一张是上次去拍戏沈弘行冲到她的轮椅边。其实她跟沈弘行的交集更少，能拍到这样两张照片算是相当难得了。

苏叶第一次看这些照片的时候，并没有往深处想，这时被唐皓特意挑出来，她才微微沉了脸。

"这是……有人一直跟踪我？"

这些照片时间跨度很大，如果说是唐皓的仰慕者，不会从那么早就开始关注她拍照留证。尤其是她跟沈弘行的第一张，那时唐皓还在当她是空气。

唐皓也正拿起那一张，一面道：“许建安肯定有安排人盯着你，但是……这张照片上，你手腕还有纱布，是那次受伤的时候吧？那时‘苏叶’也刚出事，许建安不可能那么早就注意你。”

苏叶皱起眉：“那么，到底是谁，为什么，会拍这张照片？”

唐皓一时也想不明白，但照片上“唐夜弦”微微仰着头和沈弘行说话巧笑嫣然的样子越看越让他不爽，不由得就酸酸地道：“你不如去问问沈弘行，是不是他的烂桃花。”

苏叶怔了怔，突然一拍手：“不管怎么样，拍这张照片的人，当时肯定是在医院，在我们附近对吧？”

他们当时是在 VIP 病房的走廊，从窗外肯定是拍不到的。

苏叶深吸了一口气：“我当时……在问王思思！”

“所以，如果不是沈弘行的烂桃花，就是说，很有可能，这个人是听你提到王思思，而当时你又刚好改了造型，他可能没有认出来，才拍下照片来查证你的身份……”唐皓的表情也沉重起来，“这个人很可能跟王思思的死有关。”

“当时我是一个人去的，附近的病房也没有开门，附近只有沈弘行和几名护士。”苏叶努力回忆着，然后又顿下来，“护士。许建安有个护士同伙，这就对了。”

许建安图谋苏家的家产，苏承海和苏叶就是挡在前面的两座大山。

正好苏承海身体出了状况，许建安就在他的治疗上做文章。

哪怕沈弘行认真负责医术高明，也防不住陪同的家属别有居心，随便一点小动作就能让苏承海病情恶化。

作为同伙的护士，再悄悄改掉病历抹去痕迹。

然后这事碰巧被王思思发现。

王思思以此勒索许建安。

许建安和同伙杀她灭口。

顺便嫁祸给苏叶。

又在她的车上动了手脚制造车祸。

如果王思思的死没人发现，一切皆大欢喜，如果被发现了，那也有苏叶背锅。死人无法为自己洗脱罪名。

许建安继承遗产，逍遥法外。

这个推理完全可以算是完美闭环。

如果不是苏叶重生回来，简直毫无破绽。

但她把自己这个推测跟许嘉说的时候，许嘉却看着那张照片，犹豫着，给她泼了一盆凉水。

“……逻辑上倒也不是说不通，但是，破案不能只靠推理，还得有实证。”许嘉道，“确定王思思的身份之后，她身边的同事，是最开始被调查的。没有人体型和视频上相似，案发当日也都有不在场证明。而现场又没有别的证据留下。只凭这样一张照片，老实说，说服力并不大。”

苏叶抿着唇安静下来。

许嘉又道：“从你的这个推测来说，我倒是觉得，王思思就是那个‘同伙’，才更合理。她帮许建安杀死了苏承海，然后许建安又杀她灭口。毕竟综合大家的说法，王思思是个贪慕虚荣，试图钓金婿的女人。如果苏家父女死掉，许建安也很符合她的目标了。她会和许建安合作，也不奇怪。”

“但那不能解释这张照片。”苏叶点了点照片，“那个时候，王思思应该已经死了。”

“可是你也没法证明这张照片真的和案件有关。说不定只是沈医生的仰慕者偷拍的呢？据我所知，他在外面虽然低调，在玉和医院内部的人气可是很高的。想嫁你家唐总的女人，更是能绕云城排一圈。唐小姐也没少得罪人。”许嘉摊摊手，“上网爆料，寄照片，挑拨情侣之间的感情不都是这种争风吃醋的常规手段吗？”

苏叶不得不承认许嘉说得也有道理，她一开始也怀疑过是不是唐皓的烂桃花，但看着那张照片，总觉得还是哪里不太对劲。

许嘉道：“当然，我也不是就完全否定你说的那种可能，只是……还需要更多的证据支持。又或者，你和唐总将计就计吵一架，看看下一步有谁会跳出来做什么，说不定能更明朗一点。”

苏叶觉得这主意不错。

但她回去跟唐皓商量是不是真的吵一架，或者让唐皓索性像之前那样无视她的时候，唐皓直接就沉了脸：“这样盼着我们吵架，我看他才是有意挑拨吧？”

顿了顿，唐总裁又微微眯起眼来：“我就觉得他对苏叶这个案子太热情了一点，他是不是以前就认识你？”

苏叶看着他，也沉了脸，道：“很好，照你这个态度，我们都不用假装，直接就能真吵一架了。”

唐皓立刻就闭了嘴，只是那眼神，却明晃晃写着“我没错，我只是不想跟你吵”。

苏叶有点无言。

她叹了口气：“以前怎么没发现你醋劲儿这么大呢？”

唐皓静了静，自己笑起来，笑容温和，却又隐隐有几分自嘲。

“大概，是因为我现在比以前更害怕会失去你吧。”

他们以前分开，是设计挑拨误会，也是他自己放了手，但心中酸楚苦涩，也只有他自己明白。

然后她死了。

他……

那些天，唯一能让他撑下去的，大概只有查明真相为她复仇的念头。

到确认她真的回来了，失而复得的狂喜之后，就是千百倍的紧张和不安，患得患失。

他自己都觉得变得不像原来的自己，却根本无法控制。

即便现在已经能够确认她的心意，却依然贪婪地想要更多。

想将她拢在自己的羽翼之下，想让她的眼里只有他。

他伸手抚过苏叶耳畔的发丝，动作轻柔得好像对待无上珍宝：“所以，我永远都不想和你吵架，假装的也不想。”

他以前的冷落，已经让苏叶受过委屈了，还要再来一次？

苏叶自己愿意，他也不舍得。

他这样直白地说出来，又这样小心翼翼，苏叶自然不可能无动于衷。

她心头酸软，微微侧过头，脸贴上他的手指，轻轻蹭了蹭，柔声道："你可以更相信我一点。"

"我不是不信你，只是不相信其他人。"

唐皓张开手，将她的脸捧在手心里，掌心温暖，眼中闪过一丝冷意："许建安、杜怀璋……或者还有别的什么人，如果我们之间有什么嫌隙，哪怕是假的，却让那些人乘虚而入……"他轻轻呼出一口气，"没有什么计划可以保证万无一失，我不想让你冒这种险。"

天知道他之前只是出个差，苏叶就被杜怀璋关起来差点饿死，他到底有多后悔自责。

苏叶张了张嘴，但还没出声就被他捂住。

"别的事都好商量，只有这个不行。"他坚定地说，"你又不是不知道许建安有多心狠手辣。"

苏叶安静下来。

是的，虽然没有实证，但现在的确已经有苏承海、苏叶、王思思三条人命摆在眼前了。

现在苏叶重生回来，就是许建安计划里最大的漏洞。

他现在还在试图哄她，如果发现哄不回来，下一步会怎么样？

知道她还活着，他大概就算坐拥苏氏家产也不会安心吧？

反正都杀过一次了，难道还怕再杀一次吗？

她深吸了一口气，再缓缓吐出来："那现在怎么办？"

"再等等看，反正现在着急的是他们。"唐皓道，"我们之前调查了那么久，也没发现许建安同谋的事，可见他们行事之小心周密，但现在他们自己却给我送上了那张照片，就代表……要么是他们一时情急忙中出错，要么，就是他们之间有了分歧。我们要是将计就计地吵架，固然可以引出他们的下一步动作，但如果我们不为所动，他们是不是会更加急躁呢？"

"可是，如果这张照片真的和许建安没有关系呢？"

唐皓就笑了声，伸手搂过她：“那我们为什么还要被不相干的人牵着走？”

反正就是不想吵架就对了。

但……也挺好的。

苏叶靠在他温暖的怀抱里，轻轻点了点头。

第十三章

他是她的

苏叶和唐皓决定按兵不动，但网上的舆论却还在继续发酵。

眼看着“唐夜弦”都要被捧成女权斗士了，突然又有人翻出了她以前的黑料，说她在学校嚣张跋扈，霸凌同学，还有打了马赛克的“知情人”现身说法。

不过这也不算什么新鲜事。

之前就有不少类似的言论了，旧话重提，影响只会越来越小。

加上夏千蕾这边也有一些危急公关的手段，又有学校的处理结果和当年“受害人”签字的补偿协议，反而有洗白的趋势，已经开始有人夸苏叶知错就改迷途知返了。

苏叶自己倒有点感激杜怀璋的未雨绸缪了，但还是觉得这发展有点好笑。

“难道真的要像之前洪奕廷说的，搞成浪子回头人设吗？”

夏千蕾道：“不明真相的吃瓜群众是很容易摇摆的。其实对绝大部分人而言，你本人是什么样的，他们并不关心。”

如今这种网络社会，每个个体都隐藏在虚拟世界的背后，大家热衷于各种讨论，并不一定真的是有多在意，更多时候，不过是自我意识的表现而已。什么路转粉，粉转黑，其实多半也就是一时的情绪变化，真要问有什么深仇大恨或者多严重的原则性问题，只怕他们自己也说不上来。

苏叶自己当然也清楚这一点，所以网上这些口诛笔伐她其实也没怎么放在心上。

但……这事若真是许建安那个同伙搞出来的，他或者她难道会不明白这一点吗？

明知道不痛不痒，还做了这么多事，真的只是为了挑拨苏叶和唐皓的关系吗？

还是说，许嘉才是对的，这也许就是谁的烂桃花在争风吃醋出的昏招？

到了第二天，又有了新的转折。

一位真正德高望重的老艺术家公开批判如今娱乐圈的乱象，尤其点出艺人们不修私德，倡议对“劣迹艺人”要严加管理，越线行为必须要进行惩罚，还娱乐圈一片清明。

这个申明得到了大家的一致赞赏。

没等真正的管理机制建立起来，网友们自发就列出了一堆各种行为不端的艺人，其中就包括最近热议的“唐夜弦”。

群情激愤之下，什么解释都没有用。

被提到的艺人，要么低调避风，要么公开道歉。

苏叶也受了影响，之前说好要上的一个综艺临时换了人。

“换了星梦公司的新晋小花罗依。”夏千蕾告诉苏叶，“这事最开始那个换角风波，是杨梦琪的手笔。然后翻你以前的黑料，是你那位陆学姐。老实说她们会黑你，我其实也可以理解，毕竟你堵了人家的路。”

这些天夏千蕾也没闲着。虽然苏叶不在意网上的闲话，说了不必理睬，但夏千蕾还是去做了些调查，只是到现在她也有点想不明白——

“可是只凭她们，不太可能请得动那位老前辈说话。而且她们和星梦也没有关系。”

“这么一说，前面那些小动作，倒好像真是在铺垫造势，现在才算真正的攻击了？”苏叶皱起眉，“到底想怎么样呢？就算是作为劣迹艺人被封杀，我也可以改行做别的啊。”

现在这样的社会，名声虽然很重要，但也是分情况的。

苏叶能从头开始学表演，当然也可以从头去学别的。她带着上一世的经验，又有现在这样年轻的身体，想做什么不行？

“难道只是巧合吗？”夏千蕾说起来，自己也不太确信。

连续这么多天，一直持续着唐夜弦的负面新闻，兜兜转转地保持着热度，然后突然来了这么一下……哪能这么巧呢？

“不管他了。”苏叶摆摆手。

唐皓说得没错，他们现在的生活其实很安稳，他们要是不想主动掺和什么事，还可以继续安稳下去，急的只会是对方。

苏叶安安心心的，每天按部就班，陪陪老爷子，补补课，打理一下明畅公司的事务，悠然自得。

但她真没想到，最先跳出来的，会是谢圆圆。

谢圆圆找上了明畅公司。

苏叶在办公室见了她。

谢圆圆左右打量了一圈，撇了撇唇：“挺一般的。”

苏叶的办公室的确就是普通装修，没什么特别的地方。这里是租的办公楼，她在这里的时间也不太多，原本也只是想作为一个离开唐家独立的跳板，真没在这边办公室的摆设上花什么心思。

“条件简陋，怠慢了谢小姐真是不好意思，还请谢小姐见谅。”苏叶给谢圆圆倒了杯茶，“谢小姐今天来这里找我，有何贵干？”

谢圆圆却道：“唐皓这么小气吗？开公司买地的钱都给了，还差这么点装修费？”

这就是来找碴儿的。

苏叶笑了笑，没有接话。

她这样沉得住气，倒让谢圆圆收起嬉笑的表情，正经打量起面前的少女来。

“你的确很漂亮。”谢圆圆点头承认，“比我漂亮。”

苏叶还没回应，她自己又笑了声：“我真没想到，竟然会输给你。也是，反正都不是他心里那个人了，还不如索性找个年轻漂亮的。在唐家养大，听话又好拿捏。”

苏叶若是知道之前唐霖和唐皓父子之间的谈话内容，说不定会喷笑出来。

她这想法和唐老爷子，倒是如出一辙。

如果是在苏叶的心结没解开之前，这样的挑拨说不定还会有点用处，但现在……苏叶也不过就是又笑了笑而已。

她这样云淡风轻的笑容让谢圆圆觉得自己完全被轻视了，不由得生出了几分怒火。

她凭什么？

就凭唐皓看上她吗？

不过是一个上不了台面的私生女，不，连私生女都不是，都不知道是从哪里来的贱种，有什么资格在她谢圆圆面前端架子？

“但是，他不可能娶你的。”谢圆圆强压着怒气道，“就算他肯，唐家也丢不起这个人。”

虽然现在“唐夜弦”的身份已经曝光，和唐家并没有血缘关系，但她毕竟作为唐家小姐在唐家养了那么多年，伦理上来说始终有些不合适。

再者说，唐夜弦以前就是云城上层圈子里的笑话，现在又变成了一个身世不明的孤女，唐皓真的和她结婚的话，只怕唐家还要再被取笑几十年。

谢圆圆叹了一口气，貌似诚恳地道：“你也算是尝试过这么多年了，有些圈子，不是说叫你一声唐小姐，你就真能进去的。古人说门当户对，不是没有道理。你要是真的喜欢唐皓，也不会想看他因为你而丢脸对不对？”

苏叶又笑起来，道：“我最近恶补了不少小说和剧本，让我来猜一猜，谢小姐接下来是不是就要开出一张支票来，让我离开唐皓？”

苏叶的声音很轻快，表情也很放松，就好像是在跟一个朋友开了个最平常不过的玩笑。

谢圆圆却似乎能从她这话里听出浓浓的讽刺，堵得她胸口发闷，也懒得再跟她绕什么圈子，冷声道：“做人，还是要有一点自知之明的。”

苏叶点点头：“你说得对。”

谢圆圆咬起牙来：“你既然明白，为什么现在还赖在唐家不走？”

苏叶看着这位昔日的闺蜜，心情有点复杂，静了一会儿，才轻叹了一口气：

"那谢小姐又明不明白'自知之明'到底是什么意思？你有什么资格和立场来跟我说这种话呢？我现在固然是和唐家没有血缘关系，谢小姐难道就有吗？"

"你——"谢圆圆唰地站了起来。

苏叶端着茶，缓缓喝了一口，好整以暇地看着她。

有一个瞬间，谢圆圆就好像看到了苏叶。

她和苏叶一起长大，但从小就知道苏叶和她不一样。

她是谢家的小女儿，表面上看起来，好像是万千宠爱，父母和哥哥们都疼她，她想要什么撒撒娇就能得到。

但是，她得先讨他们欢心才行。

苏叶就不用。不必撒娇，不必看别人脸色，只要她在那里，最好的东西永远都是先送到她手上。

就连唐皓，都是自己走到她面前的。

只因为她是苏家唯一的继承人，一切就都那么理所当然。

苏大小姐经常会这样看人，从容淡定，高高在上，就好像什么事情都已经胜券在握的样子。

其实不过是个自以为是的蠢货。

当年那么简单的手段，就让她和唐皓分了手，后来嫁给许建安那种乡巴佬，连命都没保住，有什么可骄傲的？

谢圆圆看着苏叶，不由得冷笑了一声："你以为你学苏叶的样子，就能一直拢住唐皓吗？别傻了，假的就是假的，你还能学一辈子吗？唐皓那边，也不过就是因为苏叶刚死，他一时接受不了，随便找个精神寄托而已。等他清醒过来，绝对无法容忍你这种假冒伪劣的代替品，到时恼羞成怒，你的下场只会更惨。"

苏叶下意识地摸了摸自己的脖子。

不得不说，谢圆圆对唐皓绝对是真爱了，对他的性格了解得一清二楚。

如果她不是苏叶本人重生，真的只是想学苏叶来引起唐皓的注意，那天晚上大概已经被他掐死了吧。

苏叶一时没有回话，谢圆圆只当她听进去了，便继续道："其实我也理解你现在的想法。在唐家生活了这么多年，让你再过回普通人的生活，谁都不会情愿。唐皓又这么好，舍不得也很正常。但是人的眼光要放远一点。唐皓冷漠无情的时候，你难道没见识过？你还这么年轻，长得又漂亮，拿着钱到哪里不能好好生活？何必守着一个心里永远有别的女人，随时可能会抛弃你的男人？”

苏叶以前还真是没有发现，原来谢圆圆这么能说会道。

她笑了笑：“那你呢？就算没有我，唐皓也不可能跟你在一起的，你又何必这么做？”

“我跟你又不一样。”谢圆圆微微扬起下巴，“我不介意他和苏叶的事，跟唐家又门第相当，他除非一辈子不结婚，不然我就会是最合适的人选。”

苏叶依然只是想笑。

曾经的谢圆圆，连在她面前表露一丝对唐皓的喜欢都不敢，一直到她死都深深地隐瞒着。现在却能当着她傲慢地直说她才是最合适和唐皓结婚的人。

她一面感慨着角色的变化，一面真的生出几分怒气来。

哪怕她如今十分信任唐皓，但这种自己的东西被人觊觎的感觉，实在让人愉快不起来。

苏叶压了压自己的情绪，才问：“谢小姐今天来找我，就是为了说这些？”

谢圆圆挑了挑眉：“不然我跟你还能有什么可说？”

“我只是有点奇怪，为什么会选择在这个时候？”苏叶问。

她和唐皓是私下有了会在一起的默契，但是因为唐霖不同意，眼下并没有公开，在外面也没什么超出“兄妹”的亲密。

谢圆圆这时候找上门来，实在太早了一点。

如果说是她自己因为唐皓对“唐夜弦”的态度看出来的，那又太晚了一点。

毕竟拍卖会那时，唐皓对苏叶明显就不一样了，可谢圆圆在那之后见苏叶，态度还是带着讨好拉拢的。

“怎么，以为你隐瞒得天衣无缝吗？”谢圆圆冷笑道，“有胆做出这种事来，还怕人知道吗？难道你还真想瞒着大家脚踏两条船？”

苏叶倒也不敢说天衣无缝，只是到现在为止，知道的人真不太多。但听到谢圆圆后半句，她不由得失笑：“网上那些乱七八糟的，你也信？”

谢圆圆哼了一声：“网上的话不可信，那许建安花了高价又从我这里把那对镯子买了回去说要送给你，也是假的吗？”

这个苏叶可真没想到，当时许建安把那对翡翠镯子拿出来拍卖，他们猜测他是为了试探云城各界人士的态度，但这时又买回来……是个什么操作？

真的只是想“物归原主”吗？

苏叶定了定神，才道：“所以，你和许建安又一次联手了？”

谢圆圆微微眯起眼：“‘又’是什么意思？”

“七年前，要不是你和许建安配合得当，苏叶又怎么会一点都没有怀疑地跟唐皓分手？”苏叶索性直接点了出来，一面打量着谢圆圆的神色，一面道，“他这次又是怎么跟你说的？连亡妻的遗物都能一而再地拿出来做文章，他的话你真的相信吗？”

谢圆圆脸色变换，却并没有辩解，只道：“但你没有否认你和唐皓的事，就证明他说的是真的。”

“那又怎么样呢？”苏叶道，“你想过没有？唐皓和许建安，现在已经可以算是势不两立，你站在许建安那边，跟他合作，就算能拆散我们，唐皓又会怎么看你？”

谢圆圆沉默下来。

苏叶趁热打铁：“倒不如把你们的计划说出来，好歹还算有份人情在。”

谢圆圆哼了一声：“你当我傻吗？”

苏叶也没想能这么简单就说服她，随意地摊了摊手：“那么，我想我们互相试探的环节已经完成了，其他也没什么可说的了。我还有点事要办，就不多留谢小姐了。”

她转头叫了朱婷：“替我送谢小姐出去。”

被自己根本看不起的“唐夜弦”下了逐客令，谢圆圆气得发抖，但朱婷已经到了她面前，伸手做了个“请”的姿势。

谢圆圆咬了咬牙，恨恨地看着苏叶：“倒是小看了你，但你不会得意太久的。”

苏叶只笑了笑，向外面伸了伸手。

大概因为是自己给女儿安排了娱乐圈的路，唐霖对娱乐圈的新闻都十分关注。

这次也是一早就知道了，但也可能是苏叶最近大大小小的风波就没断过，他也算是见多了，这回看到网上对苏叶的批判之词，倒没有像之前那么生气，封杀什么的更是嗤之以鼻。

“他们算什么东西？有什么资格来决定什么人才是合格的艺人？我家小弦那么努力还算劣迹？”唐老爷子一如既往地毫无原则挺女儿，“什么年代了，还想搞封杀那套？咱们自己投钱自己拍，想演就演，不高兴就不演，国内不让上映，就去国外，有本事他们把全世界影坛都封掉啊。”

就连苏叶也不得不说一声老爷子霸气。

真有唐家这样的支持，所谓的“封杀”也就是一句空话而已。

至于那些脚踏几条船的流言，唐霖甚至还有几分开心，他现在只想在自己咽气之前把“唐夜弦”安排好，最好是事业有成婚姻美满，多几个人追求还正好可以挑一挑。

他半是告诫半是玩笑地跟苏叶说：“许建安不行，孟修和沈弘行二选一的话，我还是希望沈家小子能做我女婿。”

唐皓的脸色就有点不太好，但老爷子对他误解挺深的，感情这种事，他又没办法证明，只能坐在一边生闷气。

苏叶看他一眼，跟老爷子撒娇道：“爸爸别这样，那些人乱讲的，我跟沈先生又不熟，上次连个饭都吃不下去，哪可能做你女婿？”

“有来有往才会熟起来嘛。而且，现在闹成这样，他也没有出来澄清啊，可见他心里还是有意的，怎么就不可能了？”唐霖不但没有放弃，还跟女儿面授机宜，“你看，上次他不是给你送了资料来吗？你不得找机会谢谢人家？最近你新片要上映，就正好请他去看啊。一起看个电影吃个饭，熟悉一下，互相了解一下，也没有坏处嘛。”

苏叶一时还真不知道要怎么反驳。

唐霖趁热打铁地一捶手：“就这么决定了，你要是不好意思的话，我来替你安排。”

甚至不是询问，而是直接就准备给沈弘行打电话。

苏叶连忙拉住他："爸，你这么心急，人家说不定真以为你女儿有什么不好的问题现在非要赖上他呢。"

唐霖的确很心急，但是想想女方这么上赶着，的确可能让人轻视，这才作罢，却还是道："那你自己看着办。沈家小子真是不错，要能拿下他，主动一点也没什么。"

苏叶应了一声。

见唐霖不再提这个，她才松了口气，又忍不住去看唐皓的脸色。

唐霖哼了一声："你看他做什么？做哥哥的，早先对妹妹不闻不问，现在还想干涉人家谈恋爱？"

唐皓无言以对。他到底为什么要在这里听他爹给他喜欢的女人拉郎配？

但……如果他走了，岂不是连他爹想安排些什么都不知道了？

唐总裁心里真是又纠结又矛盾。

如果是许建安之流还好，他总有办法说服他爹那人不是良配。

但偏偏是沈弘行……他真是搜肠刮肚也想不出哪里不好。

大概唯一的问题就是性格黏黏糊糊喜欢苏叶那么久都不敢开口说吧，但话又说回来，沈弘行要是当年就说了，后来大概也就没他什么事了。

到送了唐霖回房去休息，唐皓的脸色还是不太好。

苏叶坐在她的阳台上泡茶。

唐皓过去默默坐下，还是闷不作声。

苏叶倒水洗茶，瞟了他一眼，有点无奈："要我哄哄你吗？"

唐皓竟然点了点头："要。"

苏叶怔了一下，笑出声来："唐总裁，你几岁啊？幼不幼稚？"

唐皓长长吐了口浊气，向她伸出手："让我抱一下？"

苏叶没理他，缓缓倒了两杯茶。

唐皓也没坚持，收回手端了茶喝，一面叹道："我真不喜欢这样，就好像真是在搞什么见不得光的地下情一样。"

苏叶自己也喝了口茶："那你想办法说服爸爸啊。"

唐皓抬眼看着她，有点不满："你倒是好像事不关己。"

苏叶又笑了一声："我才十九岁，我不急。"

唐皓性格里固执的一面到底是像谁，他自己心里也是有数的。

老爷子真没那么容易说服，而他的身体状况又不好对着来。

苏叶却又道："老爷子的确是疼爱唐夜弦，是我这阵子闹出来的事情太多了，他才会放心不下。等安定下来，他确定我们能够过得好好的，也就不会这么在意了。"

"又不是你的错。"唐皓道。

最近事情的确很多，但也不是他们自己能控制的。

他也想安安稳稳的，可王思思的案子还没结，苏叶的车祸也没查明，许建安更是随时可能会爆的不安定因素。

苏叶跟他说了谢圆圆去试探她的事。

原本他们是觉得谣言和照片的事跟许建安关系不大，现在却又不能不重新考虑。

如果许建安真的对这事毫不知情，为什么会在这个时间去找谢圆圆？

如果他知情的话，那张可能会暴露同伙的照片……会不会是他有意放出来的？

他想做什么？

唐皓也不想被许建安牵着鼻子走，却无法不去多想。

"如果谢圆圆真的和许建安联手的话，说不定会从你那边去下功夫。"苏叶给唐皓添了茶，想了想，问，"你猜她会不会勾引你生米做成熟饭？"

唐皓皱眉看着她："你在想些什么？"

"好多小说和剧本都是这么写的嘛，她能找上门来威逼利诱劝说我离开，为什么不能用其他的桥段？虽然狗血恶俗，但有用就行啊。"苏叶反而越说越觉得有可能，"老爷子现在的情况又不是秘密，如果谢圆圆说怀了你的孩子，他肯定会很高兴能看到下一代啊。"

越是有钱人，反而越看重传承。

比如她父亲苏承海的一心求子，又比如杨梦琪母凭子贵就嫁进了郑家。

如果唐霖知道谢圆圆肚子里怀了自己的孙子，唐谢两家也算得上是门当户对，当然会极力促成这桩婚事吧？

而且，如果真的成了事，唐皓本人也不是个不肯负责的，退一万步讲，就算唐皓自己不认账，但以苏叶那个眼里揉不得沙子的性格，能受得了这种恶心吗？

简直分定了。

唐皓放了茶杯，直接伸手捂住了她的嘴，低低道："你再胡思乱想信不信我现在就跟你把生米做成熟饭？"

苏叶闭了嘴。

她其实不太介意。

毕竟是她爱着的男人，而且上辈子……该做的不该做的其实也都做过了。

但现在并不是什么好时机。

唐皓自己也明白。

他就是吓唬她一下。

可是，手掌下的皮肤光滑柔嫩，被捂住唇的少女春水般的眸子望向他，他甚至能感觉到她柔软温暖的嘴唇印在他手心的触感……唐皓的心跳还是骤然加快了几分。

他探过身去，移开了手，低头吻上了她的唇。

这是他确定这个身体里的人是苏叶之后，第二次吻她。

跟上一次那种盛怒中的失控不一样，这一次，真是情难自禁。

如春风细雨般旖旎，又像烈日火焰般炽热。

温柔缱绻，缠绵悱恻。

直到苏叶几乎不能呼吸，才听他在自己耳边轻声呢喃："放心，能勾引我的，只有你。"

第二天苏叶接到了许建安的电话，他果然提起了那对翡翠镯子，希望能跟苏叶见一面，亲手交还。

苏叶想了想，还是答应下来，带了保镖去见他。

约的地方还是上次的咖啡馆。

许建安早早到了，苏叶一进去他便起身迎过来，殷勤周到地引她入座，就好像他们之间又回到了从前什么也没发生过的时候。

苏叶却一点虚与委蛇的心思都没有。

“你在这个时候要见我，是想给网上的流言再加一把火，还是跟谢圆圆商量好了什么计划？”她直接问。

许建安沉默了一会儿，叹了口气，把手边的锦盒往苏叶这边推了推：“你心里既然已经有了误会，想必我解释再多，你也不会相信，就当我只是想把这个还给你吧。”

苏叶打开看了一眼，的确是她那对镯子，碧莹莹的，水润通透。但这时她已经很难讲自己还喜不喜欢。

东西当然是没错的，可是想到许建安拿它去做了副“伤心欲绝不忍睹物思人”的姿态，在谢圆圆手里转了一圈又回来，她心里就多少有点硌硬。

“那个时候……”许建安一直在打量着她的神色，这时多少也猜到几分，试探着道，“拍卖会的时候，我真没想到你会……毕竟这种事情……老实说，我现在有时候，都不敢相信。”

苏叶轻笑了一声：“不敢相信就敢给我打钱？还把这么贵重的镯子给我？如果我是假的，不就亏大了？”

许建安却没有回答，而是递给她一份名单：“这是酒会那天，有可能接近你车子的人。你不相信我，可以再找别人查。但是……”他瞟了一眼今天也紧跟在苏叶身边的曹进，没有往下说，但意思却已经表达得很明显了。

唐皓的人，最好也别信。

苏叶重生之初，其实也未必没有这个顾虑。她之所以去接近许嘉，也是想在自己的能力范围内找别的“专业人士”来调查这件事。毕竟她当初所有的消息都是来自唐皓。唐皓如果有心隐瞒或者造假，她根本无从分辨。

但自从她放开心结决定相信他，这种挑拨就只能让她觉得可笑。

苏叶接过那份名单看了看，不少都是她熟悉的名字，参与当日庆功会的公司员工，合作方的人，连许建安自己也在其中。她不由得挑了一下眉，抬眼看向他。

“你既然不相信我，那我当然也是有嫌疑的，甚至是嫌疑最大的那个。毕竟你去世的话，我才是最大的受益人。”许建安坦然道，“但后面有我当天的日程表，你可以找人核实。而且，如果真的是我动的手，不会选制造车祸的方式。你又不是新手司机，对自己的车那么熟悉，有一点点不对都可能会觉察。如果你提前停下，如果出事的时候不在山道上，如果车体没有爆炸……任何一点差池，你都可能会获救。风险太大了。”

苏叶不得不承认，他说得很有道理。

许建安那么了解她，完全有更安全合理的方式让她死得无声无息。

就像苏承海。

到现在为止，根本没有人觉得苏承海的死有什么不正常。

哪怕是她，也只是因为王思思的死而有所猜测，一点实证都没有。

许建安垂下眼来，表情悲憾：“所以，我之前……真的以为只是意外，也没有去追究，现在再来调查……老实说我也不觉得能有多大的收获，这么长时间，足够收拾好证据编造好谎言了。”

苏叶再次看向那份名单，还没说什么，许建安自己又接着说道：“但你回来了，你说当天的车祸有问题，那就肯定有问题，无论如何，我一定会追查到底的。”

这事最大的嫌疑人竟然这么坚决地说要追查到底，苏叶一时还真是有点不知道要说什么才好，半晌才道：“那还真是谢谢你啊。”

许建安也没理会她语气中的讽刺，道：“如果有新的消息，我会再告诉你。”说完竟然就起身告辞走了。

他走得这样干净利落，真是让苏叶感到意外。看着他走出去的背影，她眨了眨眼，半晌没回过神来，好一会儿才喃喃道：“他这又是玩哪出呢？真的就是因为给我送镯子吗？”

她身边这时只有曹进。

高大的保镖一如既往地保持着沉默。

苏叶也没指望他能回答，自己又坐了一会儿，喝完了那杯咖啡，才突然想到，被许建安这么一搅，她根本没能问出他和谢圆圆的合谋到底是什么。

苏叶咧了咧嘴。

她上辈子死得真是一点也不冤。

苏叶把翡翠镯子带回去的时候，并没有瞒着唐家其他人。

唐家父子的脸色都不太好。

唐霖哼了声："拿着前妻的嫁妆来讨好别的女人，这个许建安可真不是个东西。苏承海精明一世，没想到挑来挑去，就找了这么个女婿，真是眼瞎。"

虽然说人死为大，他平常也不怎么说苏家的坏话，但是对当年苏叶和唐皓分手，苏家做的那些事，他也不是没有怨气的，这时甚至很少见地对女儿露出了不满："你就该当着他的面直接砸了，还带回来做什么？"

且不说这个镯子对苏叶来说，的确有纪念意义，就算没有，上次拍卖会可是卖出了好几千万呢，说砸就砸？

怪不得她父亲那一辈，论起纨绔来，都得把唐霖排第一。

"就是。"唐皑附和着父亲，瞪着苏叶，"唐家又没亏待过你，是没见过好东西还是怎么的？眼皮子怎么这么浅？丢人现眼！"

就算在外面会顺手帮她一把，但唐皑对"唐夜弦"的观感还是很复杂，一直以来的成见，她和大哥的关系的尴尬，还有一些差点害死她的愧疚，因而就算回来，也都是尽量挑苏叶不在的时候。

今天算是凑巧碰上了，结果就看她带了那对镯子回来。

如果说他对唐夜弦还只是嫌弃厌恶，那对许建安可算是恨之入骨了。

毕竟对他而言，苏叶当年背弃了他哥，许建安就是头号帮凶，何况后来苏叶还嫁给了许建安。

唐皑早先就因为许建安的事警告"唐夜弦"多次，现在她已经要和大哥在一起，竟然还跟那姓许的纠缠不清，是打算让历史重演一次吗？

唐二少当然就更加不满了。

但是听到他骂苏叶，唐老爷子就不依了，当场就一眼瞪过去："臭小子你说什么呢？你妹妹又没偷又没抢，收个礼物怎么就丢人了？"

唐皑无语了。好吧，他闭嘴行了吧？

唐霖却还不解气，抓着他又训了一顿。

老爷子心里不太舒坦，又舍不得多训女儿，小儿子就成了现成的出气筒。

唐皑自己也明白，但又能怎么办？只能乖乖听着尽量让父亲别那么激动。

他甚至不敢瞪苏叶，只能半求助半埋怨地看向大哥。

但唐皓这时根本接收不到弟弟的求救信号，他只阴沉着脸，一言不发地看着那对装在锦盒里的翡翠镯子。

早先他自己曾经跟苏叶说，许建安送什么来，她只管收着，但真的看着她把这份“嫁妆”带了回来，心里却根本没办法像说的那么平静。

苏叶也挺无奈的，她是想着许建安那种走一步想十步的人，说不定还要拿这镯子做什么文章，与其到时不好解释，倒不是直接拿出来过了明路。

早知道大家反应这么大，她就该掩饰一下的。

这时，她也只能乖巧地认错，哄着老爷子先消了气。

而唐皓一直都没有开口，苏叶心头也不由得有点忐忑，等到两人独处时，就主动把今天和许建安见面时所有的细节都跟他说了一遍。

苏叶轻轻叹了口气：“我其实……也就是觉得……算起来，我父亲真正留给我的东西，其实也不多。”

苏承海对她当然一直都很好，物质上从来也没有亏过她。她的吃穿用度，一直都是最好的。

但要真正说从她的喜好出发送给她的礼物……真是寥寥无几。

这对镯子就算是用心给她置办的了。

“不，我并不是怪你收下这个，只是……”唐皓也叹了口气，又瞟了那对镯子一眼，“你如果真想要，当时在拍卖会上，怎么不跟我说？”

还是那句话，他又不是买不起。

但她当时一脸无所谓，现在却从别的男人手里拿回来，他的心情又怎么可能好？

“当时……”苏叶抿了抿唇，“我不确定你到底是因为什么才想买它。”

唐皓就沉默下来。

那时苏叶还不知道他已经确认了她是苏叶，作为“唐夜弦”，他一边追求她，一边又去买初恋女友的遗物……感觉是挺堵心的。

这时重新说起这话，苏叶不由得又问：“如果……孟修才是对的，我其实根本不是什么改变身份，只是精神出了问题，说不定哪天，莫名其妙又变回了唐夜弦，到时你会怎么做？”

唐皓从根本上就拒绝思考这个问题。

但苏叶声音温和，目光平静，显然是认真的。

他便也只能认真起来。

他真不想发生那种可能，但是……他之前其实也是根本不信借尸还魂这回事的，却被各种事实啪啪打脸。

可这种怪力乱神的事，本来就超出普通的常识范围，就算他再不想承认，也的确有苏叶说的这种可能。

唐夜弦能变成苏叶，苏叶为什么不能再变回唐夜弦？

唐皓又沉默良久，才握了她的手，低低道：“我一定会娶你，就是现在这个你。你是我这辈子唯一认定的妻子。万一……就算有那个万一，你再变回唐夜弦，大不了再离婚，给她足够的补偿就是了。”

苏叶一时没有接话。

唐皓这样坦白实诚，让她的心情有点复杂。

唐夜弦那个傻姑娘……莫名其妙地被卷进唐家的阴谋，又苦恋不得，倍受煎熬。如果她还能回来，发现自己莫名其妙地退了婚，又结了婚，还离了婚……这对她好像太不公平了一点。

但另一方面，她心底某个地方又隐隐有几分窃喜。

面前这个男人，高大英俊，眉眼温柔，手心里却似乎有一团炽热的火焰。

他是她的。

一直都是。

第十四章

视频曝光

随着时间的推移和人为干预，“污点艺人”管制也不是一两天就能真有什么具体条例出台的，网上又不时有新的热点消息冒出来，有关“唐夜弦”的事，慢慢也就淡了。

但就在这时，夏千蕾匆匆找到苏叶，给她看了个视频。

名字叫《震惊！唐家假公主鸠占鹊巢的秘密》。

虽然是恶俗的震惊体标题，但点进去之后，苏叶还真是挺吃惊的。

那竟然就是之前杜怀璋给她的视频。

从两个少女吵架开始到最后两人落水却只有唐夜弦获救为止。

夏千蕾十分焦急：“已经安排人删帖了，但估计效果不大，毕竟这个……”她没往下说，但苏叶也明白，这跟之前那些小打小闹的绯闻可不一样。

不但涉及人命，又是豪门隐私，而且，之前唐家公开唐夜弦身份的时候，可是说明她只是不知情的受害人。

照这个视频来看，她怎么可能不知情？

就是说，要么是唐夜弦欺骗了唐家，要么就是唐家欺骗了大众。

这事没办法澄清的话，不单是她，唐皓、唐家、安盛都要受影响。

商场如战场，苏家有对头，唐家当然也有，他们这边想办法删，自然会有其他人想添把火。

不要说骨肉血缘，单只为了安盛，唐家为了平息这场风波，大概也得放弃唐夜弦吧。

毕竟……之前王思思案时，苏叶不过是“有嫌疑”，苏氏就出了声明撇清。

苏叶轻轻叹了一口气。

原来之前那一系列小动作，真的只是铺垫而已，这才是真正的撒手锏。

夏千蕾见苏叶一直没说话，又安抚道：“你也不用太担心，这种东西画质又差，声音都听不清，做得太假了，我们会有办法辟谣的。”

但苏叶自己再清楚不过，这个视频的确是真的，一点都没改。

这大概也是公布它的人最聪明的一点，只靠本来的内容已经有足够的话题性了，根本不需要画蛇添足。

有之前的铺垫，大家都会对唐夜弦的人品有所怀疑，对视频里这种“意外”直接就会用最大的恶意去揣测，已经有很多人骂她是杀人凶手谋财害命了。

苏叶有点想笑。

现在不论是“苏叶”还是“唐夜弦”，两个她都变成了杀人凶手。

唐皓的电话跟着就打过来，交代苏叶少安毋躁，这事唐家会专门开一个记者会来解释，她私下最好不要出面说什么。

他交代完，顿了一下，又道：“那个视频，你给我之后，我只给老爷子看过，不可能是从我这里流出去的……你自己也不可能，那就只可能是当初U盘掉在医院的时候，有人复制了。他们的确慌了，现在做得越多，露出来的马脚就越多。我想，我们就快要抓到他了。”

他指的是之前苏叶说许建安在玉和医院的同伙。

这件事，原本完全只是苏叶的猜测，唯一的证据就是那张照片。但正如许嘉所说，一张照片而已，说服力的确不大，拍下它的可能是当时在场的护士，也可能只是路过的人，毕竟病房外的走廊并不是什么私密场所，谁都可以去。

唐皓倒是想办法查了当天的监控录像。

走廊上的摄像头的确有拍到他们，只是从监控上来看，当时周围的人并没有什么人有明显的拍照动作，可见这个人要么是很小心动作隐秘，要么就是在监控的死角，或者是远距离拍摄。

想要找出是谁很难。

警方之前已经调查了王思思同科室的护士和跟她有接触的人，在案发当天基本都有不在场证明。但既然苏叶提出了这一点，唐皓索性直接把调查范围扩大到了玉和医院所有的医护人员。

这就变成了一个巨大的工程。

一时半会儿也没有什么新发现。

现在多了视频的事，范围又可以再缩小一点，毕竟那个 U 盘在苏叶当时换下的衣服里，能接触到的人是可以查到的。

苏叶点头应了声，又道："不过，我自己倒是又觉得有点奇怪。对方在这个时候放出这个视频，目的无非还是跟上次的照片一样，想挑拨我和唐家的关系。就算你能忍受我和别的男人关系亲密，唐家总不可能容忍害死真正唐家血脉的凶手。如果这个人真的和许建安有关系的话，上次寄了照片没看到效果，难道就没有跟他商量过吗？许建安知道我是谁，知道这些手段在你我之间不会有太大作用，为什么还会再来一次？"

唐皓问："那你有什么别的想法？"

苏叶道："不要忘了，这个视频其实不只是我们有。"

唐皓在电话那端沉默下来。

——杜怀璋。

他当时跟苏叶说只有这一份，但谁知道他是不是真的没留后手？

视频公布出来，杜怀璋的形象还洗白了几分。

毕竟他是第一时间跳下河去救人的，救了唐夜弦之后，也并没有放弃继续寻找另一个少女。

对不知内情的人来说，他当时身负唐家重托，碰上这种意外，唐霖还在医院病危等着女儿回家"冲喜"，一时情急，做出这种假身份鱼目混珠的事来，似乎也不是不能理解。

而除此之外，杜怀璋那些年的表面功夫做得极好，人人都觉得他配唐夜弦是委屈了他。但之前唐家却把所有的罪名都推在杜怀璋身上，总会有人为他打抱不平。

如果杜怀璋要借此翻案……

“应该不会。”唐皓想了想道，“他的罪名不止这一项，网民的同情不会影响判决。而且，时机也不对，现在公开视频对他的好处并不大。他犯不着只为这个就把我得罪死。”

杜怀璋有野心，但也识时务。

唐皓没想要他的命，他就也不会把事做绝，他又不会想在牢里待一辈子。

“不过我会留意他那边的。”唐皓又补充。

视频公开之后，很快就被转发了无数次，广大网友在“吃瓜”之余，也有人热心地一帧帧分析了视频的真伪。

唐夜弦的长相张扬美艳，非常有辨识度，在几年前的少女时期已经很明显了，视频里的马尾女孩一看就知道是她本人不会错。

而另一个女孩也被人单独截图出来对比，哪怕视频的清晰度不高，也能看得出来，的确和唐家人有几分相似。

虽然落水的事到底是阴谋还是意外现在也说不清楚，但要说假冒唐家的私生女，唐夜弦绝对说不上无辜。

不但微博之类的公开账号被各种质疑与漫骂淹没，就连苏叶的私人电话，也几乎要被打爆了。

唐家大宅安保严密没人能进来，但是大门外却挤满了各种狗仔记者自媒体。

苏叶被堵在家里。

好在她最近也没有什么必须要亲自去做的事，没有片约，没有通告，公司的事也可以让夏千蕾先盯着。

但既然唐皓要她不要着急，苏叶也就不怎么担心。

毕竟那个视频她是第一时间和唐皓一起看的，之后唐霖也看过了，当时既然没有跟她计较，这时也就不会再翻旧账。

唯一要顾虑的就是怎么解释之前唐家申明“唐夜弦是不知情的受害者”。

但如果她就一口咬定的确不知道，其实也是可以的。毕竟视频里两名少女吵架时拍摄者离得太远，根本没有录到确切的声音。

唐夜弦脾气暴躁现在算是已经公认的了，而且视频里又是另一个少女先动的手，要说她们是为了别的事情起了争执，也不是说不过去。

只看唐皓想怎么解释了。

不过他既然说了交给他，苏叶就安心地待在家里，泡茶看书陪老爷子。

唐霖自己心理承受能力其实不算太好，对她这一点倒是十分赞赏。

“就该这样，多大点事呢？我唐家的女儿就应该有这份泰山崩于前而面不改色的镇定。”

苏叶的性格的确比唐夜弦本人要冷静得多，毕竟是从小作为家族继承人培养的。但这件事，却是因为早就有了心理准备。毕竟从刚看到视频那时，她和唐皓就讨论过，杜怀璋保留着这个视频，对唐夜弦，对唐家，最大的危险是什么。

现在并没有超出他们的预计。

事实上，在苏叶最开始选择坦白——甚至是从“唐夜弦”变成“苏叶”之后——这个视频的威胁力就已经不值一提了。

这也是苏叶确定这事跟许建安没有关系的原因。

比起从没见过面的私生妹妹，唐皓当然会选择保苏叶。而安盛现在已经是他乾纲独断，他都能让法务部为了网上的几个谣言连发几个月的律师函替苏叶出气，再多开个记者会解释一下又算什么？

唐皓上次告诉唐霖的时候，已经做足了准备，当时唐霖都没有太激动，这时就更不用说了。还是那句话，比起从没见过，甚至根本都不记得的私生女，老爷子也更在乎这几年一直陪着他的唐夜弦。

整个唐家，反应最大的人反而是唐皑。

唐二少破天荒主动找到了苏叶，气势汹汹地问：“那个视频是不是真的？”

苏叶眨了眨眼，坦然道：“应该是吧，但我不记得以前的事了。”

“你……”

唐皑上前一步，像是想要动手，但手伸到半路，又生生停住了。

拳头紧握，骨节突出，连青筋都历历分明，可见心中盛怒。

他还是深吸了一口气，强制自己站在原地，咬着牙道：“不是唐家女儿的事，杜怀璋的事，还暗中勾引大哥……你做过这么多卑鄙无耻忘恩负义的事，现在轻飘飘的一句不记得就想翻过去吗？”

苏叶其实很理解他这时的愤怒。

他完全有理由生气。

知道唐夜弦是假的，亲手抓到她偷了文件发给杜怀璋，本来就已经够让他生气的了。却因为知道自己破坏了大哥的安排，也间接导致她被杜怀璋关起来差点饿死，唐皑心里又多了几分愧疚，所以之前才肯在外人面前维护她。

他不知用了多久，才说服自己，既然是大哥喜欢的人，必然有值得大哥喜欢的地方，大哥愿意护着她，他肯不肯接受都没办法，最多就是以后都不接触罢了。

结果呢？

她竟然还害死了真正的唐家女儿！

这个女人，竟然还有脸继续待在唐家，竟然还有脸跟他说“不记得了”！

看着双眼都快要冒火的唐皑，苏叶轻轻叹了口气：“我很抱歉，但当年的事，我的确是想不起来，所以现在也没有办法给你更多的解释。如果你觉得我做点什么可以弥补的话，我绝不会推辞。”

弥补？

那是一条人命，做什么都弥补不了！

她这话看似坦诚，其实根本就是无赖！

就是看准他没办法把她怎么样。

唐皑心中怒焰翻腾，反而沉默下来。

他的确不能把她怎么样。

这么多乱七八糟的事，但要说真的定她的罪……就连最新这个视频，也没办法当成证据。

把她赶出唐家吗？他已经做过一回了，结果还不是又被大哥接回来。

而且，这次的事，他觉得大哥也并不在意。不但大哥，连父亲也不在意。

他们就好像早就知道这事，全家人就只有他被蒙在鼓里……

唐皑突然一顿，就有点意兴阑珊。

大家都不在意，他较什么劲呢？

但是……

唐皑叹了口气："我的确不能把你怎么样，你该弥补的也不是我。只是……午夜梦回，想起……"他甚至不知道视频里另一个女孩叫什么，只能笼统地说，"想起那个人那张脸，你的良心不会痛吗？你在唐家，一衣一食，真的就用得这么心安理得吗？"

苏叶真没想到唐皑会说出这样的话来，不由得愣了愣。

她想，唐夜弦大概的确一直都在良心不安，所以才会一直被杜怀璋胁迫，甚至自己走上那条绝路。

至于她……

她用了这个身体，一时内疚是有的，说想弥补也是认真的，但是……她自己的死都没搞清楚呢，眼下谁还顾得了那么多？

唐皑没了找"唐夜弦"算账的冲动，跟她也没什么可多说的，丢下那句话，便转身要走。

"等等。"

苏叶叫住他。

唐皑停下来，但并没有回头。

苏叶道："谢谢你。"

唐皑这才皱起眉，回头看了她一眼。

苏叶轻轻笑了笑："二少爷你真是个好人。"

唐皑就多余停下来听她这句。

苏叶目送着暴脾气的二少爷踢踢打打走出去，忍不住又笑了笑。

她说那句是认真的。

虽然如果回来的是另外那名少女，唐皑跟她也不一定能相处愉快，但这事爆出来之后，唐皓会维护苏叶，唐霖不在意，别有用心的人在拿这事作为武器攻击"唐夜弦"攻击唐家，全世界的网友都在"吃瓜"看戏，只有唐皑，会真正为那个沉在水底的少女生一回气。

来问苏叶视频真假的人远不止唐皑一个。

许嘉也打了电话来。

苏叶还是那句话，视频是真，但她不记得前事。

她已经告诉了许嘉她是苏叶，甚至说得更直白一些。她对唐夜弦的记忆，一无所知。

“那你怎么知道这个视频是真的？”许嘉问。

苏叶就把视频的来路又跟他讲了一下。

“啧。”许嘉咂了一下嘴，“你们家这些事……”

苏家也好，唐家也好，都不甚清静。

但有什么办法？苏叶也很无奈啊。

许嘉又问：“从商业角度来说，这个视频会对唐家安盛集团有什么多大的影响吗？”

“不会。”苏叶很确定地回答。

安盛现在主要的方向是房地产，另外还有 IT 和新能源项目。

一个有关前总裁的私生女的视频，对安盛唯一的影响，就是让人质疑当初唐家在唐夜弦的“无辜”上，到底有没有说谎。

现在对手们的攻击方向也正是这一点。

在这种事上说谎的唐家，诚信是不是有问题？

放着亲生女儿不管的唐家，是不是太过凉薄？

但唐皓要是真连这个都解决不了，唐家当年就不可能再站起来。

而在外面被叫“唐阎王”的唐皓，又怎么会在乎这点凉薄的名声？

“就是说，这事说到底还是针对你。”许嘉沉吟着道，“而且这个人必然不知你真正的身份，也不知道你在唐家真正的分量。让唐家厌弃你的话，到底对谁有好处呢？”

他果然是一贯先从受益人开始推断。

苏叶就顺着他的意思道：“表面上看起来，应该是嫉妒我的人吧。”

就比如夏千蕾之前查到的陆海薇和杨梦琪，觉得“唐夜弦”挡了她们的路，又或者不甘心她“不学无术”却偏偏因为有唐家做靠山就混得风生水起，想必都致力于证明没了唐家，她什么都不是。

“不过，我觉得这事的重点，还是在于那个视频的来源。”苏叶补充，“如果你说上次我给你看那张照片是谁无意中、凑巧、刚好拍到，但要从我遗留在医院的衣服里拿走U盘，拷出文件，再还回去放好，绝不可能是什么人临时起意。”

许嘉对这一点表示赞同。

玉和医院又不是什么野鸡诊所，甚至可以算是云城最好的医院，能在VIP病房的病人都是非富即贵，医护人员当然也是精心挑选专门培训过，至少表面上的服务态度和专业素养都是极好的，怎么可能有乱翻病人东西这种事？

何况U盘那么小，放在衣袋里，又不是什么贵重物品，基本不可能有什么临时看到好奇就拿走的情况，会拿的人肯定是早就动机不纯，就是冲着里面的文件去的。

如果现在网上发布的那个视频真的是来自那个杜怀璋交给苏叶的U盘，那么玉和医院的确是有人一直在盯着她，上次的照片不是巧合，这次也不是。

“但还是没有什么证据可以认定那个人是许建安的同伙。”许嘉道，“这事对许嘉安根本没有好处。”

听许嘉这么说，苏叶突然又想起一个原本已经被她打消的念头。

“假如……”她缓缓道，“许建安……真的有一个我们都不知道的青梅竹马的女朋友……现在正好在玉和医院工作……”

他在老家掩饰的事情，苏承海病情突然恶化的事，王思思的案子，最近的照片和视频……就都能解释了。

许建安和他的小青梅合谋，夺了苏氏家产，下一步大概本来应该和小青梅结婚的，结果他却发现了苏叶变成了唐夜弦回来了，于是转头向“唐夜弦”献殷勤，还把苏叶的旧物都送给了她，小青梅难道不气？

为情所困妒火中烧的女人会做点什么？

为了打压情敌，无所不用其极也不是什么奇怪的事。

但从出了杜怀璋的事，苏叶就被唐皓保护得很好，所以搞臭她的名声，再让唐家厌弃她。没有唐家的支持，一个“污迹艺人”，一个不学无术脾气暴躁的孤女，还拿什么跟她争？

“证据呢？”许嘉还是问。

苏叶拿不出来。

警方之前调查过许建安的行踪，唐皓那边应该也有派人盯着他，但是并没有发现他和什么女人私下接触，要说最亲密……大概就是“唐夜弦”了。

苏叶有点无奈，索性放飞了思想胡乱道：“也许我们注意的方向错了，他这同谋说不定是男的呢？”

许嘉却很正经地回答：“那最可疑的就是沈弘行了。”

这么一想的话，许建安去见沈弘行的话，的确没有人会起疑。苏、沈两家世交，苏家父女又都是沈弘行的病人，许建安作为家属去见见医生，或者就是自己不舒服去看个病，不是再正常不过吗？

如果是沈弘行的话，苏承海也好，王思思也好，他的确有大把机会动手。

她之前去取衣服的时候，护士也的确说过沈医生本来要亲自通知她，可见是经过手的。

苏叶越想越觉得可怕，甚至连后背都渗出冷汗来。

许嘉在电话那边听她半晌没动静，喷笑起来：“你还真认真在想啊？别傻了，我开玩笑呢，如果真是沈弘行，你早就又死了。”

的确。如果是沈弘行，要向她动手也有大把机会，根本犯不着这么迂回。

但苏叶一时间还是手脚发凉，缓不过来。

许嘉又道：“跟沈弘行青梅竹马的人是你，不是许建安。你们一起长大的，你还不知道他是什么人吗？”

苏叶又沉默了一会儿，才轻轻道：“我不知道。我之前，大概真的是个又蠢又瞎的白痴吧。我不了解自己的父亲，不了解自己的丈夫……现在也真没有自信说我了解沈弘行。”

比起以前的熟人，她现在反而更相信许嘉这种以前完全陌生的人。

大概就是越不带感情，越加客观吧。

许嘉也静了一会儿，然后问：“那唐皓呢？你信他吗？”

苏叶再次沉默下来。

其实，她跟唐皓说，等着他爱上现在的她，也同样适用于她自己。

她也在一点点了解这个七年后的唐皓。

靠近他，接受他。

再一次爱上他。

“相信的。”苏叶回答许嘉。

声音很轻，却明快而笃定。

孟修的电话来得稍晚一点，他那边电影到了收尾的时候，最近忙得根本没办法分心。

确定苏叶没事之后，他也没有多聊，只道：“我再有两三天就杀青了，到时我去看你，我们见面再说。”

沈弘行倒是直接来了一趟唐家。

唐霖对他在这个时候还能跑来看苏叶，表示十分欣慰，寒暄了几句就主动避开，让年轻人说自己的话。

但他一走，只剩沈弘行和苏叶，场面反而有点尴尬。

大眼瞪小眼地安静了好一会儿，沈弘行才轻咳了一声，道：“上次是我没考虑你的心情，我只是……”他顿了一下，也没有多解释什么，只说了句“抱歉”。

苏叶应了一声。

她这时其实也挺矛盾的。

上次不欢而散，一方面固然是因为她不想在这个时候多生枝节，另一方面，也是因为真的没办法接受原本当成兄长一样的朋友，突然间想跟她谈恋爱。

但真的要说就此不相往来……她又觉得有点遗憾，毕竟二十多年的交情呢。

虽然之前跟许嘉说不知道是不是真的了解沈弘行，可是到底也是一起长大的，点点滴滴，那么多事，根本没可能说绝交就能抹得干干净净。

沈弘行又道：“那个视频我也看了，你不用太担心，那就是意外吧，而且又……”

他再一次停下来。

面前的人是苏叶，那视频上的事就跟她没有关系。但她的身体，又的确是唐夜弦，也不可能完全不管唐夜弦的旧事。

这就很矛盾，沈弘行一时也不知道应该要怎么安慰她。

“我没事的。谢谢。”苏叶这时倒露了个笑容。

她是有点心理阴影信任缺失，但面对面坐着的人，是不是真的关心她，倒也不是看不出来。

沈弘行心头却有点发涩。

认真说起来，其实以前苏叶对他也不是特别热情亲近，结婚之后更是刻意保持着距离。她就是那么冷静沉稳的人，一辈子那点火热冲动，大概只给了赛车和唐皓。

但他们一起长大，本来也不在乎那些表面功夫。

可是这时听她这样礼貌地淡淡道谢，到底还是觉得生分了。

沈弘行一时甚至不知道还能跟她说什么，却又舍不得就这么回去。

他就静静坐在那里看着她。

面前的少女带着很明显的混血特征，轮廓分明，白肤绿眸，明艳无双。跟他记忆里刻骨铭心的那张脸真是完全不一样。

这感觉就非常微妙了。

他到现在还觉得这事怎么想都不真实，偏偏又摆在眼前无法否认。

“对了，你看这个。”

沈弘行回过神来，苏叶正拿着自己的手机翻着照片，然后递到他面前。

一张看起来像是翻拍的照片，上面是“唐夜弦”和他自己，背景是医院的走廊。

“唐夜弦”手腕上的纱布让他想起这是什么时候，他那天……大概也是走了一下神，主要是因为“唐夜弦”一直盯着那个病房，让他想起了苏承海和苏叶。

那个时候，她就已经是苏叶了吧。

只可惜当时他根本一无所知，不然的话……

沈弘行心里这个念头只一闪而过，自己就掐住了。他其实自己心里也明白，就算他早几个月知道，结果和现在大概也不会有什么不一样。

暗自叹了口气，沈弘行把精神集中到苏叶手机里的那张照片上来。

他当时心不在焉，看起来没有平常冷漠，苏叶自己只怕也是触景生情在回忆旧事，所以这张照片上两人看起来倒是真像有几分和谐融洽。

沈弘行问：“怎么会有这样的照片？”

照片的角度看起来像是偷拍，上面的“唐夜弦”看起来也似乎毫无察觉的样子。

苏叶摇摇头：“不知道是谁，寄给了唐皓。”

沈弘行一怔，皱起眉来。

他知道医院的小护士们甚至还有一些病人会偷拍他，他平常也没当回事，但这样的照片，还寄给了唐皓，可见居心叵测了。

“他为难你了吗？”沈弘行稍带急切地道，“要不要我去跟他解释？”

苏叶再次摇摇头：“他没那么小家子气。我给你看这个，只是想问一下，你记不记得当初……可能会拍下这张照片的人？”

沈弘行看着照片，仔细想了想，也摇了摇头。

科室的护士他虽然都认识，但过了这么久，那天他也真是没有注意。

苏叶自己其实也有心理准备，毕竟监控都没有发现这个拍照的人。

“那……我后来被杜怀璋关起来住院那次，可能接触到我换下来的衣服的人，你能想起来吗？”她又问。

沈弘行又皱了眉：“跟那个又有什么关系？”

“我怀疑现在网上关于唐夜弦小时候落水那个视频，就是这个人放出去的。”苏叶把U盘的事跟他说了一下。

“怪我。”沈弘行叹了口气，“我早该把东西收好的。”

苏叶笑着摆了摆手：“当时兵荒马乱的，谁还顾得上那些？我本来都以为丢了，能找回来已经是你们医院的人细心了。”

她当时都快死了，抢救时谁还顾得上这些身外物？

她没有交代，U盘又那么小，唐皓当时没有嫌晦气直接把换下来的衣服全扔掉就已经算不错了。

那样的话，到爆出来这天，他们绝不可能像现在这样平静。

即便唐皓知道她是苏叶，唐老爷子这关也没那么好过。毕竟自己做足了准备说出来和仓促被人猛然掀开是完全不一样的。

如果再让老爷子发个病什么，本来就是鸠占鹊巢的“唐夜弦”，不要说留在唐家，只怕想留在云城都不可能。

沈弘行也是很快就想通其中关窍，依然双眉紧锁：“为什么会有人做这种事？又是照片，又是视频，是想离间你和唐皓，把你从唐家赶出去吗？那对谁……”

他又一次自己停下来。

按这个逻辑，首先有好处的，大概就是他了。

苏叶离开唐家，也不可能回苏家，他不就正好可以乘虚而入？

而且照片也好，视频也好，流出的来源，可能都是玉和医院。

那是他的地方。

沈弘行脸色沉重起来，他有点艰难地看向苏叶：“你特意给我看这个，是在试探我吗？”

苏叶摇摇头：“我知道不是你。你知道我是谁，知道我对唐皓的感情，也就知道这些事我不会隐瞒他，这种挑拨根本没有意义。”

沈弘行心头再次涌起苦涩。

是的，多年前他就知道，最近又再确认了一次。

“这个人，知道我和唐皓关系亲密，但不知道我是苏叶。TA 可能是玉和医院的员工，至少是可以自由出入的，拍了我们的照片，偷拷了我 U 盘里的视频。可能还跟王思思有关系，也就可能还涉及我父亲的事。”苏叶一条条细数，然后道，“我怀疑 TA 是许建安的同伙。”

沈弘行道：“你还是怀疑许建安？”

苏叶并没有直接回答，静了一会儿才道：“我其实有一点一直不太明白，许建安为什么要提醒你我的事？对他有什么好处？只是试探和确认吗？”

沈弘行也安静了很久，末了道：“你有没有想过更简单的理由？”

苏叶抬眼看着他。

沈弘行露出一抹苦笑：“我这个人啊，有时候的确缺乏勇气，怕往前一步，就可能连朋友也做不了，所以一直在退。但是，也不是什么人都能让我退那一步的。”

他微微闭了一下眼，声音低下去，缓慢而艰涩。

“许建安他真的……至少在当年，是真的爱你。”

苏叶怔在那里，如遭雷击。

许建安爱她吗？

苏叶以前也觉得是爱的。

所以，她或许没有爱上许建安，但也有给予他相应的信赖，夫妻之间关系一直都还算融洽，在重生之初，她第一个念头也是回去找他。

但在自己的葬礼上见过许建安的另一面，她又有点动摇。

然后就是许建安三番几次的试探，有关苏家的旧事一点点翻出来……直到王思思的死，苏叶被怀疑是凶手。

苏叶整个的人生都几乎要被颠覆。

许建安爱她吗？

一个人怎么会对自己爱的人做出这些事？

一个爱她的人怎么会允许发生这种事？

结果现在沈弘行说，许建安是爱她的。

苏叶震惊之余，又有点好笑，最后就只剩一丝悲凉。

爱情也好，什么也好，最终都敌不过眼前的利益。

之后接到许建安的电话时，她的情绪都没调整过来。

听到他的声音，她就忍不住冷笑了一声。

“小叶？”许建安问，“你没事吧？”

苏叶反问：“你觉得我会有什么事？”

许建安静了一会儿才道：“网上那个视频的事，你们打算怎么处理？”

苏叶依然毫不客气地道：“那关你什么事呢？”

许建安叹了口气，轻轻道：“别这样，我只是想帮忙。”

苏叶就闭了嘴。

许建安又问:“你……和唐夜弦……现在到底算是什么状态？这些旧事……除了你自己，还有谁知道？”

一副十分关心，真心为苏叶打算的样子。

就像他之前在她身边那么多年，事事为她着想，体贴周到，就连沈弘行也因此宁愿退那一步。

可是啊……

苏叶轻笑了一声：“我最近这么多事，许先生真的一无所知吗？一边让我陷入污名泥淖，一边挑唆谢圆圆趁机生事，这样双管齐下，不正是许先生喜欢的布置吗？”

许建安再次沉默下来。

“你真是……其实一直都没变啊，喜欢的就天好地好，不喜欢的，为你做再多，你也连看都不会多看一眼。”他过了很久，才苦笑着说，“这么多年，你真的了解过我吗？唐皓惦记你那么多年，失而复得，他怎么可能会为这么点挑拨就放弃你？我为什么要做这种多余的事？至于谢圆圆，我只是去买回了镯子，绝对没有暗示或者挑唆。”

没有挑唆？苏叶不太相信，事实上，他挑这个时候去买镯子，本身就很耐人寻味了。

但放出视频一事，倒可能真的和他没什么关系，他的确不会做这种徒劳无功还会暴露自己的事。

苏叶皱了一下眉，索性直接道：“哦？许先生真不知道？不如先问问你那位合作伙伴？”

许建安道：“什么合作伙伴？”

“对方偷我的 U 盘时，大概并不知道，从王思思的案子之后，玉和医院悄悄加装了不少隐形监控吧？”

“什么 U 盘？跟王思思又有什么关系？”许建安的声音急切又困惑，的确一无所知的样子。

苏叶却不再跟他多说，直接挂了电话，跟着就打给唐皓。

玉和医院的隐形监控什么的，当然是她胡说的。

就好像许嘉带着他们大张旗鼓去柳湾村一样，不过是想打草惊蛇。

许建安如果真不知情，说不定就会去找他的同伙确认，这个时候两边留意着，说不定能找出点蛛丝马迹。

所以她这边也得赶紧通知唐皓，让他的人做好准备。

但那边手机铃声响起来，竟似乎就在附近。

苏叶有点意外地扭头去看，果然见唐皓正从门口走进来。

她挂掉了电话，不由得又看了一眼时间。

“怎么这时候回来了？忘了什么东西吗？”她问。

唐皓正把手机拿出来，看了一眼又放下了，也问：“正要找我？”

“嗯。”苏叶应了声，把刚刚诈许建安的事说了。

唐皓点点头，立刻就通知下去，让人分别盯紧了玉和医院的人和许建安。

苏叶等他打完了电话，才又问：“今天怎么这个时候回来了？有事？”

唐皓在她身边坐下来，放松地伸长了腿，手臂搭在她身后的沙发靠背上，摇了摇头：“就……想你了，回来陪陪你。”

这情话来得猝不及防，苏叶不由得怔了怔，甚至微微红了脸。

她最近两天的确是被狗仔们堵得出不了门，但其实时间也安排得挺满，远没到会无聊寂寞的程度，哪里就要人陪了？

但……唐皓能特意抽时间回来，还是让她心里有点小小的欢喜。

只不过，她还是斜睨着唐皓，轻哼了一声：“不是因为知道沈弘行来了？”

唐皓的身体明显僵了一下，然后也哼了一声，却没有回话。

苏叶笑起来，微微倾过身子，靠在了他肩头。

唐皓伸手过去，握了她的手。

他的确是因为沈弘行的上门拜访而赶回来的。

但是，进家门的时候，她正好打给他，甚至是进家门的时候，看到她在……就让他心底安定下来。

那一点醋意和不快早就忘到了九霄云外。

但这样亲昵又温馨的时间并没有持续太久，苏叶就拍了拍他的手，坐直身子拉开了距离。

唐皓不舍又不满地盯着她。

苏叶笑着整理了一下自己在他肩头弄乱的发型，道："一会儿父亲就要下来了。"

唐霖状态还好的话，每天都会由护士和苏叶陪着在花园里散散步，差不多就是现在这个时间。

之前不在，明显是因为要留给苏叶和沈弘行独处的时间。

唐皓心头就再次泛起酸意来。

他这个爹……也实在是一言难尽。

一辈子亲情淡薄，到老了却突然父爱迸发，对象却不是他，而是"唐夜弦"这个半路捡回来的"女儿"。

真正是从心底为她打算的。

其实连唐皓自己也没办法否认，如果综合他的"以往表现"，以一个"岳父"的眼光来看，大概真是比不上沈弘行的。

这算什么事啊。

唐皓拖着苏叶的手，委屈地叹了口气："在我自己家里，跟我两情相悦的女人，倒像是在偷情一样……"

苏叶没好气地白他一眼，甩开了他的手。

"谁跟你……呸。"她都说不出口，但顿了顿，又道，"老爷子是真的疼爱唐夜弦，只要他能看到真正的诚意，不会一直反对的。"

作为一个父亲，他大概真的只希望女儿过得好。

毕竟，如果唐家要联姻，就算是私生女，也可以找到合适的对象，但唐夜弦坚持，她就能和杜怀璋订婚。

明明替她安排好了娱乐圈的路，但是见她拍戏辛苦，就跟她说不要做了。虽然说起来好像儿戏一样的无条件溺爱，但到底是照顾着她自己的意愿的。

苏叶不由得又想起自己的父亲。

她一直以为父亲是疼爱她并以她为荣的，但过去种种……修正她的爱好，操纵她的婚姻……说到底，她不过是苏承海手里的提线木偶而已。

唐皓见她的表情渐渐低落下来，知道她大概又想起什么往事，却也不好多问，只又握了握她的手，低低道：“以后会好好的，越来越好。”

苏叶抬眼看着他，轻轻点下头。

是的。

她都死过一次了，重新活过来，还计较那些做什么呢？

总要往前看的。

她在这里，和喜欢的人在一起，当然会越来越好。

第十五章

常晓嘉的新片

苏叶自己不太在意网上的言论，也知道视频对唐家的冲击不会很大，但到底还是受了影响的。

首先就是正在上映的那部电影。

虽然说起来“唐夜弦”也没什么真大不了的错，但网上节奏一带，又有多少网友真能冷静分析？

票房多多少少还是受了影响。

虽然说这片子最大的投资人其实就是苏叶自己，但她到底还是有点过意不去，特意跟其他人打了电话致歉。

傅志诚很豁达，拍电影嘛，在上映之前谁也不知道会发生什么，谁也不敢保证每一部都赚钱，何况他也不觉得这事能怪到苏叶头上。

“可能就是开机时没敬好神吧。”傅志诚半开玩笑地说，“就算没你，这片子事也够多了。如果你都要道歉的话，那最大的责任应该是最开始决定让杨梦琪来演的我了。”

如果不是杨梦琪中途毁约退出，电影就不会找上苏叶救急，后面也就没这么些乱七八糟的事了。

李华仁倒真是有点不甘心，可是苏叶都主动来道歉了，正经说也真怪不上她。只能算运气不好吧，他也只能反过来安抚苏叶，并跟她算了个账：“……

也不至于亏，算上海外发行的话，勉强还能赚点。所以唐小姐也不必太放在心上。电影嘛，就是这样的。有时候就是看运气的，说不定下一部就爆红了。”

下一部……

苏叶有点自嘲地想，如果她不是有唐家撑腰，还有没有下一部真是不好说，也许演艺生涯大概就到此为止了吧。

绯闻和个性问题且不说，假身份、骗子，还可能涉及人命……有多少人还敢冒险请她演戏？毕竟现在年轻漂亮又向往娱乐圈的小姑娘那么多，“唐夜弦”本身也并不是什么不可取代的名演员，有什么非她不可？

哪怕唐霖说自己投钱自己拍，苏叶也不想做这种亏本生意。

所以常晓嘉来找苏叶的时候，她真是吓了一跳。

常晓嘉虽然是苏叶之前参加的“云清艺术团”的团长，但跟苏叶的私交并不多。

她不喜欢苏叶万事用钱解决的纨绔气质，苏叶也不太适应她那种认死理的文青思维。

后来苏叶一直请假拍戏，常晓嘉也毕业了，她们的来往就更少了。

苏叶真是想不通她为什么突然会找上门。

但还是将人请了进来，她上了茶，微笑着道：“常师姐真是稀客。”

“我其实……是来找你帮忙的。”常晓嘉表情有点窘迫，但还是像往常一般，开门见山地直接说出来意，“我想拍一部电影，想找你做女主角。”

苏叶就更意外了，她挑起眉，指了指自己：“我？女主角？”

常晓嘉点点头：“是的。”

苏叶甚至怔了怔不知道要怎么回答，好一会儿才轻咳了一声，道：“最近我那么多黑料，师姐都没有看到吗？”

“看到了。但那和我想找你拍电影有什么关系？”常晓嘉认认真真地看着苏叶，看起来一点都不像敷衍。

苏叶又被噎了一下，把自己刚刚上映的那部电影拿出来做例子。

虽然现在那个“劣迹艺人”管制还没有落到实处，但这样的票房，也差不多就形同封杀了。

常晓嘉却道：“我又不是为了赚钱。”

不为赚钱的电影……苏叶皱了皱眉，所以说，她真不太会和艺术家打交道。她犹豫了一下，问：“是什么样的片子？剧本有了吗？”

“有的。”常晓嘉拿出剧本递给苏叶，一面介绍了下。

苏叶一听就觉得头疼。

简单地说，这甚至都算不上是一个故事，就是一个自闭症少女的生活片段，自我和他人，怪异与正常，现实与幻想……完全是那种意识流文艺范。

以她之前对电影市场的考察和研究，这样的片子，可能真是完全没有市场。

太极端了。

要么就是没人看得懂的垃圾。

要么就是可以载入史册的神作。

但……

“师姐你自己做导演，我来演女主角？”苏叶再一次向常晓嘉确认。

常晓嘉坚定地点点头。

很好。苏叶想，今年才毕业的名不见经传的女导演，才学了半年不到表演浑身黑料的女主角，到底是什么给了你要拍这个的勇气？

以前在云清艺术团的时候，大概因为还有袁博文这个现实又圆滑的副团长把关，常晓嘉排的节目还没算太离谱，这一毕业简直就好像脱缰野马往着文青路上一去不回头了。

苏叶放下了剧本，轻轻叹了口气，道：“我的情况，师姐你应该再清楚不过。我其实，也就是加入云清那会儿，才算正正经经开始学表演，我怕我根本驾驭不了这种角色……”

她是在婉拒，常晓嘉却好像听不出来，道：“我看了你的戏，进步还是很快的，尤其是最近那个即兴表演，相当不错了。”

那是她投机取巧的本色出演啊。

苏叶正要解释，常晓嘉却又补充道：“而且，你是我的预算范围里能找到的最好的人选了。”

苏叶觉得为什么这句话听起来好像她很便宜一样？

她苏大小姐手头分分钟……苏叶自己顿住，好吧，作为影坛新人的“唐夜弦”片酬的确还很低。

但学姐你这么耿直，真的是来请演员的吗？

苏叶又叹了一口气，问：“那我能问一下，这个电影现在是哪家公司在投资吗？”

常晓嘉却迟疑着，微微涨红了脸，又抿了抿唇，才道：“没有。目前，就是……我自己拿钱出来拍。”

苏叶真的不知道要说什么了。

常晓嘉红着脸，继续道：“我……总共……大概能拿出一百万吧，所以片酬不会很高。我记得唐小姐……并不是很在意钱的事……”

不论是以前的唐夜弦还是苏叶，的确都是一副“姐不差钱”的做派。

但这其实并不是压片酬的理由。

所以常晓嘉自己也觉得挺过意不去。

苏叶这才算知道她从一开始就表现出来的窘迫是因为什么了。

她抬手打断了常晓嘉的话，问：“常师姐有跟别人聊过这个拍摄计划吗？”

常晓嘉点点头，眼神都暗淡了一下。

苏叶又问：“没有人支持你？”

常晓嘉又点点头。

苏叶一摊手：“那你为什么还一定要拍呢？没钱，没人，没市场……摆明了是费力不讨好亏本的事啊。”

常晓嘉抿了一下唇，轻轻道：“创作的事，不能这么算的。”

苏叶停下来看着她。

“没有得失，没有利益，就是有个东西在那里，它召唤着你，你无论如何都要去做。抓心挠肺，魂牵梦绕，非做不可。”说到这个，常晓嘉反而镇定下来，外表依然是文文静静，眼神里却透着一种岩浆般的热烈。

苏叶被震撼了一下，但还是道：“可是现在条件并不成熟啊，勉强去做的话，到时候作品不完美，不是更让人遗憾吗？”

常晓嘉摇了摇头：“在做之前，没有人能保证完成之后的作品是完美的，最重要的是你这一时这一刻迸发出来的心情。也许几年后，我的确能找到更多的资金更好的班底，但那个时候的我还是现在的我吗？那个时候的心情还是现在的心情吗？做出来的东西也绝对不可能是我现在想做的东西了。而且，我现在放下这个，去做别的，也不会甘心，心系两头才可能是对两边都不尊重。”

苏叶不太能理解这种艺术家的偏执，明知不可为，却飞蛾扑火一般非做不可。

但看着常晓嘉眼神里的火，不知为什么，却觉得十分佩服。

甚至有一点羡慕。

所以她还是把剧本留下了，跟常晓嘉说要考虑一下。

这天唐皓回到家，就看到苏叶歪在沙发上看剧本。

他也有些意外。

按说现在网上风波未平，影视公司们就算真的赏识苏叶，多半也是要观望一下的。没想到这么快就有人给她递了新剧本。

唐皓凑过去看了一眼。

苏叶很大方地递给他看。

唐皓翻了翻，问：“电影？你已经接了吗？”

“还没有决定，”苏叶回答，“我不确定自己适不适合这个类型。”

唐皓看了几页，大概也看出来了，这可能是个不知所云的文艺片。

他有点矛盾。

他其实还挺喜欢最近的状态——不管什么时候回来，苏叶都在家里。

就算碍于唐老爷子不能有什么真正的亲近，但她就在那里，巧笑嫣然地陪父亲说话也好，悠悠闲闲地看书偷懒也好，能看着她，唐皓心里就一片安宁，若是还能交换一个眼神，就更加满满都是欢喜。

他少年时和重逢后无数次想象过婚后的生活，大抵就是如此。

所以他私心里，其实不太想她接片约出去拍戏。

可是呢，另一方面，又觉得她不应该就这样被困在这方寸之地，她从来就不是那种被关在笼子里的金丝雀，她应该有更广阔的天地。

唐皓看着手里的剧本，还在犹豫着要不要鼓励支持一下苏叶，就听她问：“你有没有真心喜欢过什么？”

唐皓抬起眼来。

苏叶又补充：“我是说……就算所有人都反对，就算没有好处，甚至明知道前面是条死路，但还是义无反顾的那种喜欢。”

唐皓点点头：“有啊。”

苏叶一下子来了兴趣，睁大了双眼看着他，追问：“是什么？”

她一双碧清的眸子亮闪闪的，带着好奇与探究，就像什么小动物似的。

唐皓不由得轻笑出声，低低道：“你啊。”

苏叶一时没有反应过来：“我什么？”

唐皓再次轻笑着，伸手抚过她娇嫩的面颊，低声重复：“就算所有人都反对，就算没有好处，甚至明知道会栽在那里万劫不复，但还是义无反顾地喜欢……”

他说到一半的时候，苏叶就意识到之前那个“你”是什么意思了，顿时就红了脸，匆匆避开了他的手：“我说正经事呢。”

“我也是啊。”唐皓一本正经道，“再没有比这件事更让我认真的了。”

苏叶被噎了一下，一时甚至说不出话来，心跳快得就好像下一秒就要炸了。

果然男人都是自带着甜言蜜语的隐藏技能吗？

在人前一副不苟言笑的冷峻模样，私下里却撩得不要不要的。

苏叶做了好几个深呼吸，才勉强平复了心跳，没好气地白了唐皓一眼：“真的有事要跟你商量。”

“嗯，你说。”唐皓也见好就收。毕竟，他家这位，大概真是属猫的，逗得不好，就要亮爪子了。

苏叶就把常晓嘉找她的事说了一下。

“你是想给她投资？”唐皓听完直接就问。

苏叶迟疑了一会儿，才点点头。

拍电影很烧钱的。

她手头的活钱，说起来只有许建安打来那些，够不够用也不好说。再就是《我家娘子有点病》的分红，大概过一阵就会陆续到账。但那个电影现在也没什么盈利，拿到手可能也就是当初投下去的本钱。那个钱是唐皓的，她本来说要还，现在又要再投出去……当然要跟他商量。

“我有时候会觉得，我真是一个失败的人。从小到大，被安排学这学那，被人夸奖是多才多艺的精英，现在回过头来想想……”苏叶自嘲地笑了声，“其实都不是自己真心喜欢的。我甚至连自己喜欢做什么都不知道。”

就连赛车，与其说是爱好，其实更像是发泄的途径而已。

所以父亲稍施手段，她也就放下了。

如果是真的喜欢，就像常晓嘉对电影，就像孟修对表演，说起来眼睛都会放光，又怎么会那样轻易放弃？

“我挺羡慕这种真心坚持自己的梦想不屈不挠的人。”苏叶说，“所以……就算会亏本，我想，能帮，就帮一把吧。”

“钱是借给你的，也不急着要你还，你想做什么就做什么，不必特意再来问我。”唐皓道。

他对别人的梦想其实并没有太大兴趣，对他来说，那笔钱本来就是用来讨苏叶开心的，她自己用也好，拿去帮人也行，总之她高兴就好。

苏叶点点头，静了一会儿，又道：“回头，你去跟爸爸说这事吧。”

唐皓皱了一下眉：“这种小事，为什么要跟……”

话说到一半，他就反应过来，露出了了然的神色，却还是皱着眉，这事说到底其实跟他没什么关系，他并不想拿这个去父亲面前邀什么功。

苏叶重新拿起了剧本，笑着眨了一下眼：“毕竟，我是这个电影的女主角嘛。”

唐霖一直嚷嚷着要唐皓投资拍片捧苏叶做女主角的，让唐皓主动去提这事，也算是在他那里刷好感和信任度了。

想着她其实也是在替他们的关系谋划，唐皓心里那点不舒坦顿时也就烟消云散了。

他轻轻捏了一下她的手指，暧昧地低笑道：“原来你也心急的。”

苏叶抿了唇没说话。

自己喜欢的男人，就像个行走的荷尔蒙，整天在眼前晃来晃去，时不时还撩她一下……她当然不想一直玩见不得人的地下情。

虽然也可以等唐霖去世之后再公开，但……正是因为老爷子时日不多，她才不想他带着“儿子阳奉阴违”“女儿所托非人”的遗憾离开。

如果能够得到他的理解和祝福，一家人和和美美不是最好不过？

唐霖果然对唐皓要拿钱给苏叶拍新片十分开心。

“文艺片好啊。有思想，有深度，到时再运作一下，还可以拿个奖什么的。”

苏叶其实没那么看好，但这个时候当然不会扫兴。不过也的确得承认，商业片刷钱，文艺片刷逼格，唐家又不缺钱，反而是那些云山雾罩谁也看不懂的艺术片，才正好可以提升“唐夜弦”的地位。

唐老爷子跟着就催儿子：“网上那些乱七八糟的事怎么还没搞定？耽误小弦拍新片怎么办？”

唐皓只能道：“已经定好了明天开发布会的。”

网上那些谣言一环扣一环而来，之后也不知还有什么手段隐藏，他总需要一点时间来做准备。

再者说，他为这事专门开一个发布会，就是为了替苏叶撑腰正名，当然也不能草率，一定要做到最完美才好。

第十六章

搅局的人

第二天唐皓带着苏叶一起去了会场。

偌大的会议厅已经被媒体记者们挤得满满当当，长枪短炮的摄像机照相机齐刷刷对着主席台，还有不少直接开了网络直播的。

苏叶和唐皓一上台，闪光灯就晃成了一片。

苏大小姐也是见惯大场面的，倒不至于怯场，但还是不适地微微眯了一下眼。

唐皓帮她拉开了椅子，又安抚地轻轻拍拍她的手。

事实上，只要唐家的态度不变，网上那些质疑对苏叶就根本没有任何意义。这个发布会，说到底也不过就是一点表面文章而已。流程和说辞都是提前准备好了，根本不用担心。

有细心的记者看到唐皓这小动作，大致也能猜到这场发布会的结果了。

有人不甘心地皱了眉，毕竟作为媒体人，谁都想爆个大新闻。这样无关痒痛地轻轻放下，可不是他们想看到的结果。

发布会一开始并没有直接替“唐夜弦”解释开脱，而是先抛出了前段时间“抢角色”和“劈腿”传言的幕后黑手杨梦琪和陆海薇。

众人不由得一阵哗然。

这可真不像是他们熟悉的娱乐圈的处理方式。

但想想……安盛集团的官微还连续发了一个多月的律师函，又觉得唐家做出这种事，也不是不能理解。

而且唐皓给出的证据链非常完整，从最初的冲突，到网上爆料人的ID和发帖IP，再到水军营销的交易记录，一清二楚。

“……对此，我们希望杨梦琪和陆海薇两位女士，以及在其中浑水摸鱼、哗众取宠的其他人能够认识到自己的错误，停止发布不实信息诋毁唐小姐的行为，并为之向唐小姐公开道歉。同时，我们将保留追究其法律责任的权利。”

代表“唐夜弦”的律师发言刚结束，就有人跳起来叫：“你们不要转移话题，难道不应该先解释清楚网上那些质疑吗？”

这种情况在他们的预案中当然也有应对的办法，可是律师还没说话，苏叶已经先嗤笑了一声，道：“这位先生，你是收了她们的钱来捣乱的吧？”

律师有点无奈地看了唐皓一眼，唐皓却回了他一个“先看她怎么做”的眼神。

律师只能轻叹了一口气，闭了嘴，心里却想，唐先生真是太宠这个假妹妹了，希望一会儿不要捅出什么大娄子才好。

那记者果然大叫：“是你心虚了吧？这样乱扣帽子信口雌黄！”

苏叶道：“欸？照你的逻辑，有人提出质疑，你不是就应该先解释清楚你到底有没有收钱吗？你都没自证清白，有什么资格指责我？”

那人顿时就被噎了一下。

其他人也不由得笑出声来。

苏叶叹了口气：“看，大家都觉得荒谬吧？随便信口开河乱说话多容易啊，轮到自己要解释，可有多委屈？我第一次拍电视《宫墙月》时，有人说我的角色是用不正当手段抢来的。结果剧组放出了试镜的录像，就改骂我人品不行。后来我跟孟老师一起吃个饭，我大哥陪同，出门就被狗仔拍了。明明三人在场，媒体发出来的，却只有我和孟老师的临别拥抱。你们现在还追着我要解释？信的就信，对已经有了立场甚至昧了良心的人，解释又有什么意义？”

苏叶这段话倒没有什么官方辞令，但是越平实，反而越真诚，甚至让不少人有了共鸣。

任何事物都有双面性，信息时代，网络传播是披露真相最快捷最方便的手段，但同时，它不可限制不可预料的特性也同样会成为谣言最佳的温床。

公众人物——尤其是娱乐圈的明星——更在意自己的形象，就算被抹黑被碰瓷，大都也只能忍气吞声，其中委屈也不是真没有人明白。就像苏叶说的，无非就是大家立场不同而已。

碰上唐家这种无视各种潜规则直接怼回去，又这么当场揭开，会场里不由得静了静，然后就开始有各种窃窃私语。

网上几个直播间更是直接沸腾了。

“出现了，唐夜弦的灵魂发问。”

“她说得没错啊，其实每次都有解释，视频照片人证物证，但还是每次都有人翻旧账。”

“就是心存恶意的人永远只能看到自己想看到的黑点吧。”

“唐夜弦好歹还有唐家撑腰，好多人被黑了都没地方喊冤。”

“被黑子们逼到退圈的人还少吗？”

“怎么不去问杨梦琪那个贱人要解释？”

“就是，明明是被人污蔑，却要受害人解释。现在这种完美受害人理论真是恶臭。”

但就在这时，会场里却又有人站起来道：“唐小姐请不要避重就轻，你今天最应该解释的，不是你和真正的唐小姐一起落水却只有你一个人获救的事情吗？”

大家再一次安静下来。

没错，什么绯闻和炒作其实都无足轻重，真假唐小姐才是真正的劲爆新闻。

律师这时就把话接了过去，道：“虽然我们目前也不知道那个视频的来源，但视频的内容已经很明显，那就是一场意外。”

之前提问那人又道：“视频上两名少女明显是认识而且关系匪浅的，而其中一位从长相上就可以看得出跟唐家人十分相像。可是在唐家之前的声明中，却说唐夜弦小姐对换人一事毫不知情，这就很奇怪了。难道不需要也解释一下吗？”

“我的确毫不知情。”苏叶坦然道，“事实上，我甚至不记得那个视频上的事情……”

“事关我唐家血脉，可不是你一句轻飘飘的‘不记得’就可以蒙混过关的。”

苏叶的话被人打断，她抬眼看过去。

一个中年男人正从会场靠后的位置站起来。

他身材高挑，头发花白，面庞虽然已经因为岁月风霜有了皱纹，却依然英俊不凡风度翩翩。

最重要的是，跟唐皓竟有五六分相似，一看就是唐家人。

苏叶转头看向唐皓。

唐皓脸上没什么表情，只淡淡叫了声：“三叔。”

这位突然发难的中年男子，正是早年被他赶出云城的三叔唐霈。

苏叶这还是第一次见到唐霈。

唐家上一代兄弟之间感情不好，她以前跟唐皓在一起的时候，他就从来没有提起过这些叔叔。之后唐家出事，一家人反而形同水火，就更加没有来往了。

而苏家和唐家除了他们的关系之外，本来交集也不大，她最多也就是知道唐霖有过这么些兄弟而已。

反而是变成唐夜弦之后，苏叶才听唐皓说起来，因为“唐夜弦”的身份，和背后的争产阴谋。

指使杜怀璋接近唐霖骗取他的信任，找到“唐夜弦”把她带回云城，一方面给唐皓添堵，一方面又试图利用“唐夜弦”拿到唐霖手中的股份……这事说起来，就好像一个幼稚又愚蠢的玩笑。

可是背后却是真正的血亲赤裸裸的算计。

唐皓……苏叶叹了口气，也真是不容易。

但她怎么也想不到，时至今日，杜怀璋落网，唐夜弦的身份曝光，唐霈竟然还能再拿这事来做文章。

而这次没有杜怀璋挡在前面，唐霈竟然还亲自上阵了，还口口声声“唐家血脉”，这脸皮也真是无敌了。

还是说杜怀璋换人的事，他真的不知情？

不过，虽然现代社会里宗族的影响没有以前那么大，但是作为亲叔叔，唐霈想要过问真假侄女的事，谁也不好说他没有资格。

唐霈走到了主席台前，却连看也没看苏叶，只向着唐皓不阴不阳地笑了笑："虽说只是个私生女，但到底是你父亲的女儿，一条人命，这么不明不白的变成了一个来历不明的外人，你这样放任不管毫不追究，怎么都有点说不过去吧？"

唐皓微微眯了一下眼："那以三叔之见，应该如何追究呢？"

唐霈道："就算你们咬定当年的落水是意外，但现在既然知道这事，至少也得把这个身份不明的假货赶出去，想办法把真的接回来吧。"

唐皓道："落水之事，我已经派人在查。视频上的另一个女孩子，也已经在找了。如果今天看到这场发布会的人里谁有新的线索的话，也希望你们能向我们提供，我们必将重酬。"

事实上从他一开始看到那个视频，就已经在核实事情的真假和寻找另一名少女的下落。

这时说起来，秘书就在大屏幕上放出了相关的证据，孤儿院的资料，两名少女的入院信息，相关人员的证言等等。要找一名五年前落水失踪的少女，不是一朝一夕就能有结果的，至少可以证明，唐家的确已经在做这件事了。

"至于小夜，"唐皓看了苏叶一眼，"她不是什么来历不明的假货。她在我父亲病危时来到唐家，细心陪伴，体贴关怀，给予了他连我们做儿子的都没能做到的心灵慰藉。即使没有血缘关系，这么多年下来，也早已经亲密无间，她也是我们的家人。无论如何，我也不会让她离开。"

在场的记者和直播间的观众顿时又一片哗然。

"落水是不是意外还不能确定，唐皓就这么坚定地开始维护唐夜弦，明显是要包庇护短。"

"明明另一个真有血缘关系的，才算'短'吧？"

"只想知道如果真的唐小姐能找回来会怎么样。"

"唐夜弦是不是真有点邪门啊，这么多乱七八糟的事，但是唐家父子还都站她那边。"

“什么叫这么多乱七八糟的事？她本人根本没什么大的过错好吗？”

“我倒是觉得唐皓说得没错啊，不管怎么样当女儿养了这么多年，如果现在发现是假的就立刻要扔出去，是不是也太无情了一点？”

“那是普通的情况吧？可是这唐夜弦明明就是不怀好意图谋家产才来的唐家，而且说不定就是她把真的唐小姐推下水的呢？这么心思恶毒还说什么亲密无间？”

“楼上别乱说话啊，你有证据吗？”

“就是，有证据就报警，没有就不要乱扣帽子。”

网上的讨论说什么的都有，而现场的记者们则更为兴奋。

唐皓振兴唐家在业内简直算个传奇，唐家上一代兄弟阋墙也不是什么秘密，从唐霈出场，他们手里的相机就没停过。

唐家叔侄再次争锋，这新闻可比唐夜弦这种假小姐小明星的八卦劲爆多了。

唐霈也没让他们失望，直接就甩出了重磅炸弹：“甚至不惜为了包庇她，向公众撒谎吗？落水的事说不记得，身世的事说不知情，你当大家都是傻子吗？我认为你这样感情用事，并且连续做出不当投资，会对企业诚信造成严重损害，已经不适合再作为安盛的决策人。”

他话音未落，全场再次震惊。

这位唐三叔果然是来抢班夺权的。

虽然借口似乎有点武断，但唐皓为了唐夜弦的事的确多次动用安盛官微发声，再加上唐夜弦最近上映的这部电影，票房的确不怎么样，说是投资失败也不为过。而唐霈握有安盛的股份，的确有对公司管理质疑的权力。现在当众发难，想必也已经做好了准备。

连苏叶都十分意外。

她一直以为，发布那个视频的人和许建安有关，是针对她来的，却没想到，还能有这样的转折。

难道他们猜错了，这的确就是杜怀璋的后手，是冲着唐皓来的？

又或者，他们联手了？

苏叶从没有插手过安盛的事务，对安盛的股权结构也不太了解，唐霈把话题导向安盛，她就根本插不上话，只能看向唐皓。

唐皓倒是一丝慌乱都没有，还是那张冷脸，看着唐霈，道：“你有证据证明我的言行有损公司利益的话，可以现在拿出来，也可以通过正式途径召开董事会进行弹劾。如果没有，请你为自己的不当言论道歉。”

唐霈也冷哼了一声，但他还没说话，又有人站起来，举起手高声道：“我这里有份证据。”

大家都看过去。

那名西装革履戴着金边眼镜的中年人，走上前，打开了自己的公文包，先拿出一份证件：“我是诚达律师事务所的律师肖连晋，这是我的证件，这是委托书。我受杜怀璋先生委托，代表他来参加这次发布会。”

唐皓这时才算稍稍动容皱起眉来。

唐霈也挺意外的，瞳仁骤然一缩，脱口问：“杜怀璋？他不是在坐牢吗？”

“严格地说，是在拘留。”肖律师扶了一下眼镜，“前两天，有位云城晚报的记者就唐夜弦落水视频一事去采访了杜先生，故而杜先生委托我，在此公开证明，唐小姐对伪造身份一事，的确毫不知情。”

苏叶睁大了眼。

杜怀璋在狱中还能指使律师跑腿不奇怪，他会为“唐夜弦”讲话，才真让人吃惊。

何况，苏叶虽然没有唐夜弦的记忆，但杜怀璋既然一直在拿这事威胁唐夜弦，就代表她其实肯定是记得的。而杜怀璋也清楚这一点。

现在他竟然要为她做证？

唐霈也没想过这种时候会杀出一个杜怀璋，眯起眼，脸色阴晴不定。

杜怀璋原本就是他们的人，唐霈对这种小卒子也并不是太在意。

毕竟，当年唐霖没死，这步棋其实就已经废了。

对他而言，杜怀璋也好，唐夜弦也好，不过就是给唐霖唐皓父子添堵的闲棋而已，能用就用，不能用，也没什么可惜的。

可是现在杜怀璋替唐夜弦说话，就是站到了唐皓那边，这明晃晃的背叛，他就很难容忍了。

何况，他虽然只是他们摆在明面上的废棋，但这么多年了，谁知道他手里到底捏着什么？

唐霈心中震怒，抢先厉声道：“杜怀璋的话也能信吗？这个冒牌货就是他带回来的，谁知道他们之间有什么勾结？”

肖律师没有理会他，继续从公文包里往外拿东西。

“这一份是当地医院的病历，这一份是安德利夫医学中心的病历，都是唐小姐落水获救后的诊断。结果基本差不多，如果有人看不懂原文的话，这里有翻译件。”

文件一份份被放大投影到大屏幕上，清清楚楚。

翻译件上有一段用荧光笔标注了出来——因溺水窒息造成轻微脑损伤。

肖律师缓缓解释：“就是说，唐小姐当时是有后遗症的。按医生的说法，眩晕、耳鸣、头痛、失忆……都是可能发生的。因为当时唐霖先生的情况危急，杜先生没能继续寻找另一名少女，而是选择直接将唐小姐带回了云城。时间有限，他并没有跟唐小姐进行深入交流。而到了云城之后，唐霖先生认下了这个女儿，杜先生也就再也没有提起。”

唐霈冷哼道：“都说了他们是一伙的，当然想怎么说就怎么说，伪造病历很难吗？”

肖律师滴水不漏：“我这里有公证书，如果唐霈先生还是不信，也可以自行去医院核实。”

苏叶看着那些病历，不由得轻轻吁了口气。

杜怀璋既然把这个公开拿出来，就不怕人查。连公证书都有，可见的确早有准备，的确是杜怀璋的风格。

这样一来，苏叶再说“不记得”也就算有了依据。

只是……杜怀璋一边存着那个视频用来威胁唐夜弦，一边又留着这些病历，到底是什么意思？

是想给自己最后再留点转圜的机会吗？

为什么又要在这个时候拿出来？

他在想什么？

不过，眼下有杜怀璋把这事扛下来，唐霈就没办法再从这里做文章，硬逼唐皓当场表态。

他这时更担心杜怀璋会不会攀咬他。

好在肖律师并没有继续说什么，亮完了唐夜弦落水后遗症的相关证据，就闭嘴站到了一边。

唐霈心中衡量了一会儿，阴狠狠地盯着唐皓，道："不要以为这样就能算了，我照样可以召集董事会弹劾你。"

唐皓脸色也不太好看，冷冷说了句："请便。"就给了秘书一个眼色，宣布今天的发布会到此结束。

退了场，苏叶过去轻轻握了握他的手，有点担心。

单是唐夜弦这个视频，当然不会有什么根本性的影响，但是现在唐霈出面，以这个为借口，要做别的文章，就难说了。

毕竟安盛是唐家的家族企业，唐霈又是唐皓的亲叔叔。

结果，唐皓反握住她的手，直接就愤愤地咬牙道："要他装什么好人？我解决不了吗？"

苏叶心想：好吧，原来唐总裁脸色不好，完全是因为杜怀璋吗？

她就白瞎了担心他。

唐皓和苏叶刚开完发布会准备回唐家，谢圆圆突然出现拦下了他们，对唐皓说："我有话要跟你说。"

谢圆圆之前去警告苏叶之后，苏叶曾经臆想过很多无脑言情小说的剧情，但对于她这样公然直接出现在他们面前拦人，还是有点意外。

谢圆圆这次没再试图跟她套近乎，也没有特意向她摆脸色，甚至根本都没看苏叶，只盯着唐皓。

跟以往那种双眼闪星星的甜美深情又不一样，这一次，谢圆圆姣好的俏脸沉静严肃，一本正经。

像是真的有很重要的事情要说。

唐皓看了看苏叶，还是把谢圆圆请到了旁边的休息室。

两边入座，秘书上了茶。

唐皓便问：“谢小姐想说什么？”

谢圆圆道：“我只跟你一个人说。”

秘书江涛很有眼色地退了出去，苏叶也跟着要起身，却被唐皓伸手拉住。

“如果有什么话不能当着她说，那你就不必说了。”唐皓毫不留情地说道。

谢圆圆眯起眼来，不悦地扫了苏叶一眼，咬了咬牙：“就算跟安盛有关你也坚持要她在场吗？”

唐皓道：“小夜是安盛的股东，为什么不能在场？”

谢圆圆又看了看苏叶，深吸了一口气，抬手撩了一下耳边的碎发，轻轻笑了：“我也是安盛的股东。”

严格地说，只要买过安盛的股票，就算是安盛的股东。但谢圆圆在这里特意提出来，当然不只是这么简单。

她手里的安盛股份，竟然有 9%。比唐霖分给苏叶的还多。

按理来说，这种份额的股权变动，肯定是要通过安盛集团董事会的，但在具体的操作上，还是有一些漏洞可钻，有时候卡着时间，就能有一些意想不到的效果。

比如现在。

唐霈要召集董事会会议，谢圆圆突然亮出手上的股份，在这个会议上就能有一席之地，她的倾向，说不定就能影响到会议的结果。

但是苏叶有点怀疑，这到底是谢圆圆选择了一个对的时机，还是背后另有人在安排？

以她对谢圆圆的了解，这位新锐艺术家大概不会早早布局暗中一点点吸纳安盛股份并在这时跳出来威胁唐皓。

但是……

许建安会。

这才是他轻易就能说服谢圆圆联手的原因。

谢圆圆没办法拒绝这种诱惑，而且很显然，谢圆圆也觉得唐皓同样没办法拒绝。

利用唐夜弦这个私生女来谋取唐霖名下的股份，虽然不是什么高明的主意，但至少说明了如果唐家几个叔叔联合起来的话，唐皓在股份上占的优势并不算大。

唐霈离开云城这么久，这次卷土重来，当然不会只咬定真假私生女的事，肯定还有其他的底牌，这次董事会，唐皓可能相当危险。

但如果能拿下谢圆圆手上这 9%，唐霈的弹劾就不值一提。

谢圆圆端着茶，优雅地喝了一口，红唇轻扬，十分有把握地道：“如果我们结婚的话，我的就是你的。皓哥你认真考虑一下？”

言下之意如果唐皓不同意，她说不定就要到对面去了。

苏叶不由得挑了一下眉，想起她当初臆想的那些什么色诱勾引借子逼宫，老实说，相比起来，其实也不知道到底哪种更狗血，但站在商业立场上，明显是用股份来威逼利诱更有效。

唐皓目光扫过她，大概也是想起那天那些乱七八糟的生米煮成熟饭什么的了，微微皱了一下眉，就伸手过来抓住她的手，低低道：“别胡思乱想。”语气里无奈中又带着几分他自己都没有觉察的宠溺。

苏叶笑起来。

对面的谢圆圆也笑了笑，在她看来，唐皓正是因为动摇了，才会安抚苏叶。

唐皓却很快就转过来看着她，道：“我觉得我这辈子，最艰难的时刻，是在七年前。”

三人都知道他说的是什么。

那个时候的唐家兄弟阋墙，内忧外患，而唐皓自己也才刚二十出头，大学都没有毕业。

父亲病危，弟弟年幼，女朋友还分了手。

苏叶到现在都无法想象，他到底是怎么撑过来的，这时也只能握了握他的手。

反倒是唐皓安抚地反握了她一下，才向谢圆圆淡淡道：“在那个时候，我都没有答应苏承海。到底是什么让你觉得，事到如今，我反倒会为了这点小事牺牲自己的婚姻？”

谢圆圆的表情顿时就僵了僵。

的确，就算唐霈有备而来，但如今身经百战的唐皓又岂是当年赶鸭子上架的毛头小子可比？

他已经执掌安盛这么多年，前不久才借杜怀璋的事又清理了一遍，现在要动摇他在安盛的地位也绝不是当年那种难度。

而且，他用了“牺牲”这个词。

跟她结婚，在他看来，竟然不堪到了要算“牺牲”的程度？

“谁想要安盛，只管来拿。”唐皓语气平淡，却又霸气四溢，“至于其他，一切免谈。”

他说完就站了起来，握着苏叶的手并没有放，而是顺势就拉了她起来：“走吧，回家了。”

苏叶这时心情也有点复杂，一方面忍不住担心他可能会遇上的麻烦，一方面又忍不住为这样的唐皓倾倒，只觉得心脏怦怦乱跳，一时又什么都说不出来。

她只轻轻应了一声，由得他牵着往外走。

谢圆圆不由得跟着站起来，追出两步，大叫：“唐皓！”

唐皓回头看了她一眼，冷如冰霜。

一句话也不用说，谢圆圆心里清楚，他对自己已经再无一点容忍。

上一辈的交情也好，苏叶的面子也好，他自己的愧疚也好，都到此为止了。

她绞紧了自己的手指，颓然跌坐回沙发上。

眼泪夺眶而出。

再不甘心，她的痴心，也从此再没有任何可能了。

苏叶回家之后就发现唐霖坐在沙发上发呆，丝毫没有之前催唐皓替妹妹出气的精气神，整个人都透着一种萎靡，就好像一下子衰败下去了。

苏叶吓了一跳，跟唐皓交换了一个眼色，就连忙过去叫了声：“爸爸。”

唐霖抬眼看了看她，勉强露了个笑容：“小弦回来啦，今天有没有被吓到？对不起，都是爸爸的错，是爸爸太没用了。”

如果不是他当年没用，就不会压制不住兄弟，把公司搞成那样，还给儿子留下这种隐患。

苏叶搂了他的胳膊，偎在他身边，但并没有说话。

这种时候，空泛的安慰什么意义也没有。

唐霖拍了拍她的手，又看向唐皓：“是我一直要求你照顾小弦，才会让他找到这种借口，我会向董事会说明……”

唐皓摇了摇头，打断了父亲的话：“不用这样，我做的一切都是出于我自己的判断，你不必为此自责，更不必去解释什么。何况给小夜的投资是我私人出的，扯不上安盛。总之只是些小麻烦，很容易解决的。”

唐霖看着他。

他对这个儿子的感情一直有点复杂。

唐皓刚出生的时候，他当然也很高兴。

他和妻子算是商业联姻，说不上有什么感情，但儿子毕竟是他的。唐皓优秀出众，他也很自豪。

但儿子渐渐懂事，发觉了他在外面的风流韵事之后，就站在他妻子那边，跟他生疏了，甚至每看他一眼，都是谴责。

唐霖前半生也算顺风顺水，怎么甘心看儿子的脸色？

父子关系每况愈下。

在妻子去世的时候降到了冰点。

他其实有点内疚，却又拉不下脸。总没有老子先向儿子低头的道理。

然后他把公司搞成那样，自己还进了医院，唐皓一言不发地顶了上去。

唐霖又骄傲又心痛，更加觉得愧对这个儿子。

也正因为这样，他反而更加不知道要怎么跟唐皓相处。

唐皓也不是那种嘴甜会说话的人，虽然表面上该有的恭敬都有，但实际对他这个父亲到底还有多少尊敬，唐霖自己都不敢猜。

毕竟他在病床上的时候，也没少反思，他这样失败的父亲，大概也真没有什么值得让儿子尊敬的地方。

所以他对唐皓也不好有什么要求，就算偶尔会让他照顾唐夜弦之类，但唐皓以前根本不予理睬，他也没有办法。

他跟唐皓，表面上看起来似乎要比动不动就吵吵嚷嚷的唐皑要安宁和谐，其实反而更加别扭僵硬。也就是最近“唐夜弦”这些事，才让他们的关系稍微缓和了一些。

而今他行将就木，但唐皓风华正茂，站在那里有如渊渟岳峙，从容又自信。

曾经把他逼得焦头烂额的三弟，在儿子口里轻描淡写得不值一提。

唐霖心中一时百感交集，既有欣慰骄傲，又感叹时光飞逝无法倒退，还没能弥补父子之间的嫌隙就已经不得不面临退场。

他现在，唯一能为儿子做的，就是不要添乱了吧。

唐霖这么想着，心头不免苦涩。

苏叶搂着他的胳膊摇了摇，问：“我想把爸爸给我的股份再转给大哥，行不行？”

唐霖把股份分给她和唐皑时，就有任何人不得侵占的条件，那是他给女儿的保障。苏叶觉得自己想再转让，还是要先跟老爷子说一声。

唐霖回过头来看着苏叶，还没说话，唐皓自己已经拒绝了：“不用，没到那个地步。”

苏叶撇了撇唇：“但我不想看别人拿股份的事来要挟你。”

这说的显然就是谢圆圆的事。

唐皓一直绷着的表情这会儿才柔和下来，轻声道：“没事的，别担心，她要挟不了我。”

唐霖看看唐皓，又看看苏叶，叹了一口气，又拍了拍苏叶的手，道：“你真是个傻丫头，给你的你就留着，安盛的情况好，就拿着赚分红，要真是不好了，再拿出来卖钱也行。”

苏叶还想再争取一下，就听到门口传来响声。

唐皑匆匆跑了进来。

他没去发布会现场，毕竟还生着气呢，不想去给苏叶捧这个场。看到新闻才知道唐霈在那里放了狠话，他连忙赶回来。

他目光扫了一圈，甚至没顾得上跟苏叶吵架，先拿出一份文件递给唐皓，急切地道：“我的股份转让给你，协议书已经做好了，签字就生效。”

唐皓有点哭笑不得，又有点欣慰，道："你也对我没信心吗？"

"不是。"唐皑连忙分辩，"只是我觉得，三叔他能威胁到你的，也就是股份这点事了。那当然是让大哥持股越多越好，能省点事就省点啊。"

唐皓笑了笑："你有这份心就好。不过真是没有必要。我倒觉得，三叔选择现在这个时机来挑事，并不是他有什么绝对把握，只不过是不甘心想最后再赌一把而已。"

"怎么说？"唐皑问。

"安盛现在发展势头良好，我的地位只会越来越稳。而且前不久才因为杜怀璋的事清理过公司的人事，公司里基本已经没有什么他们留下来的人了。他再不动，就真的没有机会了。"唐皓分析给弟弟听，"再有一点，你也说了，他现在唯一的优势，就是股份。但他手里的股份是从爷爷那时分下去的，他年纪也大了，如果他现在不动手，等到他去世再分给子女，这么一分散，优势就没了。所以他只能赌一把。"

"但是，股东们投资安盛集团，为的是赚钱。他们其实并不会介意坐在总裁的位置上的人是谁。唐皓、唐霈，甚至是你唐皑都没有问题，只看谁能给大家带来更大的利益。"唐皓把协议书还给唐皑，"只要我手里还有能赚钱的项目，他就掀不起什么浪花。"

毕竟几个叔叔手里的股份加起来也没有过半，所以当年才会利用"唐夜弦"来算计唐霖的"遗产"。

现在唐霈手里能有多少，唐皓也能算得到，所以才根本不会担心。

唐皑在安盛实习了几个月，也不是什么都不懂，想了想就点了点头，倒又露出几分不好意思来。

他还是太急躁了。

唐霖瞪着他骂道："遇到一点事就咋咋呼呼，什么时候能跟你大哥学得沉稳一点？"

唐皑搔了搔头，没有回嘴。

唐霖看看几个儿女，又笑了起来，道："但能看到你们这样，我真是开心。我不是个称职的父亲，但你们都是好孩子。真好。"

除了“唐夜弦”之外，唐皓兄弟俩这还算是第一次被父亲当面这样直白地夸奖，尤其是唐皑，一时甚至都没反应过来。

唐皓也有点难为情地干咳了一声。

唐皑这才反应过来，唰地红了脸，眨了眨眼，又张了张嘴，却什么也没说出来。

苏叶“扑哧”笑出声来。

唐霖握着她的手，道：“但还是我家小弦最好了。”

苏叶老实不客气地点了头。

唐皓也笑起来，唐皑却不悦地瞪着她，腮帮都鼓了起来。

这样的一家子，的确真好。苏叶想。

第十七章

最好的男朋友

唐霈在发布会上闹了那么一出之后,“唐夜弦”那点事就迅速地被揭过去了。

苏叶之后想去找杜怀璋问他发布会上的事，但他没有见她，只递了句话出来，说是璋哥哥最后的礼物。

苏叶的心情就变得复杂起来。

早先唐夜弦还在的时候，他捏着那视频百般威胁，现在她不在了，却又变成了璋哥哥的礼物……未免太迟了一点。

唐皓对此倒只是哼了一声，说：“算他识相。”

虽然唐皓还是不高兴自己明明也准备得挺好，却被杜怀璋截了个胡，但杜怀璋此举，也算是真正把他和“唐夜弦”的关系画上了句号。

这也不错。

苏叶身上有关“唐夜弦”的瓜葛算是彻底理清了，她也算放下一桩心事，认真开始筹备起常晓嘉的电影来。

这些前期工作头绪万千琐碎繁杂，常晓嘉本人又是新人，能派上用场的时候其实并不多，苏叶只能自己重头学起。

好在对她而言，这些到底都算是商业行为，反而比她学表演更容易。

孟修那边电影拍完，回到云城的时候，她正忙得不可开交，只能把他约到办公室见面。

孟修也没什么不满。

事实上，他还挺开心看到苏叶这样干劲十足地忙碌。

“就知道你不会被这些事打倒的。”他笑着说。

苏叶也笑了笑。

其实说到底，大概还是因为她不是真正的唐夜弦。

所以说黑历史也好，劣迹艺人也好，甚至包括那个视频上的落水事故，她都并不怎么在意，不在意的事，怎么可能打倒她？

倒是许建安和谢圆圆，对她的打击还稍微大点。

“唐家的事怎么样？”孟修又问。

“唐皓说不用担心，应该就没事吧。毕竟再难也不会到七年前那个程度吧？”苏叶耸了耸肩，半开玩笑地道，“其实他要真被踢出安盛，也没什么大不了的。到时轮到我养他，我们的地位就反过来了。”

孟修这时却并没有笑，反而皱了一下眉。

想想这位一直是在怀疑唐皓家暴的，这时说不定又在脑补什么呢。苏叶连忙摆摆手，道：“我说笑的，其实我们之间没有什么地位问题，他也没有不尊重我。”

孟修道：“那你为什么又要这样急于解释呢？”

苏叶静了一会儿，轻轻道：“我不想你误会他。”

她变成唐夜弦以来，孟修大概可以算是第一个主动向她释放善意的人，所以她也真的把他当朋友，当然不想他一直误会。

虽然说唐皓也好，她自己也好，到这时候，其实也未必真的在乎其他人同不同意，但……如果能够得到祝福，当然就更好了。

“那个时候……”苏叶摸了一下自己的脖子，继续解释，“他还不知道我是谁，或者说没有看到我的变化。你看，唐夜弦……以前就是那么恶劣，还有最近那个视频，对一个因为一个阴谋被带到了唐家，甚至可能还是杀掉自己真正妹妹的凶手的人，他当然不会客气。”

“那现在呢？”孟修又问，“他对你……是因为苏叶，还是因为你？”

苏叶自己也为这个问题纠结过很久，这时被问起来，心态反而平和。

“其实……也无所谓啦。”她说，“是因为以前的苏叶也好，是因为现在的我也好，现在在这里的是我，跟他朝夕相处的是我，他如果真的接受不了，再分开就是了。”

说到底，她也不是没有谁就活不下去的人。

了不起就是一时分手的痛苦。

七年前她能走出来，现在当然也能。

但孟修看着她，长久没有说话。

苏叶被他看得又略有点心虚，轻咳了一声，道：“孟大哥是不是又觉得我有病？”

孟修摇摇头，又缓缓道：“爱情不过是一种疯症。”

这句话不算是他的原创，出自莎士比亚的《皆大欢喜》。

孟修不算是科班出身，但演了这么多年戏，台词功底是过硬的，短短一句话，念起来抑扬顿挫荡气回肠。

苏叶反而怔了一下。

孟修没再问她唐家或者唐皓的事，而是探头看了一眼她桌上的文件：“我之前听你打电话，是摄影师还没确定吗？”

苏叶点了点头。

“我有个朋友，最近应该有空，他技术还行，拍文艺片也合适……”

“等等。”苏叶连忙抬手打断他。

能被孟影帝当朋友，说技术还行的摄影师，那得是什么人？

上次他说“有个朋友”，是傅志诚。

苏叶也是在拍完了才算了解傅志诚在圈里的咖位，“唐夜弦”都糊成那样了，《我家娘子有点病》还能赚点钱，大半都算是傅导的功劳了。

现在孟影帝又说“有个朋友”……她就得先把话说在前面：“我们这个电影……算是我友情支持学姐，新人导演，我自己主演，预算也不太多，请不起大神。”

孟修点点头：“就算我也友情支持一下吧。”

“等等。”苏叶再次叫停，看着他眨了眨眼，“孟大哥的意思，是你要参演？”

“怎么，不欢迎吗？”

“当然不是。只是……”苏叶直接把剧本递给他。

新人新片，若是能有孟修这种大影帝加盟，她当然求之不得。只是这个剧本，说到底大概就是一个自闭少女的呓语，男性角色很少，戏份也不多。常晓嘉这个人在自己的艺术上又格外坚持，她绝对不可能因为孟修要演就给他加戏的。

再说了，新导演，新班底，碰上孟修这个咖位的演员，也实在有点底气不足。

苏叶索性直接把自己的顾虑跟孟修说了。

孟修一边听一边看着剧本。

他这时只算是粗略地过一遍，看得很快，这剧本也短，苏叶说完，他也就差不多翻到底了。

“我要演这个陈熙。”他指了一个角色。

那是剧中女主角的一个老师。一个老派的严肃男人，正式出场不过几场戏，后面回忆里也有几个镜头，但整个电影加起来，大概也不到十分钟。

苏叶有点头痛：“常师姐真的不会随便加戏的。”

“不用加，这样就行。”孟修道，他突然又笑了笑，“这样一来，我们的角色也算是反过来了。”

苏叶愣了一下才意识到他说的是《宫墙月》。

那时孟修是男主角，她只是个连台词都没有的龙套。

但他却肯听她讲自己的思考，又一直这么关照她……

“孟大哥……”苏叶轻轻唤了一声。

孟修摆摆手打断了她的话:“就这么定了。目前这个阶段要做的事还多着呢。不过，你们不打算拉别的投资的话，倒也省了不少麻烦。现在可以先把拍摄班底先拉起来。这方面我认识的人多，我来联系吧。”

到了这时，苏叶再多说什么，倒显得矫情了。

她只能笑了笑，道：“但是我们真没多少钱。”

“放心。”孟修甚至还故意眨了一下眼，“我来拉人的话，唐皓绝对会跟着就把钱砸过来的。”

苏叶的头痛得更厉害了，怎么破？

唐皓对孟修这种说法十分不爽："我给自己女朋友的戏投钱还要他来激将？"但也不拦着苏叶让孟修加盟。

苏叶到底不是唐夜弦，他算是明白了别人那套给钱买包替她解决麻烦宠宠宠在苏大小姐这里行不通。

能在她那里刷到好感度的方式，就是由得她去做她想做的事。

何况唐皓虽然在父亲弟弟面前说得轻松，但要应付董事会，还是有很多工作要做的，这两天忙得晚饭都没有回来吃。

这时也只是隔着阳台和苏叶说几句话，他回头还有文件要看。

这种感觉倒让他好像回到了学生时代。

他跟苏叶当年其实也不是每天都腻在一起，毕竟两人都是大家族的继承人，时间都排得很满，学校里也并不同专业，很多时候就是坐在一起，也是各刷各的题，各做各的事。

但只要间或抬头对视一眼，只要休息时随口说两句话，心口都是甜的。

他现在也是如此。

挺好的，唐皓想。

就连苏叶说反过来养他的玩笑，他也觉得不错。

少年时他和苏叶在一起，颇有几分较劲的意思。家世差不多，个性又都傲气，他还是男生，有种刻在骨子里的大男子主义，一点也不想被苏叶看轻。

包括家里出事，也不想让她知道。

说是不想连累她，但心底深处未必没有一丝原因是不想看到她同情的目光。

后来这么多年，这么多事……

唐皓对外当然还是有他骄傲的底线，可是面对苏叶……真是无所谓了。

她要愿意，他养着她当然很好，但是反过来，也不是不能接受。他独自辛苦了这么多年，突然有种自己也是有后盾的感觉……竟然意外地还挺温暖的。

苏叶那边正在笑。

她变成唐夜弦以来，唐皓第一次用了"女朋友"这个称呼。

她笑着摇摇头："谁是你女朋友？"

唐皓也笑起来："好吧，你说不是就不是。等我忙完了三叔的事，我们就去登记。唐夫人。"

苏叶依然只是摇着头笑："谁答应过你要登记？"

唐皓伸手一指院子里的玉兰树："人证树证俱在，你敢说你没答应过？"

苏叶顺着他的手看过去，不由得就安静下来。

这时已经很晚了，天上有云，月色不明。

房间里的灯光照在树叶上，带了点淡黄色，倒不如月光下那么清冷。

苏叶的心情也有点柔软。

她的确答应过的。

多年以前，他送了她满树繁花和他的承诺。

而后她应了。

那个时候……

她在看树的时候，唐皓一直在看她。

她的侧脸很美，也许是因为夜色，也许是因为树，眼睛的颜色似乎比平常更深一点，绿幽幽的，像是能把人吸进去。

不是他记忆里的脸，却是他想要共度余生的人。

但苏叶呼了口气，还是继续摇摇头："我还没到法定婚龄呢，大哥。"

她拖长了声音，把这声"大哥"叫得又软又绵。

唐皓心头发颤，却只能郁闷地磨磨牙，泄愤式地踢了阳台的围栏一脚。

苏叶笑得伏倒在栎杆上。

不多时，就觉得手上一暖。

唐皓从那边伸过手来，隔着阳台，覆在她扶着栏杆的手上。

"小夜，我真高兴。"

他说。

明明刚刚还在懊恼得踢栏杆，这时却说高兴。

苏叶侧头看着他，眉眼弯弯的，却没有继续取笑他，只是挪过去，低下头，在他手背上亲了一口。

她明白他的意思。

跟对的人在一起，幸福就是如此简单。

一个对望，一次接触，都让人高兴。

孟修做事很靠谱。

他找来的人都是技术不错，但并不算太出名的人。要价也不是很高，刚好在苏叶的预算范围内。

常晓嘉也很满意，她和苏叶都是新人，这样的班底才比较好磨合，如果都是孟修这样的咖位，那这电影她估计拍不动。按她原来的想法，是想去各学校捡几个有兴趣又有热情的学生。现在苏叶愿意掏钱，孟修又找来了有经验的专业人士，当然最好不过。

她拉着苏叶的手，感激不尽。

苏叶道："谢孟老师吧。要不是他，我大概也就随便招几个人了。"

常晓嘉当然也感谢孟修，但她只是在艺术上有点偏执，并不是没有自知之明。如果不是苏叶，她这种名不见经传的新人，这种执着于个人理想的电影，哪可能让孟影帝这样费心？

"我会找机会感谢他的，但最重要还是要谢你。"常晓嘉道，"现在想起来，你当初能到云清，真是我的福气。"

苏叶想想当初自己和陆海薇斗气，倒有些好笑。

"当初学姐可是一脸的不赞同。"

"我只是不同意你拿钱收买人心……"常晓嘉话说到一半，自己又停下来，到底有几分尴尬。

她还记得当时苏叶的话。

"钱就是拿来用的，如果能简单高效地解决问题，为什么要浪费时间？"

出身不同，价值观和解决问题的方式就不一样。

苏叶当年会是那样，现在也是。

就算没有孟修的加盟，她靠着唐家的背景，开出高薪，同样算是新人，但比起常晓嘉自己之前四处碰壁举步维艰，效率的确高多了。

常晓嘉心底并不觉得自己是错的，可现实却直接给了她一耳光，更不用说现在到底是她求到苏叶头上，依赖苏叶的地方还有很多。

她又矛盾又有点难为情。

苏叶却拍了拍她的肩：“学姐不用想太多，你现在只要想你要拍的电影就好了。现在咱们能有更好的演员更好的班底，尽量做到最好，最好还能去蹭个电影节什么的，就算对得起我的投资和孟老师的帮忙了。”

常晓嘉只能点点头。

苏叶又道：“还有些手续什么的，我和夏千蕾来准备，你现在就可以先考虑拍摄场地的事了。”

常晓嘉再次点头。

这是她分内之事，其实她心底也已经有了备选，但肯定还是要带着摄影师再去实地确认一下的。

苏叶继续道：“还有啊，我和孟老师合伙开了个度假农庄，差不多也快要开业了。趁着这个机会，不如我们顺便拍个小小的宣传广告吧？这个也交给常师姐你了，你有空的时候想一想啊？”

常晓嘉几乎是反射性地点了头，然后才又意识到不太对：“这个跟我们的电影根本没关系啊，怎么可能顺便？你是顺口使唤人吧？”

“对啊。”苏叶坦然点下头，笑着道，“我是商人嘛，当然是想收益最大化，逮着人就榨干啊。”

常晓嘉也笑起来。

之前她对“唐夜弦”的了解的确有点流于表面，但这些时间共事以来，也不是看不出“唐夜弦”是什么人。

要说精明是有的，但逮着人压榨这种话就是玩笑了。

明显只是为了缓解她的尴尬。

一边毫不忌讳地利用权势金钱，一面又顾及着身边人的感受……常晓嘉的心情有点复杂，又觉得似有一股小小的暖流在心头穿行，不自觉地放松了一些，甚至也跟苏叶开起玩笑来：“孟老师跟你一起开公司，还在网上那么力挺你，现在又这么帮忙，你们是不是真的有状况啊？”

苏叶连忙摆摆手：“没有，就是朋友而已。学姐你这样的话今天问过就算啦，让我男朋友听到，可是要吃醋的。”

常晓嘉吓了一跳：“你有男朋友？”

苏叶想起昨夜昏黄灯光里唐皓英俊又柔和的脸，眉梢眼角不由得也跟着柔和起来：“有的啊。”

最好的男朋友。

第十八章

最后通牒

安盛集团召开董事会会议那天上午，苏叶“偶遇”了许建安。

打过招呼之后，许建安便轻笑道：“你对唐皓还真有信心，这时还沉得住气在外面闲逛。”

“要说闲，大概比不上特意来堵我的许先生更闲吧？”苏叶半路被拦下来，有点不耐烦，语气不悦。

许建安看起来丝毫不以为意：“我可是有正事要找你谈。”

苏叶挑了挑眉：“哦？”

“听说你在筹备一个新电影，自己做出品自己做制片？”

苏叶直接拦下了他后面的话：“不接受外部投资，谢谢。”

许建安噎了一下，才又笑起来：“你还真是……应该说，不愧是你啊。”

苏叶没有接话。

许建安又道：“你知道谢圆圆今天在哪里吗？”

谢圆圆手里握着安盛的股份，唐皓又拒绝了她的联姻，现在许建安既然这样问了，谢圆圆今天的行踪还用猜吗？

“谢圆圆手里的股份果然是你搞的鬼。”苏叶嗤笑了一声，“说是只跟她买了镯子，就是拿安盛的股份去买的吧？不过，你真的以为谢圆圆能对安盛的董事会造成什么影响吗？”

就像唐皓之前说的，股东们投资安盛，是要赚钱的。

唐皓和唐霈之间，说不定他们还要犹豫一下，但唐皓和谢圆圆？这还用选吗？

至于说她偏向谁……唐皓之前没答应她，当然就会把她这个不确定因素计算在内，这时还能翻得起什么浪？

“她的确不能，但你能。”许建安却看着苏叶，轻声道，“只要你愿意，她的持股证明随时都可能无效。”

谢圆圆在这个关键的时候拿到那么多安盛的股份，是用了一些小手段的，他能帮她绕过去，当然也可以随时再把她拉下来。

苏叶跟他对视了一会儿，又笑了笑：“我想，这个‘我愿意’，大概也不是没有条件的吧？”

许建安也笑了，看起来温和无害，却没有否认。

苏叶缓缓道：“之前吧，我有时候会想，为什么比起我这个亲生女儿，父亲会更信任你，甚至还有点吃醋。但现在看起来，他选你，真不是没有道理。在某种意义上来说，你们才是一样的人。”

许建安那一脸温和的表情僵了一僵。

他对苏承海的观感有点复杂，有感激敬重，但更多是被控制的恐惧和压抑，现在苏叶竟然说他们才是一样的人？

“很小的时候，父亲就一直教我，结果和效率是最重要的，能花钱解决的事，就不要浪费时间，能用交易解决的事，就不要浪费感情……呵呵。”苏叶长呼了一口气，轻轻摇了摇头，“看起来你学得比我好。在你们看来，这世上所有的事情，不过都是利益交换。所谓的感情，不过也是交换的环节而已。早先的张毅昆，后来我和唐皓分手，现在谢圆圆和安盛股份的事……你是不是觉得这种把戏可以一直玩下去，将所有人都玩弄于股掌之上？”

“小叶……”

许建安唤了一声，却又被苏叶挥手打断。

“省省心吧，我不会答应你任何条件的。”

许建安脸色微沉，声音也低下来：“你真的不在乎唐皓在这次董事会会议被弹劾？”

“我不插手安盛的事。”苏叶坦然道，“再说了，不要说弹劾，就算他破产又怎样？正好我们还可以一起浪迹天涯呢。”

许建安冷笑了一声：“真是天真大小姐的想法，等你没了现在锦衣玉食的生活，不要说浪迹天涯了，过一天穷日子就得哭喊着后悔。”

“这才是你不肯放弃苏氏的原因？”苏叶敏锐地问。

许建安闭了嘴。

是，他的确是穷怕了，他觉得这也并不丢人。

苏叶是苏家大小姐，含着金汤匙出生，从小吃穿用度都是最好的，现在又是唐家小姐，虽然因为这真假身份地位有点尴尬，但唐霖那么宠她，衣食住行也半点都不含糊，一天苦都没吃过的人，她怎么能理解？

“穷日子什么的，我的确没过过，现在也真不能确定自己过不过得下去。”苏叶静了静才缓缓道，“这些日子以来，我经常在想，我到底喜欢什么，我到底应该做什么，什么样的生活才算是我真正想要的。其实到现在还没有确切的答案。但只有一点，是可以肯定的。上辈子那种表面上看起来花团锦簇人人称羡，实际上充满了隐瞒和算计的虚假人生，我一天都不想再过。永远都不可能再回去。你还是死了这条心吧。”

她说完也不等许建安回话，转身离开。

许建安站在原地看着她的背影，脸色阴晴不定。

苏叶才刚上车，就接到了沈弘行的电话。

说他收到一个匿名邮件，里面有一些和当年苏承海有关的东西。

苏叶吓了一跳：“什么？”

“……修改病历的记录，被改动的检查结果……还有两段录音，一段是许建安跟人商量怎么修改病历不会被发现，一段是许建安威逼利诱让人保密。我猜后一个应该就是王思思。”沈弘行的声音暗哑艰涩，“对不起，我真没想到……当初如果我再认真细心一点，如果我能亲自去盯着检查，亲自确认结果……苏伯父可能就不会……”

苏叶拿着手机的手指因为用力而指节发白，却什么也说不出来。

这事她早有猜测，但真的听到有了实证，还是让她一时有点接受不了，只觉得好像掉进了冰窟，浑身发冷。

真的是许建安。

他怎么能……

怎么能！

沈弘行还在电话那端道歉。

苏叶心里清楚，许建安真的有心要害她父亲，不在玉和医院，也会在别的地方，沈弘行再认真也没用。何况，那是他自家的医院，他难道还能不相信自家的检查结果？苏叶当初想不到许建安会谋害父亲，沈弘行又怎么可能提前预知自家医院的医护人员中有人跟许建安合谋？

苏承海本身就不是特别配合的病人，然而照顾他的家属是许建安，家属和护士有预谋地联合起来欺骗了沈弘行这个医生，人为的在“误差允许”的范围内，一点点改动检查化验的指标和数据，让沈弘行误以为苏承海一直在好转，然后到那一天“突然恶化”，再无力回天。

沈弘行在内疚自责，苏叶自己又何尝没有？

如果守着父亲的是她，又怎么会给许建安这种机会？

可是啊……

这世上又哪里有后悔药可吃？

苏叶深深吸了一口气，把那些情绪都按下去，问：“你对发邮件来的人有猜测吗？打算接下来怎么办？”

沈弘行那边静了一会儿，大概也是在整理思绪，然后声音反而平和下来，道：“我打算报警。”

苏叶抿了一下唇：“你想过这事公开的后果吗？医护人员擅自改动检验报告单和病历……肯定会变成医疗丑闻的。”

现在医患关系本来就紧张，一个误诊都可能会闹上天，何况这种恶意修改？绝对更加会摧毁患者对医院的信任。

玉和出了这种事，声誉肯定要大受影响的。

沈弘行又顿了一下，才道："是我们的错，没什么不能公开的。何况这中间已经有两条……不……三条人命了。放任他们逍遥法外，说不定你还会再次……"

他没说下去，但苏叶明白他的意思。

既然已经确定苏承海是许建安害死的，那苏叶和王思思的死当然也跟他脱不了关系。

现在他知道"唐夜弦"就是苏叶，又怎么可能不想斩草除根。

"不论这个发邮件的人是谁，他在这个时候选择把证据发给我，就是对我的信任。我总不能辜负这份信任。再说了，如果我不能给他一个公道，说不定他还会发给别人，到时玉和的处境就更尴尬了。"

沈弘行打定了主意，苏叶就没再劝。

毕竟在她的立场，越早把许建安绳之以法越好。

她挂了电话就让曹进直接改道去玉和医院，一边给唐皓发了个信息说这事。

唐皓估计还在开会，并没有及时回复。

苏叶捏着手机，盯着唐皓的头像看了一会儿。

偏偏是在这个时候……

恰好在唐皓没办法分心的时候，有人发来了匿名邮件。

事关许建安和苏承海，苏叶又不可能不去确认。

时机巧得让她几乎都要觉得这是一个圈套。

但是许建安肯定不会把自己的把柄发给沈弘行。

所以到底是怎么回事？

苏叶觉得有点头痛，索性又给许嘉打了个电话。

电话接通，她都顾不上寒暄，三言两语把沈弘行收到匿名邮件的事说了。

许嘉也很意外："什么？今天收到的？为什么会是发给沈弘行？"

"我也不知道啊，所以才想问你……"

这时车子正好过十字路口。

苏叶话没说完，一辆卡车发疯一般闯过红灯，全速向他们直撞过来。

苏叶原本的计划是直行，绝对会被这卡车拦腰撞上。

即便这时因为临时改道拐了弯，也并没有脱离危险。

苏叶今天坐的是一辆宝马，质量算是不错了，但在那辆卡车面前，估计跟纸糊的差不多，完全不在一个吨位，真撞上大概会直接变成一团废铁吧。

好在曹进车技不错，咬着牙紧握着方向盘，极力闪避。

但就在这时，又冲出一辆车拦在他们的路上，而卡车也拐了弯，继续追击而来。

曹进狠踩油门，要从这夹击中冲出去，但这到底是车水马龙的路口，引擎轰鸣声未落，他们已撞上了一辆出租车，向旁边侧翻出去，摔在了路边的绿化带里。

之前拦截他们的那辆车也撞到了卡车上，车头冒起了火光，因为这一撞卡车的速度才缓下来，但还是继续向前，又撞开了几辆车才停下来。

这一串连环车祸发生的速度极快，很多人甚至根本都没有反应过来。

苏叶上一秒还在打电话，下一秒就已经遭遇了生死时速。

一连串的撞击摇晃和天旋地转的翻滚之后，苏叶感受着身体的剧痛，血液糊住了眼睛，意识模糊之前，又似乎有一瞬间的明悟。

沈弘行收到了匿名邮件不是许建安的圈套。

这才是。

许建安今天不是来跟她做交易的，而是来给她下最后通牒的。

如果她不答应，那就是来送行的。

他果然想再杀她一次。

用同一类方式。

第十九章

原来他真的要她死

苏叶迷迷糊糊的，听到朱婷的大叫，听到警车和救护车的鸣笛。

感觉有人把她从车上搬了下去，又抬上了单架。

有人在她手臂上扎了一针，她才算彻底昏睡过去。

再醒来时，她却发现自己并没有在医院里。

首先映入眼帘的，是破旧肮脏的天花板，泛着霉斑不说，有些地方还脱落露出了灰色的墙面。

然后她就发现自己是被绑住的，双手双脚都用胶带缠了起来，嘴也被胶带贴上。

苏叶只觉得心口发凉。

真不愧是许建安。

车祸没弄死她，还有他的同伙伪装成救护车等着——不，也许就是真的救护车，朱婷才会让她上去。

结果在车上等着她的，却是那个和许建安一起害死她父亲的人。

苏叶咬了咬牙，扭头向四周看去。

这里看起来像是废弃已久，门窗破旧，乱七八糟地堆着些杂物。

苏叶被扔在一个墙角。

而旁边一把椅背缺了一半的破椅子上，坐着一个女人，女人见她这边有动静，也正好看过来。

那女人看起来二十五六岁的样子，微胖，留着齐耳短发，越发显得脸圆。

苏叶认识她。

虽然不太记得住名字，但当初她请王思思的同事们吃饭，就有这个圆脸女人。当时差点吵起来，她还劝了架，说话轻言细语，看起来很和气的样子。

没想到竟是许建安的同伙。

真是人不可貌相。

苏叶想到这个，突然又自嘲地想笑。

许建安那个样子，谁又能看得出来他会杀了岳父再杀妻子？

大概是苏叶的反应太过镇定让圆脸女人有点不太高兴，她站了起来，走到苏叶身边，抬腿就踢了苏叶一脚。

苏叶痛得整个人都缩了起来，咬紧牙盯着她。

“不愧是唐小姐啊，这个时候，还这么嚣张。”圆脸女人咂咂嘴，蹲了下来，掏出一把手术刀，对着苏叶的脸比画，一面喃喃道，“先是苏叶，再又是你。他是看上了苏家的钱，你呢？一个臭不要脸的私生女，有什么值得他另眼相待？凭这张脸吗？”

刀锋的寒光让苏叶下意识地向后缩了缩，心中却飞快地盘算着她这几句话。

这段自言自语，其实已经透露了不少东西。

她不知道“唐夜弦”就是“苏叶”。

她喜欢许建安。

她误以为许建安真的在追“唐夜弦”。

她嫉妒“唐夜弦”。

这就可以解释之前寄给唐皓的那些照片和视频的矛盾。说不定她那时根本就没有跟许建安商量，只是她自己想对付“唐夜弦”。

那么……

这次呢？

真的是许建安留的后手，还是又是她自己擅自行动？

苏叶这么想着，就往她身后别的地方看去，想找找这里还有没有其他人。

“你在看什么？你想找谁？”圆脸女人很敏锐地发现了，也跟着看了两眼，然后就笑起来，“你的保镖？还是唐总裁？你觉得……还有谁能救你？”

苏叶的心不由得一沉。

唐皓给她安排了两个保镖，她自己也觉得应该是足够保护她了。

但先是车祸，然后是救护车，她受了伤，满头是血，保镖难道还会拦着来抢救的医生？上了救护车，麻醉药一打，保镖发现不对的时候，大概就已经晚了。

苏叶想想之前她和唐皓为了她开车的事还吵过架，就觉得讽刺。

你看，真有人预谋要对付她的时候，是谁开车又有什么区别？

苏叶的嘴被胶带封着，她挣扎着“唔唔”了几声，表示自己要说话。

圆脸女人这时心情似乎还不错，就给她撕开了。

胶带贴得久了，撕的时候简直就好像撕开一块皮，苏叶痛得倒抽了一口气，这让圆脸女人看起来更高兴了。

苏叶喉咙干涩，咳了两声清了清嗓子，才道：“我记得你，你是玉和医院的护士。”

在她受过的教育里，假装认不出绑匪的样子可能更有利于麻痹他们以便脱身，但圆脸女人既然在她面前露了脸，这一条大概已经没什么意义了。

“我们……应该没什么过节吧？我还请你吃过饭。”苏叶继续道，“你为什么要绑架我？是想要钱吗？”

“吃饭？我是不是还要夸唐小姐记性好啊？”圆脸女人笑出声来，她用手术刀的刀身轻轻拍了拍苏叶脸，“不，我不想要你的钱，如果可能的话，我倒是更想要你这张脸。”

她说这话时虽然在笑，语气却阴森得让人发冷。

说是想要，却更像是想毁掉“唐夜弦”那绝色容颜。

冰冷的金属触感让苏叶一动也不敢动，深吸了一口气，她才故意问：“之前给唐皓寄照片的也是你吧？你喜欢唐皓？”

圆脸女人嗤笑了一声：“谁会喜欢那种大少爷？没了家世背景，他什么都不是。”

这种话放在别人身上也就算了，一手把安盛从濒临破产拉回来发展成现在这样的唐皓，就算没了唐家，也一样得算一号人物。

只是这个时候，苏叶也不能跟她争辩，只问："你既然不要钱，又不喜欢唐皓，那把我抓到这里来，是因为王思思的事吗？"

提到王思思，圆脸女人眼中明显闪过一丝厉色。

苏叶下意识往后一仰，果然几乎是同一时间，那女人就把手里的刀竖了过来，幸好苏叶躲得快，只在她下巴上划了道小口子。

苏叶咬牙忍了忍痛，道："王思思果然是你杀的。"

这一刀没有达到预期的效果，但圆脸女人也不太在意，她甩了甩刀上沾的血，又笑了笑："你真是比传言里聪明多了。也是，如果没几分机灵，又怎么可能哄得住唐家父子？不过我也有点好奇，你跑来跑去地查王思思的事，有什么好处？你难道不知道唐皓是为了苏叶？为了讨好他，情愿去为他前女友的事奔波，女人做到你这份上，也未免太低贱了。"

因为……她就是苏叶啊。

苏叶当然也不想告诉她，而是反问："那你呢？王思思死了，就没人知道许建安害死苏承海，苏家父女死了，许建安就能继承苏家的家产，可是……你又得到了什么好处？到现在还不是只能做个小护士？"

圆脸女人笑容一僵，眼中杀机又现。

这次苏叶却没有再退，而是长长地叹了一口气，把那句话还了回去："女人做到你这份上，也未免太可悲了。"

"闭嘴！"圆脸女人厉声尖叫起来。

苏叶没有继续激怒她，乖乖闭了嘴。

"你知道什么？你懂什么？"圆脸女人嘶吼道，"这全都是苏家父女的错，小的臭不要脸地看上建安，老的就仗势欺人挟恩逼婚，不过就是资助了一点学费，有什么了不起？非得要人用一辈子来还？但我们没钱没势，又能怎么办？"

圆脸女人说得义愤填膺，苏叶却只想冷笑："许建安这么告诉你的？"

圆脸女人冷哼了一声："这还用谁告诉？我难道自己不会听不会看？苏承

海住院那么久，他对建安是什么态度？苏大小姐来过几次？她又是什么态度？以为每年假惺惺做点慈善就能骗得了所有人吗？”

“我曾经，也以为自己听到的、自己看到的，就是实情。直到真的跳出来，站在不同的位置，才发现，原来每个人以为的真相，可能都不太一样。”苏叶叹了一口气，“你醒醒吧，许建安他也许的确不爱苏叶，但也并不爱我，更不会爱你。他永远只爱他自己。”

“胡说！”圆脸女人又叫了一声，但自己又很快冷静下来，眯起眼，阴森森地盯着苏叶，“到这个时候，你还想挑拨离间，也太小看我了。你是想拖延时间吧？我劝你还是死了这条心，没有人知道你在哪里，也不会有人来救你，不如就闭上嘴老老实实的，说不定我还能给你个痛快。”

苏叶却笑了笑：“你要真想杀我，在救护车上就可以动手了。你都能伪造苏承海的病情，想来让我看起来就像车祸之后重伤不治也不是做不到吧？留我到现在，是因为许建安不让你动手，对吧？”

圆脸女人没有接话，目光却越发阴冷。

“所以你才误会他对我‘另眼相看’？”苏叶继续道，“你错了，他只是为了利益。你知道今天安盛召开董事会会议吗？这个会议，可能会影响到唐皓在安盛的地位和安盛以后的发展。如果我出了事，唐皓就算不第一时间赶来，至少也会心绪不宁，许建安就能乘虚而入了。暂时留我一条命，必要的时候还可以跟唐皓做个交易。他是不是这么交代你的？”

“是又怎么样？”圆脸女人转着手里的刀，满是威胁之意，“你还真以为你家唐总裁能把你换回去？”

“哦，看起来你还想一网打尽，连唐皓一起干掉？”苏叶又叹了一口气，“我要是能和唐皓死在一起，倒也不算亏。只是，你有没有想过，为什么是你来做这个事？”

当然是因为许建安最信赖她。圆脸女人这么想着，却没有第一时间回答。

苏叶表现得太过敏锐，她怕自己再开口又会被她猜出什么。虽然一个将死之人，猜到什么也不怕，但还是让她有点不太愉快。

苏叶就自顾说下去：“只是因为许建安他自己不想沾手啊。你想想苏叶，想想王思思，我查到现在，什么都跟他没有关系，能找到的线索只有你，只到你为止。然后这次呢，还是跟他没关系，我死了，唐皓死了，查起来，还是只能查到你。然后……哇，万一你再出点什么事……他许建安就能干干净净清清白白坐拥苏唐两家财产，转头再娶一个门当户对的大小姐，成为真正的人生赢家。”

“你怕是演戏演多了吧，什么乱七八糟的张嘴就来，你知道我跟建安认识多久吗？我们之间的羁绊和信任你根本没办法理解。”圆脸女人终于没忍住，轻蔑地哼了一声，“不要拿你们那套尔虞我诈的阴暗想法来猜我们的关系。”

“是吗？我明白了，你就是许建安那个青梅竹马，但是啊……”苏叶话锋一转，“我去过青山镇，也去过柳湾村，根本没有人知道你和许建安的关系。许建安提前做好了准备，把有关他和你的一切都抹掉了。他根本不想让人知道有你这么一个人的存在。”

“那是为了保护我，苏家那么嚣张，既然能逼婚，谁知道还能做出什么事来？”圆脸女人分辩。

“但苏叶已经死了这么久了呢。你看唐皓，他说喜欢我，哪怕我之前身份不明，他都要带我出席公众场合，公开为我出头，只恨不得在我身上打满标签。那才是正常男人会做的事不是吗？许建安……”苏叶嗤笑了一声，“他倒是请了我吃饭还追到我拍戏的剧组来送花呢。他想到过你的委屈吗？他只是想让你继续做他的隐形情人，继续做他不方便做的事吧？这算哪门子的羁绊？”

圆脸女人没再反驳。

她也正是因为这一点，才气不过想对付唐夜弦。

“还有啊，你知道他手里有不少安盛股份的事吗？”苏叶还嫌不够，继续火上浇油，“他要真的那么信任你，为什么把那些股份给了谢圆圆？如果我昏迷的时间不算太长的话，这时候谢圆圆大概还在安盛开会吧。你如果有办法，可以去求证一下，看谢圆圆是不是在会议上和许建安一个鼻孔出气？”

圆脸女人唰地站了起来。

苏叶反而闭了嘴。

圆脸女人能做这么多事，智商肯定不低，有些话点出来之后，她自己就会去想，反而比直白地说明更有效。

圆脸女人果然没再看苏叶，而是在这破旧的房间里踱起步来。

许建安从来没有跟她公开出双入对，不要说送花吃饭约会，就连说句话，都小心翼翼，唯恐被人发现。

这的确是圆脸女人最为介意的地方。

她叫孔玲，也是个孤儿，跟许建安从小认识，从同病相怜到相知相爱，她真是全心全意地想跟他厮守一生白头偕老。

谁知道中途被苏家插了一脚。

孔玲每天做梦都恨不得吃苏家父女的肉。

好在许建安对她并没有变。

他供她念完了大学，替她安排了工作，温柔细心体贴。

——只除了不能公然和她在一起。

所以，当苏承海送上门来，她下手时一点犹豫都没有。

之后杀了王思思嫁祸给苏叶，她也毫不后悔。

那些逼迫许建安、操控他的人生、占了她许太太的位置、威胁敲诈他们的人……本来就都该死。

任何妨碍他们幸福未来的人，都该死！

苏叶死了之后，许建安顺顺当当继承了苏氏，也没有人发现王思思的事，她本来以为苦尽甘来，却没想到许建安依然不想公开。

当然，他总是有理由的。

——刚接手苏氏，总要做点表面功夫给那些苏氏的元老看。

——唐家兄妹一直在调查苏叶的事，这个时候不能节外生枝。

——王思思的案子还没结，不能让人知道他们之间有任何联系。

一次两次，孔玲也就忍了，但……时间一长，就不由得生出几分焦虑来。

她又不傻。

孔玲其实心里清楚，许建安娶苏叶，一半的确是为势所迫，但另一半……未必不是他自己也想要苏家的钱。

她可以理解的。

他们这种从小孤苦的人……真是穷怕了。

她也不想再回头去过那种日子，能有机会往上走，为什么不抓住？

她只是以为，至少在他心里，她是不一样的。

他们才是一体的，知根知底，密不可分。

直到她亲眼看到许建安看“唐夜弦”的眼神。

那可不是他口中那种因为唐皓的试探和作戏。

果然紧跟着他就开始给“唐夜弦”送花送珠宝甚至绯闻满天都毫不顾忌。

那明明都应该是她的！

孔玲嫉妒得发狂。

所以才有那一连串针对“唐夜弦”的运作，她要毁了“唐夜弦”！

却没想到唐皓会那么坚定地站在“唐夜弦”那边，一力护她到底，让孔玲一番设计就好像全变成了可笑的闹剧。

孔玲恨得咬牙，却又暗自羡慕。

就像刚刚“唐夜弦”说的，那才是一个男人对自己喜欢的女人应该有的表现。

而许建安……

孔玲设计了“唐夜弦”之后，其实已经做好了跟许建安吵架的准备的。

但许建安并没有怪她，反而跟她道了歉，保证会把“唐夜弦”交给她处置，只是现在“唐夜弦”还有用，希望她能再忍耐一下。唐皓和“唐夜弦”对王思思和苏叶的事紧咬不放，必须要解决了唐家，他们才能永无后患地在一起。

孔玲被说服了，才又有了这次绑架。

看着以往嚣张跋扈高高在上的“唐夜弦”弱小无助地躺在那里任她宰割，孔玲心中充满了报复的快感，才让“唐夜弦”多说了那么多话。没想到“唐夜弦”会那么敏锐地一针见血指出了她和许建安之间最不能细究的弱点，让她即便心里明白“唐夜弦”说那些话是在挑拨离间，却也无法不在意。

怎么可能不在意？

她最好的年华都给了许建安，甚至不惜抹掉自己过去的存在，甚至不惜为他杀人，他却连公开和她站在一起都不肯。

什么顾忌名声，什么怕苏氏元老不满，在唐夜弦的事上已经证明了，全都只是借口。

现在的许建安其实根本就不在乎什么人设和名声，他不肯公开的，只有她而已。

他现在有钱有势，能站在他身边的，就不可能是她这个从穷山沟里出来毫无背景的小护士。

大概人就是这样，越往上走，想要的就越多。

她不满足继续这样和许建安私下来往，想做明媒正娶的许太太。

许建安也一样，在苏家生活那么多年，他的眼光只会更高。

他想要的伴侣，要年轻漂亮，要高雅大方，要出身豪门……连唐夜弦这样的都不行，他甚至会想找一个清清白白干干净净真正的大小姐。

比如谢圆圆。

孔玲走到房间的另一边去打了个电话，回来再看躺在那里的“唐夜弦”，眼神就复杂得多。

苏叶也看着她，并没有主动说话。

现在大概是孔玲心里最矛盾的时候，苏叶也不敢再刺激她，毕竟自己的小命还在她手里。

万一孔玲突然对许建安死了心，那许建安“留她有用”的命令就没有意义了，谁知道她会不会索性给苏叶一刀泄恨？反正她手里也不止一条人命了，再多一个也没什么。

至于说放了她……苏叶也没想得那么轻松。

孔玲果然也没想再跟苏叶说话，她直接拿起胶带把苏叶的嘴又封上了。

“我果然还是讨厌你这张脸。”孔玲说，“你要怪，也就怪自己生成这样吧。不然为什么总说红颜薄命呢？”

她缠好了胶带，也就不再管苏叶，转身走了。

许建安的确想暂时留“唐夜弦”一条命，但她并不想。

任何让许建安另眼相看的女人——哪怕有各种各样的理由——都不应该存在。

苏叶睁大了眼，挣扎着想大叫，却只能发出“唔唔”的声音，双手双脚都被绑着也使不上力，只能眼睁睁看着孔玲走了出去。

门被从外面关上，落了锁。

苏叶倒回了地上，满心无奈的憋屈。

按理说，她都能重活一次，还不应该遇神杀神遇佛杀佛吗？为什么一次两次的都是她被关起来等死？

她是不是拿错了剧本？

但这次跟之前被杜怀璋关起来时又不一样。

杜怀璋是怕她跟唐皓通风报信坏了他的事，还想等事了之后带她远走高飞。

但许建安……

苏叶心头冰冷。

许建安不但想要她死，还想要用她做饵把唐皓一起弄死。

上次她有多希望唐皓能早点找到她，这一次她就有多希望唐皓不要找来。

但就在她这么想的时候，就听到门口传来一声巨响。

那扇本来就不太结实的破门被人从外面一脚踹开了。

苏叶抬起头去看。

一个高大的男人正从门口冲进来。

阳光从他身后照进来，就像给他镶了道金边，让他整个人看起来有如从天而降的神祇。

但苏叶这时心里反而只有焦急。

之前她存着一丝希望，觉得那女人匆匆离开是要去找许建安算账，但是他们用车祸和救护车绑架她，计划算是十分周密了，唐皓能这么快找来，又恰好在圆脸女人离开的时候出现……这也太巧了，分明就是圈套。

她挣扎着想说话。

唐皓却误会了她的意思，蹲下身来抱住她，撕开她身上的胶带，一面道：“不要怕，我来了。”

“这是个陷阱！”苏叶在能说话的第一时间就急忙叫道，“你快跑。”

“我知道，别担心，不会有事了。”唐皓说。

苏叶浑身尘土，狼狈不堪，头上和脸上还沾着血，让他心疼不已，但此时此地，也来不及多说什么。

他以最快的速度，割断她手脚的胶带，扶着她站起来："时间有点紧，我们先出去，一边走我一边跟你说。"

他知道？

她被绑在这里的时候，他那边到底发生了什么？

苏叶睁大了眼盯着他。

就在这时，后面窗户传来一些响动。

有人在撬窗户。

"是接应我们的人。"唐皓说着，带她走到窗前，配合外面的人三两下把那破旧的窗户给拆了，"我们得从这边出去。"

苏叶也没问为什么，他都说了时间紧迫，现在也不是什么问东问西的时机。

如果他们能够脱身，以后有的是时间慢慢讲。

如果不能……那说什么也没用。

唐皓托起她，她就乖乖从窗户钻了出去。

外面果然有人接应，两个男人，她叫不上名字，但都是曾在唐皓身边见过的，勉强算脸熟。对方当然也顾不上寒暄介绍，他们似乎比唐皓表现得更为急切，都没让她落地，直接架到了背上，背着就跑。

苏叶大惊，挣扎着回过头去叫："唐皓！他还没……"但才叫到一半，又把后面的话咽了回去。

并没有什么让她先走他牺牲自己断后拖延的狗血桥段，唐皓紧跟在她后面爬出了窗户，这时刚刚利落地跃下来，几乎毫无停顿地就追了上来。

"放心，我在。"唐皓握了握她的手，却并没有让那人放她下来的意思，"这里还不安全，我们得再跑远一点。"

只是跑动间轻轻一握，苏叶却像是吃了颗定心丸。

他的确在这里，他来救她，还跟她一起跑出来了。

苏叶这时才算意识到自己的心跳得多快。

她长长呼了口气，为了掩饰自己的心情，抬起眼假装打量周围。

这里看起来像是个废弃的厂房，楼房倒是不少，但四处杂草丛生，破败不堪，她还看到有块残缺的墙壁上用红漆写了大大的“拆”字。

“这里原本是个水泥厂，废弃很久了，前不久刚决定要爆破拆除的。”唐皓说。

“爆破……”苏叶讷讷地重复这个词，脸色突然一白。

“是的，他们在这里放了炸药，等我来了就会引爆。”唐皓肯定了她的猜测，“不过你不用担心，我们有办法暂时屏蔽她手里那个引爆器的信号，炸的时候我们应该已经可以跑到安全距离了。”

苏叶抿了一下唇。

她知道许建安他们会杀人，但真没想过，他们会做到这个程度。

炸药……

是有多丧心病狂，是有多恨他们，才想给他们这种粉身碎骨的死法？

“为什么……”她起了个头，却又没问下去。

现在问这些，又还有什么意义？

唐皓不知是误会了她的意思，还是在像他之前说好的给她解释，一面跑，一面继续道：“这块地其实是我买下的。我来自己买的旧厂视察，结果正好被爆破波及，他们打的就是这个主意。但是沈弘行收到的那些证据还不足以钉死许建安，我们得将计就计，让那个女人以为他们的计划顺利实施，我们被炸死，然后她就会去跟许建安会合，我已经安排了人跟着她，到时就可以抓个现行……”

的确，苏叶虽然还没见过那些证据，但从沈弘行说的看来，最多就是能坐实许建安参与了修改苏承海的病历和化验结果。

他肯定有办法狡辩脱罪的。

或者直接全都推给那个圆脸女人。

就像这次……

之前苏叶跟那圆脸女人说的话虽然是故意挑拨，但在这一点上，她觉得自己并没有说错，如果她真的死在这里，各种线索追查起来，大概也只能查到圆脸女人。

但……

“她现在在哪儿？”苏叶突然问，“抓我的那个女人。”

唐皓指了一个方向：“不太远，她要确认我的确进去了，然后按下引爆器……”

“抓住她！现在！马上！”苏叶没让他说完，直接急促地命令。

跟唐皓来的人不由得都看向唐皓。

唐皓皱了一下眉：“但是，如果现在动手，就可能拿不到许建安的证据了……”

“你不明白。”苏叶再一次打断了他，“许建安根本就不会再见她。知道他太多秘密，又开始不听话自作主张的棋子，他已经不需要了！”

不论计划顺不顺利，那女人都只有一个下场。

现在抓住她，她也许会交代许建安的事，也许不会，但如果她死了，那就什么都没了。

唐皓虽然被人骂冷酷，被叫“唐阎王”，都只是说他在商场上的手段和不近人情。

但对于人命，他真的还没能冷漠到这个程度，所以只是想跟着那个女人抓住许建安，并没有考虑到她会在半路就被灭口。

这时苏叶提起来，他微微一怔，也明白过来，沉着脸拿起对讲机，对那边的人下了命令。

那边的人应声去办，但很快又呼叫回来。

“那个女人跑了，估计是发现了引爆器不对劲。我们现在正在追。”

唐皓和苏叶他们这时也已经跑出了厂区，到了路边。

那个女人的确离这里不太远，他们远远甚至还能看到几辆车呼啸而过扬起的烟尘。

“一定要拦下她！抓活的！”唐皓命令。

话才刚落音，就听到马达的轰鸣。

出了厂区基本就算安全，路边又有自己人开了车来接应，所以苏叶已经被放下来了，却没想到她直接把司机拉下来，自己坐到了驾驶位。

她因为车祸和被绑得太久，刚刚可能自己还不太能跑，但这时开车却没有问题。

“小叶！”

唐皓只来得及开门上车，车子已经向前冲了出去。

苏叶握着方向盘，目光专注：“我比较快。”

唐皓当然知道她认真起来能把车开到多快！

两人没少为这个争执生气。

但这个时候……事关一条人命和仇人，而且她都已经在驾驶位上了，也就没什么废话的必要了。

他只是默默地替她把安全带拉出来系好，自己也系上了，抓牢坐稳。

唐皓开这辆车出来接苏叶逃跑，车子性能当然不错，但能在这种城乡接合带的沙土路上开出跑车的速度，也就只有当年能号称“双石山女王”的苏叶了。

车子风驰电掣，车外尘土飞扬，唐皓几乎要看不清外面的景象。

他拿手机调出导航图，提醒苏叶：“前面有弯道。”

苏叶却根本没有减速，而是道：“哦，那应该很快能追上他们了。”

果然一拐弯，就看到了前面几辆车。

最前面就是孔玲的车，她也是打着用弯道来甩掉追兵的主意，她仗着熟悉地形，在这段路上也开得很快，的确跟后面两辆车的距离拉开了。

但她那口气还没松完，就看到后面又有一辆车追了上来。

只见灰黄色的尘土飞扬中，一道黑色车影像闪电般冲出，一个干脆利落的漂移过弯，直向她这辆车逼来。

孔玲咬紧牙关，一脚油门踩下。

后面那辆黑色的车子同时加速，冲上来抢占了她左手侧的道路。

这段是普通的乡村公路，左边是农田，右边则是山坡。

黑车的意图很明显，就是要将她挤到山边逼停。

孔玲已经把油门踩到底，却还是无法摆脱那辆黑车。

黑车靠过来，直接从侧面撞上了孔玲的车。力度拿捏得恰到好处，孙玲并没有被撞翻，但方向还是歪了歪。而黑车撞过来之后并没有再拉开距离，就贴着她的车开，一副想把她别到山上去的架势。

车体摩擦间火花四溅，孔玲又怕又怒，不由得扭头去看那边的车。

两辆车贴得这么近，里面的人她看得一清二楚。

开车的那个，竟然是前不久还躺在地上任她宰割的“唐夜弦”。

孔玲惊得睁大了眼：“怎么会……”

“停车！”那边苏叶也在大叫，“你的车有问题，快停下！”

孔玲当然不信她。

她之前远远看着唐皓踢门进去，只等了几秒钟就按下了引爆器，但并没有看到预料中的爆炸。

最开始她还以为引爆器有延时或者哪里坏了，但又等了几秒钟，不但没有爆炸，也没有看到唐皓带着唐夜弦出来，就意识到不对。

就算唐皓愿意悠悠闲闲在那种破烂地方跟“唐夜弦”聊天，已经猜出他们要一起对付唐皓的“唐夜弦”也不可能答应，他们没有第一时间冲出来，就代表她的计划出了问题。那引爆器失效，大概也不可能只是偶然。

很显然现在只凭她已经杀不了唐家兄妹了，贸然去查看，只会连自己一起陷进去。

孔玲当机立断转身就走。

果然她才刚开动车子，后面就有人追上来。

他们特意选了这里布下圈套，这个时候当然不可能有其他人在，追她的会是什么人，根本猜都不用猜。

现在停下来，被唐皓抓住，她能有什么下场?

说她车子有问题，骗鬼呢?

但他们两辆车这么别在一起较劲，孔玲的车甚至不时被挤下公路开到路边的坡地上，速度当然会受影响。不一会儿的工夫，后面两辆车也跟上来了，一辆堵在后面，一辆则加速超了过去，然后在前面打横，将孔玲的路堵得严严实实。

孔玲发了狠，硬是直撞了过去。

但距离和速度都不够，前面的车虽然被她撞得横移出一段距离，却还是将她拦了下来。

孔玲的车弹出安全气囊，将她牢牢卡在座位上。

唐皓的人反应极快，配合默契，一边查看着同伴的情况，一边有人跑过去将孔玲抓了下来控制住。

苏叶也跟着停了车，还没下车，直接就探头出来叫："检查她那辆车，看刹车什么的是不是被动过手脚？"

唐皓这次的确准备得很充分，他抬抬手，立刻就有两人去查看那辆车。

孔玲冷笑了一声："我都已经被你们抓住了，还做什么戏？"

"你真的以为许建安会像承诺的那样和你结婚，从此过着幸福的生活吗？"苏叶也嗤笑了一声，"想想王思思，你知道的难道不比她多？"

"那不是一回事。"孔玲道，"我跟王思思怎么可能一样？"

"的确不一样呢，王思思也许有可恨之处，但她是受害者，你是凶手。"苏叶叹了一口气，"记得我之前说过的吗？许建安是故意的，他自己干干净净，你就是替他扛下所有事的凶手。今天的事，我们死不死，对许建安来说其实无所谓，但你一定会死。"

孔玲咬牙道："胡说八道！"

"我们要真死了，许建安当然最开心。然后你也死了，就再没人知道他这些秘密。我们要是没死，对他也没什么影响，因为作为凶手的你已经死在路上了。线索一断，就查不到他身上。而你就是他给大众的交代，就好像王思思的案子，你们推在了苏叶身上一样。随便找点借口玩点手段，他还是能照样锦衣玉食地享受苏氏的遗产。死的只有你。"苏叶看着她，还真有几分怜悯，"你的过去已经被许建安抹掉了，平常生活中想必也是被他要求低调不引人注意，今天要是真死在这里，甚至都不会有人记得这世上还有你这么一个人。你这辈子，未免太可悲了。"

"说这么多，不过都是你的臆想罢了。你算什么人，你知道什么，说得好像你真的有多了解许建安一样。"孔玲根本不信她。

苏叶闭了嘴。

她有多了解许建安？

她认识许建安七八年，结婚也有三四年，但要说了解，反倒还不如变成“唐夜弦”这几个月多。

现在的孔玲，简直就像当年的苏叶。

那么全心全意地信赖着那个看起来温和体贴的男人。

呵呵。

苏叶显然没再说话，但那样的目光却让孔玲觉得有如针扎。孔玲索性转过头去看向唐皓，问：“所以，唐总早就知道这是个陷阱？”

“也不算太早。”唐皓道，“大概只比你们计划的早那么一点点。只不过从小叶上次被绑架之后，我们就一直有相应的紧急预案，反应也比你们预料得快了那么一点点罢了。”

苏叶也转头看向他。

这个她真不知道。

唐皓伸手过来握了握她的手，顺便也解释给她听：“我收到你的信息就开始行动了。平常跟着你的除了曹进他们，其实暗中还有一组人。只是救护车这个，也的确是没有人想到，所以才没能第一时间把你抢回来。后来却发现他们关你的地方提前装了炸药，也就没敢轻举妄动，毕竟引爆器在那女人手里，怕她会狗急跳墙，只能假装顺着许建安的意思，暗中都安排妥当才去救你。抱歉，又让你受苦了。”

苏叶发给唐皓的信息是关于沈弘行收到的证据，他那时就开始行动的话，果然也是在怀疑是许建安的圈套吧？然后一边应付许建安，一边策划救人，也不知道怎么焦头烂额……她又怎么会怪他？

老话说得好，只有千年做贼的，没有千年防贼的。

苏叶自己也没想到会光天化日在大街上被卡车撞啊，这还能怪得上唐皓吗？

她还没说话，就听孔玲道：“唐总对唐小姐还真是一片深情，让人佩服，但是你亲自跑来救她，岂不是把安盛拱手让人？日后穷困潦倒地再想起来，不知道还能不能有今天的浓情蜜意？”

她说着，还带着挑衅地看向苏叶，哼了一声。

挑拨离间吗？

谁不会？

唐皓却握着苏叶的手，轻笑了一声：“我看这位小姐大概也不太了解我，我跟某个吃软饭还不懂感恩的废物不太一样。我能在当年那种境地一手拉起一个安盛，自然也能再创办第二个，根本不需要做杀人夺产这么卑劣无耻的事。”

“你！”孔玲叫了一声，却又被堵得说不出话来。

唐皓这话说得的确有点狂妄，但就算再偏激的人，也没办法否认，他的确有说这话的底气。

至于对“某个废物”的指控，孔玲当然不想承认，却也没办法反驳。毕竟唐皓也没有直接点名，她要是接话，反而正好不打自招。

“何况，唐家也不止我一个人。”唐皓却还嫌不够一般，继续道，“舍弟虽然不才，但拿着现成的计划书和演讲稿，稳住董事会还是没什么问题。会议现在已经顺利结束了，安盛翻不了天，不劳你们费心。”

也就是说，孔玲他们今天已经算是竹篮打水一场空了。

孔玲咬紧了牙，胸口起伏着，充斥着不甘与愤恨，但这时却又连叫都叫不出来。

他们说这些话，也不过就是几分钟时间，去检查车子的人突然惊叫：“炸弹！散开！”

其他人立刻就护着唐皓和苏叶退后，孔玲却挣扎着向那边冲了几步。

她的车上怎么可能有炸弹？

这些人肯定是骗她的！

押着她的人反应很快地再次将她抓住。

这次她没再反抗。

她不敢置信地站在原地，呆若木鸡。

——她已经亲眼看到了那个装在她车里的炸弹。

唐皓的人去检查车子的时候，都是空手，就算要骗她，也不可能凭空变出这么大的一个炸弹。

——原来他真的要她死！

孔玲的心慢慢沉下去，面如死灰。

第二十章

最好的补偿

唐皑扶着父亲走出电梯，心里后悔得只恨不得撕了自己的嘴。

他本来以为，今天是他二十年人生中最辉煌的时刻。

毕竟如果不是特殊情况，他可能再过二十年也未必能站在安盛的董事会会议上侃侃而谈。

而今天，他唐二少临危受命，虽然是有现成的稿子，又有唐皓的大秘江涛在旁边撑场子，他自认发挥得很好，沉着冷静，挥洒自如。

会议顺利结束，安盛平稳如昔。

他就是最大的功臣。

所以，回去父亲问起来，他就忍不住多炫耀了几句。

以往他被父亲责骂的时候居多，现在有了成绩，当然更加期待父亲的表扬。

唐霖却很敏锐地发现了不对劲，追问：“为什么是你？你大哥呢？”

唐皑本来是按大哥原本的吩咐，糊弄老爷子说大哥有意栽培锻炼他，给他机会出头。

但唐霖根本不信。

唐皓对弟弟当然不错，但是明知道唐霈准备发难，却在这样重要的会议上，让才不过只在安盛实习了几个月的唐皑来主持，那不是栽培，是作死。

唐皓怎么可能这么做？

唐霖确信肯定另有缘由，再三逼问。

唐皑那个性格，本来就不会作戏也不会撒谎，在老爷子面前又没有大哥那种威信，没一会儿就招架不住，被问出了实情。

好在这时唐皓已经把苏叶救了回来，两人都没什么事，只是苏叶因为之前车祸受的伤要在医院住几天。

所以唐皑又被逼陪着老爷子来了医院。

唐皑虽然也挺担心大哥，但这时心里更多的是懊恼。

他为什么就非得那么嘴欠呢？只简单说一下会议的结果，其他都等大哥回来再解释不行吗？

现在好啦，不陪老爷子来医院，他在家里担心焦急也不好，陪他来吧，万一情况没有大哥说得那么乐观……回头要有什么事，唐皑觉得自己可能一辈子都要过意不去。

唐皑虽然一路都在安抚父亲，但到了病房外面，看到除了医护人员之外，还守着保镖和警察，他自己也不由得紧张起来，还没进去，就先抓了一个医生问："我是唐皓的弟弟，我大哥怎么样？他受伤了吗？"

医生看了看他，像是有点意外，但还是回答道："唐先生没有受伤。"

唐皑就松了口气，顿了一下，又问："那……唐夜弦呢？"

医生道："唐小姐也没有什么大碍，就是些挫伤擦伤之类，都不算严重。"

唐皑看着病房前面那架势，犹豫着又问："那……这是……"

"哦，唐先生不太放心，让唐小姐在医院观察两天。主要还是保险起见，毕竟当时车祸那种情况，唐小姐只受了这样的轻伤，简直算是奇迹了。"医生解释，言外之意就是唐皓怕唐夜弦现在看着好好的，万一有什么后遗症，在医院也好及时发现和治疗。

唐皑这才算放了心，转头跟父亲说："你看，我就说他们都没事。"

唐老爷子这时也顾不上去戳穿他之前的紧张，瞥了他一眼，就向病房里走去。

门口的保镖认识他们，倒也没有阻拦，只低低道："唐小姐这会儿刚刚休息。"

唐霖顿了顿，点了点头，轻轻推开门。

这时已是黄昏。

病房里窗帘拉着，只依稀有暖色的夕阳透进来，斜斜地在病床上落下一块平整的光斑。

苏叶躺在那里，身上连着各种仪器，呼吸平稳，睡得正熟。

她一早起来，先是为自己的电影奔走，然后又碰上车祸，被绑架，提心吊胆地和孔玲周旋，中间还亲身上阵飙了会儿车，之后又被带到医院做各种检查，虽然伤势的确没什么大碍，但体力和精神都已经严重透支，到一切结束，放松下来，就再支持不住，沉沉睡去。

唐霖往床边走了一步，便又停了下来。

他看到了唐皓。

唐皓就坐在床边，半边身子伏在苏叶枕畔。

他身材高大，这样的姿势看起来相当别扭又憋屈，但他似乎毫无察觉，这时也睡着了。

唐皓这几天都在忙安盛的事，今天也是一心几用，四处奔波，也早已疲倦不堪。苏叶睡了，他守在旁边，便也跟着打了瞌睡。

从唐霖这边看过去，他们的头靠得很近，大概都可以感受到彼此的呼吸，却似乎丝毫没有被干扰，反而睡得更加安心沉稳。

而两人的手紧握在一起，十指交缠，亲密而又温馨。

唐霖在那里站了半晌，到底也只是轻轻叹了一口气。

“爸，怎么……”

唐皑在后面，见父亲推开门就半天没动，不由得开口问，但话还没说完，就被父亲直接把嘴捂上了。

唐霖狠狠瞪了他一眼，转身就把小儿子拖了出去。

关上门，到了走廊上，唐霖才没好气地训道：“臭小子一点眼色都没有，没听说小弦才刚休息吗？大吼大叫的吵醒她怎么办？她今天已经够辛苦了，又是车祸又是绑架，都不能让她好好睡一会儿吗？”

不是……唐皑只觉得自己简直比窦娥还冤，他就随口问一声，怎么就成了大吼大叫了？

好在唐老爷子觉得医院走廊也不是骂儿子的好地方，也就只训了两句，但还是气呼呼地哼了一声：“回去了。”

唐皑意外地眨了眨眼：“这就走？还没见到大哥……”

但话头又被父亲打断。

“见什么见？你从来没见过你大哥吗？还不是两个眼睛一个鼻子？都说他没事了，等他回去让你看个够！回去！”唐霖说着，自己当先就往外走了。

唐皑只能赶紧跟上。

隐隐觉得父亲这回生气好像是因为大哥？自己好像是被殃及池鱼了？但又不敢求证，只觉得自己满心的憋屈。

这么巴巴地陪着父亲跑来医院，连个人都没见着，又这么回去……

果然只要跟“唐夜弦”有关的事，就没他的好。

唐二少闷闷地想，以后还是继续离她远点吧。

孟修和常晓嘉第二天听到消息来医院看苏叶的时候，她正闹着要出院。

可是不但唐皓不同意，沈弘行也不同意。

毕竟同车的曹进断了三根肋骨，现在还没醒，朱婷也是手臂骨折，现在就住在隔壁。苏叶就算运气好，检查结果也没事，但唐皓还是有点不太放心，沈弘行也建议多观察两天。

苏叶气呼呼地鼓着腮帮，正好看到孟修进来，就道：“我这点事算什么啊，孟大哥从三楼摔下来还继续拍戏呢。”

还没搞清状况突然就被点了名的孟修：“……”

他算是同辈演员里出了名敬业的，一般的小伤也不会影响工作，但那次也算是特殊情况了，一来是没受什么伤，再者接下来的戏本身也没有什么大的动作。

问清缘由之后，孟修有点哭笑不得，道：“我那是被生计所迫，你现在又没戏要拍，那个电影要开机还早呢，多休息两天不好吗？”

常晓嘉的关注点又不一样，看着苏叶，直接就问：“你伤了脸？”

苏叶额角有一块擦伤，下巴还被孔玲划了一刀，伤口都不算大，但对女演员，尤其是“唐夜弦”这样靠颜值吃饭的女演员来说，简直算得上是个噩耗了。

苏叶自己倒不是很在意，她已经照过镜子了，远远不到毁容的程度，何况已经发生了，她也没办法改变，以之前的情况，她能保住小命就真的已经算是运气逆天，哪还顾得上脸？不过常晓嘉提起来了，她就问：“要换演员吗？”

旁边沈弘行连忙解释了一句：“缝的美容针，一般情况不会留疤的。”

常晓嘉摇了摇头：“我本来就觉得你来演这个角色太漂亮了一点，现在有点瑕疵反而更好，更贴近人物。最好能……”

孟修咳嗽了一声打断她。

他算知道为什么她之前一点投资都拉不到了。他在圈内已经算是耿直了，这位简直称得上不合时宜。

人家还躺在病床上呢，说这种话合适吗？

常晓嘉自己也反应过来，不好意思地也咳嗽了一声：“那个，抱歉，我不是……”

要解释好像也不是那么回事，她顿了一下，索性就不提这个了，只道：“祝你早日康复。”

苏叶笑起来，点了点头：“师姐不必在意。我知道你没有恶意的。”

只是一涉及自己的创作，就狂热得有点走火入魔。但也正是要这样的人，才可能做出来真正发光发热的作品。

苏叶原本也就是被她这一点所打动。

孟修也道：“你好好养伤，电影的事我会帮着常小姐一起筹备的。你只管放心。”

他这么说，苏叶的确没什么不放心的，有孟修这位影帝出面，熟门熟路，效率只比苏叶自己去跑更高。

她点点头应了声。

见苏叶确实没什么大事，这里又有医生护士，唐皓还亲自守在旁边照顾，孟修他们也就没有多待，闲聊几句就告了辞。

唐皓送他们出去，回来看着苏叶就有点不太高兴。

苏叶挑了眉问："怎么了？"

唐皓哼了一声："看起来我和沈弘行加起来都比不上一个孟修啊。"

这话里的酸味，简直能飘出十里远。

他和沈弘行什么话都说了，苏叶只闹着想出院，反而是孟修随口说两句，她就答应了好好养伤，唐总裁心里怎么可能痛快？

苏叶双眸一转也就明白过来，却只是点点头，故意曲解道："毕竟这就是个什么事都看脸的世界啊。"

难道他的脸就不好看吗？唐皓心里直纳闷。

不过，唐总裁到底也没有做出跟誉满中外的孟影帝比脸的幼稚行为，只是冷着脸坐下来拿了个苹果来削。但到底还是没忍住，愤愤地把一个苹果切成了碎块。

苏叶看着那个"碎尸万段"的苹果，再也绷不住，"扑哧"笑出声来。

唐皓自己也觉得有点可笑，但一时又下不了台，整个人都僵住了。

"唐皓。"苏叶笑着唤他，一面伸过手去，拍了拍他的手臂，"你怎么变得这么可爱啦？"

唐皓冷眼斜着她。

他，唐家的大少爷，安盛集团的总裁，商场上人称"唐阎王"，竟然被她说可爱！

可爱个……好吧，既然是她说的，那就算是吧。

唐皓干咳了一声，拿签子在那堆碎苹果块里翻了翻，挑出一块勉强还能看的，喂到她唇边。

苏叶张嘴接了，嚼着苹果，含糊地说："很甜。"

唐皓被顺了一下毛，想再喂她一块，但看了看那果碟，只能又咳嗽了一声："我再削一个吧。"

苏叶就再次笑出声来，一面笑还忍不住一面捶床。

唐皓瞪了她一眼，想要说点狠话的，但静了半晌，什么也没说就低头削苹果去了。

"好看还是孟修好看。"苏叶笑得差不多才道，"但我还是喜欢你，最喜欢了。”

“唔。”

唐皓闷闷地应了声，看似毫不在意，嘴角却不自觉地微微扬了起来。

苏叶又道：“孟大哥吧，大概是我碰上的第一个……不计较身份，也不在乎外表的人。第一次见面时，我一身黑历史，但只是因为我认真在说对角色的理解，他就一直认真地跟我讨论，一点都不嫌弃。然后吧……”她看一眼唐皓，又笑起来，“在红枫镇的时候，虽然说是个误会吧，但他哪怕明知道你是什么人，明知道唐家有多大势力，也是想为我打抱不平的。他真是个好人。”

她和孟修之间的事，唐皓当然早就知道得一清二楚，这时特意再说一遍，显然只是为了安抚他。

唐皓挺高兴的。

当然不是因为这几句话，而是苏叶特意跟他解释的这份心情。

“嗯，那次回来的时候，在飞机上碰上他，他还特意警告过我。”唐皓一边削着苹果，一边随口道。

“欸？是吗？”苏叶有点意外，“这我倒不知道。”

“你不用在意，我知道你们是什么关系，只是……”唐皓顿下来，知道归知道，只是男人嘛，看到了还是会吃醋，他有点窘迫地咳了咳，“总之，过一阵就好了。”

苏叶又笑起来：“我觉得还是解释清楚的好，毕竟以后我跟他大概还会有很多共事的时候。娱乐圈又是这种无风还要起三分浪的地方。”

唐皓削苹果的动作停了一下：“你以后……还想继续做演员？”

苏叶挑了一下眉，反问：“怎么，你不想我继续做演员？”

“不太想。不想你和别的男人谈恋爱，也不想你去外地拍戏和我分开。”唐皓很坦诚地回答，但顿了一下，又补充，“不过，如果你想的话，我还是会尊重你的决定。”

苏叶却安静下来，过了一会儿才道：“你记不记得，之前我问你，有没有真正喜欢的事？”

唐皓点点头，他还记得他顺便撩了她一把，还记得她那时脸红心跳的样子，特别可爱。

苏叶继续道："我其实也不确定，自己到底喜欢做什么。所以吧，也许以后会去尝试一下各种各样的事情，暂时来说，做演员算是个还挺有趣的事吧。而且……我喜欢看这些有梦想的人做自己喜欢的事眼里有光的样子，能够参与其中，我很开心。"

唐皓看着她，这时的苏叶头上还有伤，又是纱布又是瘀痕，看起来其实有点影响形象，但她一双春水般的眸子眼神清澈，灵活明亮，洋溢着青春活力，落在唐皓眼里，也是发着光的。

这一刻，他很能理解苏叶说喜欢看人做自己喜欢的事的样子。

他把削好的苹果切开，喂到了苏叶唇边。

"好。"

苏叶在医院住了好几天，除了全身检查之外，连精神评估和心理测试都做了好几份。

她忍不住跟沈弘行抱怨："说是不放心，其实根本是想把我留下来做小白鼠吧？"

沈弘行没有否认："如果不搞清楚你和唐夜弦到底是怎么回事，我就没办法放心。"

苏叶被噎了一下。

她自己也说不清楚这到底是怎么回事啊。

苏叶叹了口气："所以呢？你搞清楚了吗？"

沈弘行也沉默下来。

不管什么检查，结果都表明，面前的少女是个身体健康、精神正常的普通人类。

但这没办法解释她现在的状态。

这个身体肯定是唐夜弦不会错，唐夜弦也算是玉和医院的老病人了，过往的病历和各项检查结果都对得上。

而她又的确是苏叶。

沈弘行纠结过很久，才肯承认这一点。一旦接受了，就越看越熟悉，她的确是和他一起长大的那个苏家大小姐。

但……

苏叶车祸后的尸体也是他亲自确认过的。

沈弘行只觉得思维混乱如麻。

苏叶反而平静。

她混乱的时期早就过了，也早已经接受了这个新的人生。

沈弘行最终也叹了口气，道："这不科学。"

苏叶笑了笑："你觉不觉得，一味盲目地只相信现有的科学，其实也是一种迷信？"

沈弘行皱起眉。

他是个西医，现代医学的基础就是现代科技，如果要动摇这个基础，那他的整个人生大概都要崩塌了。

苏叶继续解释："我不是不相信科学啊，但科学是在不停往前发展的。现在不能解释的东西，将来未必不行。因为现在无法理解，就拒绝承认明晃晃就在眼前的东西。"她说着，还往自己身上指了指，"这种科学观，是不是也有点狭隘呢？"

这一点上，沈弘行的确没办法和她争论，只能道："可是……万一有一天，你突然又变回去了……却依然没有人理解到底是什么原理，到时候怎么办？"

"就……顺其自然啊。"苏叶耸了耸肩，轻松自在，"你要想，我能有现在的日子，本来就是赚了。就算唐夜弦回来，现在也算是身世清白，不用再被人要挟不必再做违心的事，还小有了一点名气，正好重新开始。这不是双赢吗？"

怎么可能是双赢？

沈弘行只觉得胸口闷闷地痛。

苏叶那么好那么年轻，却落了个那样的下场，好不容易回来了，他怎么舍得她变回去？

"我已经死过一次啦。"苏叶轻轻叹息，"也许上天让我回来，就是想让我看清上辈子的假象，让我给自己报个仇，再见一见自己喜欢的人……我已经很满足啦。以后嘛，也许会变回去，也许不会。但我会认真过好每一天的，随便哪天要走，也不会遗憾……”

虽然是在叹息，但她声音轻柔，目光更是温柔如水，整个人都像是加了柔光滤镜。

沈弘行抿了一下唇，默默地把所有的话又都咽了回去。

沈弘行批准苏叶出院，她高兴得整个人都像要飞起来，毕竟她除了下巴上那道小伤口，其他已经没什么事了，谁喜欢没事待在医院这种地方？何况她还可能要被当成小白鼠。

唐皓来接她时，她早已经把东西都收拾好了，却发现唐皓的脸色似乎不太对。

“沈弘行都说没事了可以回家了。”苏叶只以为他还不想让她回去，抢先把沈弘行的话搬出来。

“不是。”唐皓叹了口气，“是许建安，他想见你一面。”

苏叶怔了一下，皱起眉来：“我总觉得，这一幕好像发生过。”

被她这么一说，唐皓也有点忍俊不禁。

可不是吗？

上一次也是在要出院的时候，杜怀璋说想见她。

唐皓勾了勾嘴角：“说到底，都只是败军之将的不甘心罢了。”

孔玲车上的炸弹是个定时炸弹，启动它的就是孔玲用来炸唐皓他们的引爆器。算算她和许建安约定的地方，那个时间她绝对开着车在半路上，突然炸了可能都没有人知道是为什么。

证据一条条摆在眼前，孔玲再一次确认了苏叶说得没错，许建安的确要她死。

他不仁我不义，孔玲都没再让警方费事，就把所有事情都交代得一清二楚。

她和许建安从小的情意。

苏家的棒打鸳鸯。

苏承海自己搞垮了身体，许建安就看到了脱身的机会，除了王思思撞破的改病历，许建安其实还忽悠苏承海吃过奇怪的求子药，加重了他的病情，让他一命呜呼。

王思思其实不知道许建安的同谋是谁，只是偶然听到了他跟人说话，然后就顺藤摸瓜发现了改动的病历。但她也不是什么好人，她拿到证据，并没有报警，也没告诉苏家人，而是用来威胁许建安，勒索钱财。

王思思的胃口越来越大，许建安就和孔玲商量杀人灭口。

作为同事，孔玲轻易就把王思思约出来，一个电击器就把她放倒了，沉到了湖底。

警方之前没有查出来，是因为王思思的手机一直在孔玲手上，她时不时就用一下，伪造她还在活动的假象，混淆了王思思真正的死亡时间。

一直到许建安找到机会对苏叶下手。

他给苏叶打电话，是知道苏叶会避开其他人接他的电话，这就能破坏苏叶的不在场证明。

同时孔玲把苏叶的头发放到王思思家，还在监控摄像头底下晃了一圈。当时还很瘦的孔玲穿着内增高和许建安提供的衣物，注意不要露脸，背影的确和苏叶相差无几。嫁祸之后，她又故意增肥，变成现在脸圆圆的丰满身材，任谁也不会把她和视频上的女人联系起来。

孔玲不知道许建安具体是怎么操作的，但他破坏了苏叶的刹车，导致她在那个雨夜冲下了山坡。

但苏叶死后，许建安并没有兑现和孔玲结婚的承诺，找了各种借口，不停地拖延。

然后唐皓就查到了王思思。

王思思的尸体被发现，但他们之前的布置也一一生效，警方的视线被转移，又没有证据，他们继续逍遥法外，唯一的麻烦就是唐家兄妹。

一不做二不休，他们就又策划了这次车祸绑架。

车祸这种手段，虽然狗血恶俗，但的确管用。

孔玲只是万万没想到，许建安也给她准备了一场。

他想她死，她就拖他一起死。

她的供述清晰又有条理，还提供了证据——王思思都能留下证据，她手里当然只会更多。

警方迅速行动，直接就把许建安拿下了。

事已至此，许建安没有抵赖也没有狡辩，只提出他要见“唐夜弦”。

即便是在审讯室里，许建安也保持了良好的仪态，安静地坐在那里，衣冠楚楚，文质彬彬，根本看不出来像是会做那种丧心病狂的事的人。

唐皓和苏叶在一名警察的陪同下进去见他。

许建安微微皱了一下眉。

唐皓在他说话之前就开了口：“警方不可能让你单独见她的，我更加不会允许。”

哪怕他已经是阶下囚，但他杀过苏叶一次了，还想杀她第二次，他怎么可能还让他们单独相处？

许建安看了看跟进来的警察，又抬头看了看对面的墙壁，他不知道这间审讯室的监控装在哪里，但肯定是有装的。

就算真的让苏叶一个人进来，肯定也有人在监控室看着。

毕竟他的案子涉及苏家和唐家，肯定不缺关注。

“行吧。”许建安说，“我也不想做什么，就是想再看看她。”

苏叶忍不住面露嘲讽：“那是，你的阴谋得逞的话，我就被炸得粉身碎骨了，再想看也看不到了。苏叶虽然说烧成焦炭了，好歹还有具全尸呢。”

她说到这里，突然想到，也许就是因为上次留了全尸，她还是回来了，所以许建安这次才会做得更绝——哪怕不知道毁灭灵魂的办法，至少先把肉体毁个干净。

他到底有多恨她？

苏叶咬了咬牙：“沈弘行还说你是真心爱苏叶的，我看他只怕是眼瞎。”

唐皓侧头看了看她，伸手过来，握了她的手。

没有说话，但安抚的意味再明显不过。

他就在这里，他会保护她。

手心传来的温度让苏叶平静了一点，深吸了一口气，才再次看向许建安。

他竟然也很平静，轻轻道：“他没看错，我的确深爱苏叶。”

苏叶只冷笑，连话都不想接。

许建安缓缓道：“但是……无望的爱情，只会滋生黑暗和绝望。你不也正是因为这个，才说服孔玲的吗？”

苏叶还没说话，陪同的警察先拍了桌子：“你喜欢别人，别人不喜欢你，你就要杀人，你还觉得自己有理了？何况那还是你老婆，你都做得出来！简直禽兽不如。”

三人都看向他。

年轻的警察不太好意思地干咳了一声：“呃……那个，不好意思，稍微有点激动。”

这世上还有多少单身狗连“老婆”这两个字的边都挨不上，这种为了这种狗屁理由就杀妻的……哦，他不单杀了他老婆，还要杀情人和他看上的女人，怎么能不让人义愤填膺？

苏叶点了点头：“说得没错。”又转向许建安，“苏家资助你上学，提供工作岗位，这都是苏家自己要做的慈善，领情也好，不领也罢，其实都无所谓。但就算是苏先生安排的相亲、拉的红线，你不愿意，难道不能拒绝？就算是婚后觉得没有感情，难道不能离？苏叶又没拿刀逼你娶她。说到底不过是自己贪图苏家产业，谋财害命而已。扯什么感情？孔玲倒是真对你有感情，可是呢，她碍了你的路，你就送了她一颗炸弹。你这种禽兽不如的人，有什么资格谈感情？”

骂得好！警察简直都想鼓掌了。

唐皓也道：“不是我们说服了孔玲，是你先背叛了她。”

说起来，这些事从头到尾，真正动手的人大半都是孔玲，但苏叶对这个女人，却没什么恨意。

更多是觉得她可怜。

如果许建安不是背叛她入赘了苏家，他们青梅竹马长大，结婚生子，也未必会有这样的结局。

许建安却笑了笑："我跟她之前，谈不上什么背叛。我从来就没有爱过她。"

苏叶几乎要跳起来。

这种事，他竟然能说得这么轻松坦然，就好像利用一个人的感情根本就是无足轻重一般。

她磨了磨牙，声音冰冷："'爱'这个字从你嘴里吐出来，都让人恶心。不要再惺惺作态了。你不爱孔玲，也不爱苏叶，女人对你而言，根本没有区别，全都是可以利用的工具而已。有用时就用，没用时就扔掉。结果落到这种下场，就连死掉的王思思，也摆了你一道，完全是你咎由自取。"

沈弘行收到的证据最后查明是王思思发来的，她弄了个小程序，如果她超过一定时间没有登录，就会自动把证据发到沈弘行的邮箱。

孔玲虽然仔细搜过她家，也清理过她的各种电子设备，却根本不可能知道她做了这样的设置。

就算苏叶没有回来，唐皓没有追查苏叶的死，到了时间沈弘行也一样会收到。以他和苏家的关系，对苏叶的感情，自然也会追究。

许建安就算能把罪名推到别人身上，也不可能再安安稳稳继承苏氏。

许建安对苏叶的指责并不在意，也毫无什么悔过之心："成王败寇，我现在在这里，无非就是棋差一着。不过，你回来我其实真的挺高兴的。"

他看着苏叶，目光竟然还挺温和。

苏叶不由得打了个寒战，起身对警察道："我跟他没什么可说的了。"

唐皓当然也就直接陪着她往外走，却又听许建安在后面轻轻低喃："但是……你为什么……会回来呢？"

苏叶停了一下，转过头，正经道："大概是因为天理循环，报应不爽吧。"

苏叶和唐皓回到唐家的时候，唐皑正陪着父亲散步。

唐皓忙着公司那边的收尾，又要陪苏叶，又担心父亲的身体，分身乏术，唐二少就把照顾父亲的事接了过去。毕竟公司的事也不是什么都可以照本宣科就行，他暂时还插不上手，他又不想见"唐夜弦"，反正做儿子的，陪陪父亲也是应有之义，大不了就是每天被多骂几句呗。他也都习惯了，又不会少块肉。

见苏叶回来，老爷子拉着左看右看，心疼得都开始念佛了：“阿弥陀佛，我就说那个姓许的不是什么好东西。好在没什么事。真是谢天谢地。”

她和唐皓这次其实还是挺险的，屏蔽器也好，后来追车也好，运气稍差一点，后果就不堪设想。只是大家在老爷子面前，当然是尽量往轻了说。

苏叶这时也没有多提，只是搂着老爷子撒娇：“又让爸爸担心了，都是我的错。”

“怎么能怪你，都是那些坏人的错。”唐霖说着，又瞪了唐皓一眼，“都是这臭小子的错，连妹妹都护不住！有什么用！”

唐皓心想：好吧，都是我的错。

“嗯，都怪我。”唐皓老实承认，“以后我一定会更加注意。”

之前苏叶被杜怀璋关起来的时候，他说再也不会让她受伤，结果这次……也真是打脸打得啪啪响。

他也没什么可推脱的，什么没想到，什么人力终有穷，都改变不了苏叶再次遇到危险的事实。

就算苏叶不怪他，他也没办法就这么当没事了。

也许他的确不可能知道以后会发生什么，也做不到什么算无遗策，但做好更完善的准备总是可以的。

连自己喜欢的女人都护不住，不要说老爷子看不起他，他自己都看不起。

唐皓认错态度良好，老爷子的脸色就稍缓了缓，却又叫他去房间：“我有话要跟你说。”

唐皓看了一眼苏叶，应了声扶着父亲走了。

唐皑则看着唐皓的背影叹了口气。

他就说他这几天是被殃及池鱼的吧？以往“臭小子”肯定是他的专用名词，现在也变成大哥的了。

但老实说，如果单纯是因为没有保护好“唐夜弦”，唐皑觉得这次大哥也是有点冤。

碰上这样的事，这样的对手，他是不知道有没有人能做得比唐皓更好，反正他自己肯定是做不到的。

总之现在公司和“唐夜弦”都平安无事，大哥还要被父亲训斥……

都怪“唐夜弦”！

唐皑这么想着，忍不住狠狠地瞪了苏叶一眼。

苏叶向他露了个灿烂的笑容：“谢谢你。”

唐皑吓了一跳。

“莫名其妙……谢什么谢！”他没好气地说。

“当然要谢啦。如果不是二哥在董事会周旋，大哥怎么可能顺利地把我救出来？”苏叶竖了个大拇指，“二哥这次真是我的大恩人，回头我请你吃饭吧。”

唐皑哼了一声扭开头：“谁要你请吃饭，你离我远点就谢天谢地了。”

苏叶却偏偏又靠上去，捅了捅他的胳膊：“我听说二哥在会上英明神武，神采飞扬，帅得不得了啊。”

“那是！”唐皑顺口应了声，然后才觉得不太对，挥手打开她的手，“说话就说话，动什么手。”

苏叶就乖乖收回手，只笑着问：“那你说说当时的情况给我听呗？”

唐皑顿时就警惕起来：“你打听安盛的事做什么？我警告你啊，现在杜怀璋进去了，三叔也答应再也不插手安盛的事，你最好也给我安分点。”

还是把苏叶当贼防着啊。

她叹了口气，索性就直说了：“我没想打听安盛的事，只是想问谢圆圆的事。”

唐皑怔了一下，过了很久，才意兴阑珊地一挥手：“也没什么可说的。她也是被许建安煽动的。以为有手里的股份和三叔的支持，大哥就会服软和她在一起……现在她手里的股份已经被大哥买回来，听说她准备去国外发展了。”

苏叶也安静下来，如果说谢圆圆上次出国，是因为在她和唐皓之间做了不光彩的事出去避风头，这一次……大概是真的死了心吧。

唐皑也静了一会儿，到底又忍不住，叹了口气：“圆圆姐怎么会变成这样？以前不是挺好的吗？她……算是因爱生恨吗？”

苏叶嗤笑了一声：“这世上哪来那么多的因爱生恨？如果真的深爱，又怎么可能生出恨来？”

当年她跟唐皓，就算是那样分开，但最多也就是互相避让不再往来，从来没有谁想过要给谁使绊子，更不可能想让谁死。

“不过都是用来掩饰自己欲望的借口而已。得不到就要毁掉，那不是爱，是变态！”

唐皑皱起眉来盯着她：“这可真不像是你会说出来的话。”

苏叶也懒得跟他解释，随口应付道：“我新剧里的台词啊。”

她糊弄的态度如此明显，唐二少怎么看不出来？

果然就不该理她！唐皑愤愤地想着，自顾走了。

苏叶也起身上了楼，回了房间，拿了本书，泡了壶茶，坐在阳台上缓缓地喝着。

夏季已经进入了尾声，阳光也不那么晒人了，从玉兰树叶的间隙里筛下来，透成了小块小块的光斑。

唐皓过来的时候，就看见苏叶躺在这样的光影里，慵懒惬意，似乎已经睡着了。

但他伸手过去想把她手里的书拿下来时，她却很快就睁了眼。

碧清的双眸清澈透亮，并没有什么睡意。

“我还以为你睡着了。”唐皓说。

“在等你。”

苏叶说着，自己把书放下了，又给他倒了茶。

茶杯果然是早就准备好的。

唐皓笑了笑，喝了口茶才道：“想知道爸爸跟我说了什么？”

苏叶坦然地点了头。

这个时间，刚刚那个气氛，她直觉肯定是和她有关。

唐皓却卖了个关子，挑了眉道：“你猜？”

苏叶好笑地嗔了他一眼，才懒得猜，索性又把书拿了起来。

唐皓按住她的手：“有没有一点情趣？”

苏叶真的笑出声来：“啊，抱歉，我现在就是老黄瓜刷绿漆，老阿姨不懂年轻人猜来猜去的情趣。你想说就说，不说拉倒。”

唐皓也笑起来，牵过她的手亲了一口：“但这个身体偏偏这么年轻，可怎么办才好？”

苏叶眨了眨眼：“什么怎么办？”

“爸爸说，在领证之前，不能有脖子以下的亲密行为。”

唐皓的声音低下来，带着气音，有如耳语。

亲昵而又撩人。

苏叶的心跳不由得快了几分，然后才意识到他说的是什么，哪怕刚刚还在说自己是老阿姨，对这毫无预兆的发车，还是顿时就红了脸。

她甩开了唐皓的手，咬着牙道：“胡说什么……”话说到一半，自己突然又停下来，睁大了眼看着唐皓，“爸爸同意了？”

唐皓点了点头，笑得眼睛里都能溢出蜜来，却偏偏又装出一副为难的样子：“可是啊，我算了一下，距离你能领证的法定最低年龄也还有大半年。脖子以下都不能动的话，作为补偿，你是不是该多亲亲我？”

补什么偿！

苏叶简直连耳朵都红了。

她家这只总裁为什么一放松下来就变得这么不正经？

谁要亲他？

她红着脸磨着牙，但在唐皓低下头来亲她时，还是下意识地搂住了他的脖子迎上去。

苏叶想，这个人，大概就是她前世今生，所有磨难，最好的补偿！

< 完 >